首都师范大学文学院资助

首都师范大学
文艺学博士文选

SHOUDUSHI FANDAXUE
WENYIXUEBOSHIWENXUAN

第一辑

首都师范大学文艺学学科⊙主编

中国社会科学出版社

图书在版编目(CIP)数据

首都师范大学文艺学博士文选. 第 1 辑/首都师范大学文艺学学科
主编. —北京:中国社会科学出版社,2015.10
ISBN 978 - 7 - 5161 - 6447 - 1

Ⅰ. ①首⋯ Ⅱ. ①首⋯ Ⅲ. ①文艺学—文集 Ⅳ. ①I0 - 53

中国版本图书馆 CIP 数据核字(2015)第 152597 号

出 版 人	赵剑英
选题策划	郭晓鸿
责任编辑	熊 瑞
责任校对	朱妍洁
责任印制	戴 宽

出 版	中国社会科学出版社
社 址	北京鼓楼西大街甲 158 号
邮 编	100720
网 址	http://www.csspw.cn
发 行 部	010 - 84083685
门 市 部	010 - 84029450
经 销	新华书店及其他书店

印 刷	北京君升印刷有限公司
装 订	廊坊市广阳区广增装订厂
版 次	2015 年 10 月第 1 版
印 次	2015 年 10 月第 1 次印刷

开 本	710 × 1000 1/16
印 张	12.25
插 页	2
字 数	206 千字
定 价	46.00 元

目　录

文学史的文化研究:"再解读"的言说历程及话语分析

——以李杨的相关论述为例

李大恒*

"再解读"作为进入文学史研究的路径,其概念来自唐小兵主编的《再解读——大众文艺与意识形态》论文集,此书于 1993 年在香港出版(2007年内地再版),作者大都是当时供职或求学于海外不同研究机构的中国学者,他们的研究较为统一地将观照的目光转向了新中国前三十年的文学—文化文本——这一被 20 世纪 80 年代中国大陆文学批评和文学史研究的主流所排斥的研究对象。更为重要的是,几位主要作者如唐小兵、黄子平、孟悦等对西方后现代语境下各种现代性反思理论的自觉使用,异常明晰地标定了"再解读"的言路与 20 世纪 80 年代新启蒙思潮的现代化指向的背离,"文学现代化话语和'重写文学史'是用'现代化理论'否定毛泽东《新民主主义论》的理论架构,'再解读'则是从'反思现代性'的视野出发对 19 世纪 80 年代的'文学现代化'的'否定之否定'"[①]。

新世纪以后,众多学者的积极参与使得"再解读"在大陆研究界渐次成为一股潮流,李杨《50—70 年代中国文学经典再解读》、贺桂梅《转折的时代——40—50 年代作家研究》、蔡翔《革命/叙述——中国社会主义文学—文化想象(1949—1966)》等皆为其中的代表。谈及"再解读"带来的影响,

---

* 李大恒,首都师范大学文艺学 2011 级博士生,指导教师:陶东风。

① 旷新年:《视阈的转换:从"追求现代化"到"反思现代性"》,《西南民族大学学报》(人文社会科学版)2012 年第 1 期。

成名于 20 世纪 80 年代的著名批评家蔡翔这样描述道："书（指《再解读》，——引者注）中的一些作者都是我在 80 年代的朋友，我一方面感叹于他们在学术上的提升；另一方面，他们对现代性的重新讨论，将'社会主义'从一度流行的'封建'的释义中解放出来，从而打开了一个广阔的讨论空间。"①

　　然而不能就此将"再解读"在大陆学界的发展进程理解为"出口转内销"，一个细节不容忽视，也是在 1993 年，北大学者李杨的博士论文经过扩充后出版，题名《抗争宿命之路——"社会主义现实主义"（1942—1976）研究》。该著不仅同样以新中国前三十年主流文学为批评对象，而且通过对詹姆逊、福柯、萨义德的征引分享了"再解读"的理论资源，在此基础上，作者明确提出："'社会主义现实主义'不是农民文艺或封建文艺的延续，而是现代世界文艺的重要组成部分。"② 这种重新定性无疑与唐小兵等人紧密呼应，构成了对 20 世纪 80 年代文学史研究的基本论断的巨大挑战。而《抗争宿命之路——"社会主义现实主义"（1942—1976）研究》与"再解读"之间呈现的观念共振，证明"再解读"不仅是走向海外学术语境的中国学者知识转型的特殊产物，也体现为大陆学者其借助研究范式的更新以改变学术话语秩序的努力。

　　这种努力使得李杨的"再解读"与 20 世纪 90 年代蔚为壮观的后学批评思潮不期而遇。以后现代后殖民批评理论为基础，后学批评同样力图拆解新启蒙思想观念和现代化意识形态，"历史推移到 90 年代，作为以西方话语为参照系以重建中心的启蒙与救亡工程，这一现代性的神圣天篷还能继续笼盖新的现实吗？"③ 值得注意的是，后学在 90 年代发声后迅即产生了激烈的回响，以王宁、王岳川的理论引介为基础，陈晓明、张颐武等批评家的《无边的挑战》、《在边缘处追索》、《从现代性到后现代性》等著作以及相关论文遥相呼应，制造了所谓的"后现象"。而对这种现象的讨论也十分热烈，后学批评的理论方法和价值立场，都在当时就受到了研究者的细致的梳理和反

---

① 蔡翔：《当代文学与文化批评书系·蔡翔卷》，北京师范大学出版社 2010 年版，第 4 页。

② 李杨：《抗争宿命之路——"社会主义现实主义"（1942—1976）研究》，时代文艺出版社 1993 年版。

③ 张法、张颐武、王一川：《从"现代性"到"中华性"——新知识型的探寻》，《文艺争鸣》1994 年第 2 期。

思。与之不同，李杨的"再解读"遭遇的却是另一种境遇，整个 90 年代，大陆学界不仅没有出现另一部与李杨思路相近的研究专著以及有影响的论文，甚至连针对"再解读"的集中讨论都未曾发生。这与新世纪后"再解读"井喷式的发展热潮对比鲜明。

如果将"再解读"在大陆学界从冷清到热烈的轨迹归结为研究者选题兴趣的转移，显然是以结果代替了原因。实际上，"再解读"甫一出场，就以其巨大的冲击力吸引了大陆学人的注意，当时以各种渠道进入内地的《再解读》与其他相关著作如黄子平的《革命·历史·小说》（香港牛津大学出版社 1996 年版，后于 2001 年更名为《灰阑中的叙述》由上海文艺出版社在内地出版）都曾一度洛阳纸贵。所以有必要在与后学批评的比较视野里，进入"再解读"的内在话语逻辑，并探讨其与学术语境和社会语境的摩擦碰撞，以探究形成这种轨迹的个中原因。作为大陆学界"再解读"在 90 年代唯一的话语实践者，又在后来坚持了这一思路并大力推广，李杨的研究当然有理由成为典型案例。

在后学尤其是中国的后殖民批评对现代化意识形态的批判中，以张宽、张颐武为代表的研究者敏感于现代性话语对非西方世界的"他者化"重构，其揭示并批判西方文化霸权的企图，最终演化为具有强烈本土主义姿态的对于中西二元对立的翻转，"在这样的语境中，也包含着第三世界文化对自身文明的焦虑和对西方文化与价值的失望和困惑。这种将我们的文化置于全球性后殖民语境的思考，是对冷战后新世界格局中第三世界意义和价值的再思考"。① 如此操作显然有违后现代思想的去中心化原则，从而把现代性播撒过程中的中西关系本质化地理解为压迫/反压迫的结构，使得中国的后学批评话语纠缠于一个暧昧的民族性立场。这种本真性建构显然是李杨的"再解读"所警惕的，从《抗争宿命之路——"社会主义现实主义"（1942—1976）研究》到《50—70 年代中国文学经典再解读》，论者虽然也将萨义德、斯皮瓦克的后殖民批评理论用作论据，去展示中国革命进程中现代性从中西空间关系上的播撒，却同时强调所有对西方的反抗都是因循现代性自身逻辑展开的，"无论是西方之内还是西方之外对现代性的反抗都只能采用二元

---

① 张颐武：《对"现代性"的追问——90 年代文学的一个趋向》，《天津社会科学》1993 年第 4 期。

对立的方式进行，而二元对立恰好是现代性的基本逻辑形式"①，"在二元对立中，反抗越强烈，就只能使这种逻辑力量更加牢固"②。仅以贯彻现代性反思的原则而论，李杨的"再解读"无疑比较有效地超越了后学的民族本真性迷思。

按照布尔迪厄的反思社会学，不同种类的知识生产显示的是研究者为争取优势地位而采取的竞争策略，如果单纯以学理作为占位的依据，就等于夸大了文学场域、知识场域的相对自主性，尽管政治权力场域对文学/文化场域的辖制在现代社会表现为一种结构关系，但是一个事实难以改变，"文化生产场在权力场中占据一个被统治的地位……知识分子其实是统治阶级中被统治的一部分"③。从此角度出发考察，就不难发现后学对民族立场的调取显然赋予了其巨大的便利。众所周知，在 90 年代初，推进了市场化改革的"不争论"的意识形态底色，既是对 80 年代的现代化方案的极大的剪裁，也一定程度上有所保留，特别是对其中的历史进步论。而以对中西对抗关系的非历史的静止化理解为前提，后学将"小康"理解为"一种跨出现代性的、放弃西方式的发展梦想的方略……一种温馨、和谐、安宁、适度的新生活方式和新价值观念的形成"④，实际上就等于转身拥抱了居于主导地位的发展主义意识形态。也许后学在学理上的不足难以保证其在知识生产场域内对新启蒙思想观念的颠覆，但却可以依靠对既存秩序的维护，在知识场域—权力场域的结构关系中借助强势一方的力量建构自身的竞争优势。

相较之下，李杨的"再解读"在逻辑上必然要指向将现代化连根拔起的彻底反思，"对于今天的中国人而言，问题在于，当我们满怀信心地开始新的一轮叙事时，我们对未来的乐观主义与 34 年前（1942 年《讲话》的发表时间——引者注）开始'社会主义现实主义'的叙事时几乎一模一样。

---

① 李杨：《抗争宿命之路——"社会主义现实主义"（1942—1976）研究》，时代文艺出版社 1993 年版，第 316 页。

② 同上书，第 319 页。

③ ［法］布尔迪厄：《文化资本与社会炼金术》，包亚明译，上海人民出版社 1997 年版，第 85—86 页。

④ 张法、张颐武、王一川：《从"现代性"到"中华性"——新知识型的探寻》，《文艺争鸣》1994 年第 2 期。

我们似乎在一夜之间回归了人的真正本质。如果发觉了这一点,那么我们是否有可能堕入一个新的轮回呢?"① 当《抗争宿命之路——"社会主义现实主义"(1942—1976)研究》通过对"文革"文学的象征意义的分析得出了如此的结论,李杨的"再解读"根本不可能获得后学的那种"政治正确"的优势,因为这种反思不仅指向新启蒙的思想观念,其对"文革"的现代性理解也同时颠覆了后革命时代官方主导意识形态的合法性基础,因而也就难以成为知识场域话语秩序最引人注目的挑战者。

然而话语竞争的位置当然不是僵死的,各种话语的起伏升降,实际上反映了"决定场的内部斗争形式的结构性因素,在同一社会内的不同发展阶段会有很大的变化"②,而在特定的历史境遇中,知识场域内部原则及其与外部环境的联系,对话语之间的竞争造成了决定性影响。所以布尔迪厄的《艺术的法则》一书,将 19 世纪末法国受教育人口的增加以及由此造成的写作行业的从业者和潜在读者的增长,作为解析左拉推动自然主义成为法国文坛主要写作风格的过程的基本前提,从业者的增多拉低了文学生产的准入资格,而越来越分散的读者群体为接受新的写作方式带来了接受的条件,布氏因此认为:"自然主义革命之所以可能实现是两方面的结合,一方面是由于左拉和他的朋友们将新的配置引入生产场中,另一方面客观机遇为这些配置的实现条件提供保证。"③

2003 年《50—70 年代中国文学经典再解读》出版之际,李杨在《后记》中写道:"10 年的时间对于社会历史犹如白驹过隙,对于个人生活却是不可思议的漫长……在我写作博士论文时还非常冷清的'50—70 年代文学'以及'左翼文学'近年来竟然成为了许多文学研究者——尤其是一些文学史家关注的热点。"④ 必须注意到,"再解读"言路的兴起同时还伴随着新世

---

① 李杨:《抗争宿命之路——"社会主义现实主义"(1942—1976)研究》,时代文艺出版社 1993 年版,第 310—311 页。

② [法]布尔迪厄:《文化资本与社会炼金术》,包亚明译,上海人民出版社 1997 年版,第 85—86 页。

③ [法]布尔迪厄:《艺术的法则——文学场的生成和结构》,刘晖译,中央编译出版社 2001 年版,第 158 页。

④ 李杨:《50—70 年代中国文学经典再解读·后记》,山东教育出版社 2003 年版,第 365 页。

纪出现的新中国前三十年主流文学的研究热潮。

从大环境讲，高校扩招以及随后展开的研究生扩招造成中国现当代文学学科人才培养规模的扩大，攻读学位人员数量的激增对学科内部的资源分配带来了深远的影响。仅以中国知网学位论文数据库的统计为例，2001 年度，该数据库收录了 200 篇通过答辩的中国现当代文学专业博硕士论文，2005 年度的数目是 654 篇，而到了 2008 年度则达到了惊人的 1279 篇。已故的许志英先生当年为此曾半开玩笑地表示，自己在指导博士论文选题方面已是"江郎才尽"。① 为了开拓研究空间，挖掘过往相对重视程度不够的资源是顺理成章的选择，曾经被冷落的新中国前三十年主流文学重又成为研究热点，过往已经定型的文学史观念对前三十年主流文学的"宣判"也在很多研究中被暂时悬置起来，而各体新型的研究范式备受垂青。"我从大学讲坛中接受的似乎主要是福柯、德里达、赛伊德、斯皮瓦克以及'后现代主义'、'后殖民主义'、'女性主义'等的'启蒙'"②，一位后来投身"再解读"研究的青年学者这样描述自己的知识结构的养成。这种新形势下也对"再解读"的话语策略的"配置"提出了新的要求。

进入新世纪，"再解读"的实践者越来越倾向于用文化研究来阐释自身的话语活动。北京大学出版社在 2007 年重新出版《再解读》一书，并进行扩充，增加了李杨、贺桂梅等作者的论文。在为此展开的一次学术座谈中，唐小兵等几位主要作者纷纷就文化研究之于"再解读"的意义发言，李杨最后更是做了斩钉截铁的归纳："理解《创业史》这样的作品，需要另一种角度，另一套知识，另一种关于'文学'的定义——至少，需要从'文学研究'过渡到'文化研究'。"③

作为 60 年代以来欧美人文社科领域的重要思潮，文化研究（Cultural study）从起源上就与 20 世纪西方几缕重要的左翼社会批判思潮有关，在葛兰西和法兰克福学派理论探索的滋养下，以威廉斯对文化的重新释义和霍加

---

① 许志英：《关于中国现当代文学博士论文选题》，《黄河》2003 年第 6 期。
② 贺桂梅：《批评的增长与危机·后记》，山西教育出版社 1999 年版，第 251 页。
③ 唐小兵、黄子平、李杨、贺桂梅：《文化理论与经典重读——以〈"再解读"——大众文艺与意识形态〉为个案》，《文艺争鸣》2007 年第 8 期。

特对工人阶级生活方式的研究为基础，伯明翰学派的扛鼎人物斯图亚特·霍尔极富创造性地融合了文化主义和结构主义、后结构主义的路径，使之成为独具魅力的研究理路。如果将“突出的政治学旨趣、跨学科方法、实践性品格、边缘化立场与批判性精神”① 作为文化研究的基本特征，那么“再解读”原本就是文化研究的实践路径之一，它既分析文本细节意涵又将其放在与特定时代语境的互动中加以考察，既清理作品表意策略又触及宏观的意义生产机制，并意图进入当下社会文化结构当中，展开对中国现代性问题的历史分析，“如果我们把《再解读》看作一个使历史文本化的解构过程，我们就会同时解读我们的现在，因为我们身处其中的现在也许是现代的奠基在中国真正开始建立”②。尽管在 20 世纪 90 年代初，文化研究的相关概念尚未得到清理，以至于当时的“再解读”没有用文化研究定义自己的话语实践，而且出于理论自觉，“再解读”的价值诉求在不同作者那里表现的强度也不一致。但敏锐的文学史家还是给予了如下的判定，“在一个文化处于‘危机’的时代，阐释、再解读的活动，是对历史所做的‘文化清理’，同时也是一种自我清理，以便在失去立足点的情况下，重新寻找立足点”③。

从新世纪以来的学术史来看，强烈的价值倾向性，历来是文化研究最具争议的内在要素。关于文化研究的立场争议，甚至延伸到了“文艺学边界”这样理应比较纯粹的学术讨论中，“为什么我们那些新锐教授眼中只有主要属于白领阶层的购物中心、街心花园……而把正在发展着的文学置于视野之外呢？这里是否有一个学术立场问题呢？”④ 童庆炳先生的责问不可谓不严厉，然而将其与研究者们对“日常生活审美化”等其他文化研究命题的反思做一个互文的思考，就会发现，这种质疑在反诘文化研究取代

① 陶东风：《试论文学批评与文化批评的关系》，《南京大学学报》（哲学·人文科学·社会科学版）2004 年第 6 期。

② 唐小兵：《我们怎样想象历史（代导言）》，唐小兵主编《再解读——大众文艺与意识形态》，北京大学出版社 2007 年版，第 1—17 页。

③ 洪子诚：《问题与方法：中国当代文学史研究讲稿》，生活·读书·新知三联书店 2003 年版，第 12 页。

④ 童庆炳：《文艺学的边界应当如何移动》，《河北学刊》2004 年第 4 期。

文学理论的同时，恰好衬托出了巨变的社会现实对介入性、干预性的知识的需求。"在当下的中国语境中，恐怕谁都得承认，与工人、农民利益相关的问题才是最重要和最主要的问题"①，类似的批判其实可以理解为：只有具备现实眼光和准确的问题意识，文化研究方能作为人文学者应对当代社会巨变的合法的研究路径。恰恰是以实践倾向的价值立场去表达现实关怀，而非用文化研究取代文学理论，才是很多严肃的文化研究倡导者的本意，"文化研究的最大优势和生命力在于它的实践性，在于它对于重大社会文化现象的高度敏感和及时回应"②。可以说，在很大程度上，正是争议的存在和激烈化赋予了文化研究以"显学"的地位。

　　文化研究的"遭遇"清晰地呈现了学科内部的变化与社会文化格局的震荡之间的紧密关系。进入新世纪，不断裂变的社会生活状况，尤其是日趋严重的阶层分化与利益分化以及价值失范，都使得是否具有合理现实关怀成为考量话语实践活动的重要依据，这显然与90年代初知识场域"学问凸现、思想淡出"的基本秩序有明显的差别。再加上网络传媒的出现，虽然没有瓦解但却一定程度上动摇了传统的信息宰制，制造出不同思想正面碰撞的新型舆论空间，"不同的社会思潮在不同的社会阶层中，会遇到自己的追随者与反对者"③。对于知识界而言，一方面是90年代就出现的阐释中国的焦虑进一步加剧，另一方面是各种批判性话语都有了对话争鸣的空间。更为普泛的价值吸引力由此成为其增加优势砝码的重要因素，即便是价值主张与主导意识形态之间形成了博弈性的关系。在这个背景下，"再解读"寻求与文化研究的融构，就不能简单地理解为理论上的自我说明，而是意在彰显其内在的价值重建的诉求。很多在新世纪进入"再解读"的研究者，正是为了这个目的展开自己的话语实践的，"如果我们不完全满足于当下的秩序安排，那么，我们就会重新面临这一历史的想象主

---

　　① 赵勇：《谁的"日常生活审美化"？怎样做文化研究？——与陶东风教授商榷》，《河北学刊》2004年第5期。

　　② 陶东风：《文化研究在中国——一个非常个人化的思考》，《湖北大学学报》（哲学社会科学版）2008年第4期。

　　③ 萧功秦：《当代中国六大社会思潮：历史演变与未来展望》，共识网，http://www.21ccom.net/articles/zgyj/gqmq/2011/0606/36930.html。

题：世界应该怎样。而我们一旦企图讨论这一世界秩序，那么，我们就会重新走向政治"①。

　　以上当然不可能完整再现大陆"再解读"言路自身的历史，只是试图显影研究者们的"在场"状况。这样做的目的不是为了将"再解读"完全降格为一种趋利行为，而是争取能够更贴近地清理"再解读"对历史所做的阐释。作为一种文学史的文化研究，"再解读"的现实关怀正是依据历史分析而展开的，这势必要求追问其历史观念中表露出的问题意识是否可以让话语策略与价值关怀并行不悖。任何追求介入性、批判性的话语都有责任经受这种检视，因为"知识分子的代表是在行动本身，依赖的是一种意识，一种怀疑、投注、不断献身于理性探究和道德判断的意识；而这使得个人被记录在案并无所遁形。知道如何善用语言，知道何时以语言介入，是知识分子行动的两个必要特色"②。为了寻求价值重建，"再解读"是如何表述历史，又是怎样处置了文本分析和历史评价之间的关系，李杨的尝试，依然是很有意义的个案。

　　在《抗争宿命之路——"社会主义现实主义"（1942—1976）研究》中，作者提出的观点是，20世纪80年代的新启蒙文学史观念之所以将前三十年主流文学当作是农民文艺或封建文艺，皆因秉持现代性的二分法而执着于传统/现代对立的阐释架构，忽视了反现代的现代意义。③ 在李杨的叙述中，新中国前三十年的主流文学随着社会主义革命和实践的阶段调整所展示的叙事—抒情—象征的总体风格变动，被视作革命—革命之后—再造革命的正反合的历史进程，"叙事的目的在于建立一个现代民族国家；抒情是完成了建立国家的任务之后的对主体性—人民性的颂歌；而象征则源于再造他者、继续革命这一最'现代'的幻想"④ 由此构建的民族国家文学机制也就

---

　　① 蔡翔：《革命/叙述——中国社会主义文学—文化想象（1949—1966）》，北京大学出版社2010年版，第390页。

　　② ［美］爱德华·萨义德：《知识分子论》，单德兴译，生活·读书·新知三联书店2005年版，第23页。

　　③ 李杨：《抗争宿命之路——"社会主义现实主义"（1942—1976）研究》，时代文艺出版社1993年版，第314—315页。

　　④ 同上书，第7页。

成为一个动态的范畴，其功能是建立巩固价值本位从民族性经人民性的中间过渡转换到阶级的想象的共同体。这个辩证目的论架构为现代中国历史勾勒了一幅清晰明朗的图景，在其中"一切不合目的性的事物都被说成是历史目的实现的一个环节"①，出于反拨五四新文学欧化色彩的需要，前三十年主流文学所带有的传统文艺的特征，从反方向巩固了其现代性本质，是为"反现代的现代"。然而这种逻辑显然有走向"存在即合理"的危险，如果现代性的逻辑形式有如黑格尔的绝对精神，是历史演绎的本源，无论对它的承接抑或反抗都是既定程序，那么只要是这个"大历史"所产生的文学，其存在的合法性就已经在逻辑上被认可了。所以尽管李杨在书中反复申明自己无意肯定或否定一个时期的文学活动，只想以知识考古学和谱系学的思路透视某种话语自命为真理时，所隐含的认识机制和权力关系，却依然遭到了"表面'中立'、实则'热情洋溢'"②的批驳。这种批评也许有些情绪化，却在无意间暴露出李杨对方法论进行奇怪拼贴的原因，之所以使用辩证目的论这种与解构思路并不相容的现代性知识型，或许是因为前者可以缓冲后者的冷静透视、无情拆解，在揭示新启蒙文学史观念的局限之余，给自己对前三十年主流文学略显暧昧的情感倾向留下一块得以传达的飞地。宿命虽然无法真正克服，抗争依旧可以体现出壮烈和崇高，"我们很难说社会主义失败了。从现代性的角度来看——也就是从历史的角度来看，这种反抗是成功的。事实上，社会主义成为了非西方国家进入现代的一种手段"③。

　　李杨的博士论文 1992 年提交答辩时的题名是《现实主义的现代转型》，第二年出版时方才做了修改，李杨在其余论著中谈及这部著作时，总是默认《抗争宿命之路——"社会主义现实主义"（1942—1976）研究》为正式名称。这个小细节很能说明一些时候他在情感态度和历史理性之间所做的选择。

　　不过李杨终究是一位深具理论素养的文学史研究者，也许因为意识到了理论框架的局限，《50—70 年代中国文学经典再解读》转换操作方式，放弃

---

　　① 王南湜：《历史唯物主义阐释中的历史目的论批判》，《社会科学》2008 年第 12 期。

　　② 郑润良：《论李杨的"再解读"与新左派文学史观》，《厦门广播电视大学学报》2010 年第 1 期。

　　③ 李杨：《抗争宿命之路——"社会主义现实主义"（1942—1976）研究》，时代文艺出版社 1993 年版，第 321 页。

了从整体的历史认知的表述进入到文本的路径，反过来聚焦文本对历史的生产。比如《抗争宿命之路——"社会主义现实主义"（1942—1976）研究》认为梁生宝形象的塑造是在为建成现代国家确立抽象的共同本质，《50—70年代中国文学经典再解读》在保留此观点的同时，也承认20世纪80年代"重写文学史"思潮怀疑梁生宝形象的真实性，代表了另一种现代性知识对农民本质的想象。① 或者可以说，《50—70年代中国文学经典再解读》在证明前三十年文学"被压抑的现代性"的基础上，力图展示现代性历史的全部秘密正在于不同的人性观、历史观借助文本展开的建构和重构。这种彻底的解构思路固然透视了文本对不同历史和意识形态的生产，却依然让人疑惑为什么会有这样的生产出现。显然，不进入文本的历史语境，无法回答这个问题。但是作者在书中重又吸纳了辩证目的论的历史叙述，使得这种追问无法得到展开，"如果我们将小说理解为想象和认同自我的基本方式，那么以《红旗谱》为代表的'成长小说'的勃兴，就只能理解为时代精神的实现，因此，对'成长小说'的表现就不能视为梁斌的个人选择"②。这种论调似乎意味着有了历史一般过程的图示之后，根本无须再去讨论那些无价值的具体经验。

由此，李杨的"再解读"的核心观念被表述为："如果不充分展开对现代性的'反思'，我们根本无法真正'反思'激进主义，'反思'革命。"③在排斥了对历史细节的纠缠之后，这种反思当然就集中在形成历史的知识逻辑上。作者认为80年代文学史观念正是因为耽于二元对立的法则才把体制化的文学生产与个体化文学创作、政治与个人视作水火不容，落入现代性的窠臼之中，不管是什么样的理论知识，"如果我们只是在80年代的意义上使用这些概念，那么，我们将不能不遗憾地面对一种'化神奇为腐朽'的事实"④。所以，反思的目的必须是取消新启蒙文学史观念的知识基础，确立超越现代性逻辑形式的"纯粹"的后现代知识。然而吊诡之处在于，"再解读"正是凭借后现代知识进入文本分析，展开了对新启蒙文学史观念的解

---

① 李杨：《50—70年代中国文学经典再解读》，山东教育出版社2003年版，第174页。

② 同上书，第65页。

③ 李杨：《50—70年代中国文学经典再解读·后记》，山东教育出版社2003年版，第367页。

④ 同上书，第366页。

构，这种解构活动的结果却又是对后现代知识的合法性认证。不免令人疑惑文化研究寻求的政治参与是否被化约为理论逻辑的自足。

当然不应该奢求文化研究能够成为立竿见影的实用政治，正如理查德·约翰生所强调的，当代的历史条件决定了文化研究与其他知识门类一样，必然要存身于学术体制之内，因此，重要的是要保持知识和政治的联系，避免"抽象的话语形式把思想或产生思想的或这些思想最初所指的社会复杂性割裂开来"①。对于李杨的"再解读"来说，文学史研究的建构性使其必然处于历史叙述与历史"本体"的紧张关系之中，如果不走向相对主义的自我否定，就必须理解文本也是在历史地生产历史。这不是要求文本分析完全成为历史语境的还原工作，而是认识到"它们之间的相互作用使语境不仅作为一套外在的话语关系，同时还作为一套内在文本内的话语关系"② 存在着，并以此为基础，进入文本与历史的"再解读"。不做到这一点，或许"再解读"寻求的价值重建也就可能无根可循，成为空洞的话语策略。"如果'历史'是由每个人的叙述构成，反过来，每个人的工作也是历史叙述的一部分，那么，又如何能够在我的解构工作与对历史的建构之间划出真正的界限来呢？"③ 当李杨先生表达了相关的困惑，就意味着他的研究已经到达了突破自我的边缘，我们又有什么理由不去期待呢？

---

① ［英］理查德·约翰生：《究竟什么是文化研究》，陈永国译，罗钢、刘象愚编《文化研究读本》，中国社会科学出版社 2000 年版，第 1—50 页。

② ［英］托尼·本尼特：《历史中的文本：解读的决定性要素及其文本》，夏莹译，［英］本尼顿、罗伯特·杨主编《历史哲学：后结构主义路径》，北京师范大学出版社 2009 年版，第 70—89 页。

③ 同上书，第 369 页。

刍议灾难记忆的文学书写问题

吕鹤颖[*]

20世纪的世界史是一段充满了灾难记忆的历史，纳粹屠犹、南京大屠杀、苏联"大肃反"运动、中国"文化大革命"、柬埔寨红色高棉统治、卢旺达种族大屠杀等，无不触目惊心。灾难之后，人文社会科学各个领域都对这些灾难及相关问题展开了广泛的研究。见证与记忆这些历史灾难造成的人道与人性创伤，承担其遗留下来的道德与伦理责任，为整个人类的文明进程提供镜鉴，也已经成为世界范围内各种与灾难记忆相关的文学实践的重要内容。

本文以纳粹大屠杀记忆的文学实践为切入点，具体分析对灾难记忆作见证的文学和以灾难记忆为题材的虚构文学作品的区别与联系，并以之为参照思考中国后"文革"时期"文革"记忆书写的几个问题。

见证文学及其限度

纳粹屠犹事件发生后的几十年里，有大量的受害者私人日记、书信等被发现，一些大屠杀的幸存者也以对未来负责的态度直面灾难，凭借非凡的勇气和道德承担发出声音：法庭庭审回忆录、传记、各种访谈记录等相继出版，这些受害者与幸存者通过讲述为具体的历史灾难作见证。

正如最富影响力的大屠杀文学作家埃利·威赛尔（Elie Wiesel）所说："如果说希腊人创造了悲剧，罗马人创造了书信体，文艺复兴创造了十四行

* 吕鹤颖，首都师范大学文艺学2010级博士生，指导教师：陶东风。

诗，我们的时代则创造了一种新的文学，即见证文学（testimony）。我们曾身为见证人，我们都感到不得不为未来作见证。这已经变成了萦绕于所有幸存者之心、之梦、之文的唯一的、最强大的情结。直至生命的最后一息，我们都觉得作见证是我们不得不做的。"① 作为纳粹大屠杀的幸存者，"威赛尔"们通过写作记录了自己或大屠杀的其他亲历者们在奥斯维辛等集中营中的经历，这种灾难的受害者与幸存者书写的他们曾亲历过的灾难的作品，就是"见证文学"。

"见证文学"有两个必须满足的充要条件。第一，见证文学的写作者必须是亲历了某种灾难的人；第二，灾难的亲历者讲述曾经发生在自己身上或自己亲眼看见的事情，并且为其所讲述的内容的真实性负责。因此，只有灾难的亲历者记录的真实故事，才是见证叙述，纪实与真实性是见证文学的基本标准，诺贝尔文学奖获得者凯尔泰斯·伊姆雷（Kertész Imre）的《无命运的人生》（Sorstalanság），埃利·威赛尔（Elie Wiesel）的代表作《夜》（Night），普里莫·莱维（Primo Levi）的《如果这是一个人》（If This is a Man）、《活在奥斯威辛》（Survival in Auschwitz），安妮·弗兰克（Anne Frank）的《安妮日记》（The Diary of a Young Girl），索尔仁尼琴（Alexander Solzhen itsyn）的《古拉格群岛》（The Gulag Archipelago）等，都是著名的见证文学作品。

通常意义上，见证文学所见证的是相对于自然灾难而言的社会灾难。社会灾难指的是在历史的某些时期，"由于人为因素、特别是重大决策失误或政治文化偏见给全社会的政治、经济、文化、道德造成重大伤害并波及大量受害人群的集体性灾难"②。社会灾难总是集体性的，它毁坏的不仅仅是社会各个物质性层面的既有秩序与规则，而且几乎所有的伦理关系、价值准则、人道主义认同等形而上的层面也随之坍塌，更可怕的是，人性的脆弱在社会灾难中全面显露其狰狞的面目，人本身的存在遭到最为根本的质

---

① Elie Wiesel, "The Holocaust as Literary Inspiration", In *Dimensions of the Holocaust*: *Lectures at Northwestern University*, Elie Wiesel, Lucy Dawidowicz, Dorothy Rabinowitz, and Robert McAfee Brown, Evanston, Northwestern University Press, 1977, p. 9.

② 陶东风：《关于当代中国社会灾难书写的几个问题——以梁晓声的知青小说为例》，《当代文坛》2013 年第 5 期。

疑。见证文学不仅仅记录人类历史上曾经真实发生过的暴力、悲剧、恐惧、苦难和创伤，也记录黑暗的历史时刻里人性的幽暗与光明。它以社会灾难的受害者与幸存者的证言，拒绝因各种理由导致的灾难的受害者最彻底的死亡——被遗忘。见证文学通过微观层面上普通个体的遭遇深入到灾难的细部，以被扭曲的"这一个"，指向过去、现在和未来时代的每一个，指向社会灾难发生的制度之恶和文化之恶，指向人类的困境，从而使得这些对灾难中个体遭遇的记忆上升为具有普遍意义的全人类事件，引起人们的反思与警醒。因此，见证文学具有积极的道德意义、公共意义和普世意义。

但同时，见证文学又有其自身的限度。

首先，作见证者的限度。对"幸存者"的写作以及见证叙事有着持续而深入研究的学者徐贲认为，"任何亲身经历过苦难的人都是苦难的见证人。但是，即使在苦难过去之后，也并不是所有的苦难见证者都能够，或者都愿意为苦难作见证。在'是见证'和'作见证'之间并不存在着自然的等同关系。'是见证'的是那些因为曾在灾难现场，亲身经历灾难而见识过或了解灾难的人们。'作见证'的则是用文字或行动来讲述灾难，并把灾难保存在公共记忆中的人们"①。这提示我们，社会灾难的所有受害者和幸存者都是灾难的见证人，但并不是所有的受害者和幸存者都能够，或者都愿意对灾难作见证。对于受害者来说，只有在灾难中自觉地意识到自己是在记录历史，并能够克服种种困难保存其记录，受害者才有作见证的可能。对于幸存者来说，有的人只是活了下来，"从某种意义上来说，他根本就没有活过来"②；有些人认为"无论如何，那些亡者永远都无法表达他们的立场，所以不再讲述这样的故事也许更好"③；有些人希望走出阴影开始新的生活，刻意地回避、更改或遗忘痛苦；有些人没有纸和笔，不能发出声音，他们的经历随着时间的流逝而消失；而更为重要的是，任何作见证的人都需要直面幸存者身份所包含的道德诘问以及形而上的罪疚感。

---

① 徐贲：《人以什么理由来记忆·前言》，吉林出版集团有限公司2008年版，第5页。
② Art Spiegelman, *MAUS II: A Survivor's Tale: And Here My Troubles Began*, New York: Pantheon Books, 1992, p.90.
③ Ibid., p.45.

"'幸存'这个字眼包含了一个无从闪避的自我质询：他们都死了，而我却活了下来——我是怎样活下来的，我将怎样活下去？我们活下来并非全因勇敢、生命力顽强或信念坚定，逃生者实在只是由于撒谎、运气好或作奸耍滑而浮出了水面。"① 因此，普里莫·莱维一再强调，通过阅读自己和其他大屠杀幸存者所写的回忆录，他深切地意识到幸存者只是数量稀少且超越常态的少数群体，只是那些最适应环境的人，凭借着运气、能力、施暴、麻木、合谋或搪塞等各种原因才没有到达集中营的底层，他们不是真正的证人，而只是在近处目睹了这些故事的人。只有那些被吞没者，才是彻底的见证人，这些人的证言才有着普遍而重大的意义。然而悖论却是，最彻底的见证人是无法作见证的，因为没有人能回来讲述他自己的死亡。或者，就如同那些目睹了蛇发女妖的人一样，即使回来，也失去了讲述的勇气和能力。所以，幸存者只是作为真正的见证人的代理，讲述他们的故事。② 作为奥斯维辛集中营的第 174517 号囚徒，幸存者普里莫·莱维对谁才是真正的见证人的认识是无比深刻的，在莱维的意义上，只有受害者才是真正的见证人，但最彻底的见证人又完全无法"作见证"，更不可能将他们的灾难记忆保存在公共的文化记忆之中。受害人无法作见证，而作见证的幸存者，首先还需要愿意面对自身的道德弱点与道德污点，克服灾难之后的罪感、悔恨、羞耻、创伤等负面效应才能作见证。这是见证文学的书写者的限度。

其次，由于见证文学的纪实性标准，对某个社会灾难的见证就只能局限于几代人的时间长度中。对于凡非亲身经历者来说，穷竭其所有的想象都无法抵达灾难本身，没有经历过社会灾难的人是永远也无法揭露和书写灾难的。当所有"是见证"的亲历者们在肉体上不复存在之后，见证某个灾难的文学文本也将随之不再增加。因此，见证文学有赖于亲历者的生命长度，这是见证文学的时间限度。

再次，见证文学具有事实层面上的认知与记忆的限度。实际上，在社会灾难笼罩时的极端情境中，在暴力与死亡的重压之下，亲历者所能"看到"的一切都是有限的、片段的，一如索尔仁尼琴在《古拉格群岛》的题献中

---

① 黄子平：《幸存者的文学·自序》，（台北）远流出版公司 1991 年版，第 9 页。

② ［意］普里莫·莱维：《被淹没和被拯救的》，杨晨光译，上海三联书店 2013 年版，第 82—84 页。

写道："献给/没有生存下来的诸君/要叙述此事他们已无能为力/但愿他们原谅我/没有看到一切/没有想起一切/没有猜到一切。"① 作见证者除了"看到"，还需要"想起"和"猜到"那些不能或不愿做见证者所经历的一切。对比大屠杀文学文本，我们会发现有人在回忆痛苦，有人却因为幸存而感到罪疚（如普里莫·莱维的《被淹没和被拯救的》），有人记住了烟囱旁、痛苦的间隙中体会到的与幸福类似的片刻宁静（如凯尔泰斯·伊姆雷的《无命运的人生》），有人记录了密室躲避时的日常生活轨迹和成长的忧喜（如安妮·弗兰克的《安妮日记》）。社会灾难是有着不同的面向的，在甚至是相互龃龉的细节真实上，我们似乎根本就无从以一位作见证者的证词证言去验证另一位作见证者证词证言的准确度与真实性。同时，记忆也是不确定的，除了随着时间的侵蚀记忆本身的变形、消散之外，作见证者还要对抗选择性的遗忘，这种选择性"不单来自权势者和权力机制，亦来自幸存者自身"②。并且，记忆常常在不知不觉中"被后来接受的信息所影响，如读到的报道，他人的叙述。有些时候，自然而然地，产生无中生有的虚假记忆，可时隔多年，这些虚假的记忆已变得可信"③。因此，即便是最严格意义上的见证文学，也有可能面临着真实性的考问。

　　最后，许多灾难的幸存者和灾难记忆的研究者都认为经验层面的灾难是无法再现的，"或者不完整，或者不真实，在我们的记忆与记忆的表达之间，伫立着一堵无法穿透之墙。过去属于那些亡者，和那些从未用语言将自我与大屠杀联系起来的幸存者"④。集体性的社会灾难无法被书写，是因为灾难本身已经超出了人类现有的语言系统所能描绘的范围。"一本关于特雷布林卡（Treblinka）的小说既非小说，也与特雷布林卡无关，一部关于马伊达内克（Majdanek）的小说讲述的是亵渎，也只能是亵渎。特雷布林卡意味着死

　　① ［俄］索尔仁尼琴：《古拉格群岛：1918—1956 文艺性调查初探》，田大畏、陈汉章译，群众出版社 1987 年版。

　　② 黄子平：《幸存者的文学·自序》，（台北）远流出版公司 1991 年版，第 9 页。

　　③ ［意］普里莫·莱维：《被淹没和被拯救的》，杨晨光译，上海三联书店 2013 年版，第 11 页。

　　④ Elie Wiesel, "The Holocaust as Literary Inspiration", In *Dimensions of the Holocaust: Lectures at Northwestern University*, Elie Wiesel, Lucy Dawidowicz, Dorothy Rabinowitz, and Robert McAfee Brown, Evanston, Northwestern University Press, 1977, p. 8.

亡，是语言、希望、信任和灵感的彻底死亡。超出可描述范围的情境怎么书写呢？"①回忆录也好，法庭证词也好，见证文学始终只能以文字、语言的方式再现社会灾难，而任何语言的修辞对灾难的亲历者来说都是侵害性的，然而如果不再现，又无法把灾难建构成具有社会公共性的灾难记忆。埃利·威赛尔的作品《夜》被不同的读者看作是"个人回忆、自传叙述、虚构性自传、非虚构性小说，或人性记录"，究其根本，是因为社会灾难的记忆"必须由作见证者重新构建成一个连贯的叙述。这种想象的构建具有虚构的特征。从本质上来说，见证文学是不可能完全纪实的"。②这也在事实上构成了见证文学的叙事限度。

见证文学的限度使得对社会灾难作见证是困难的。但即便如此，那些作见证者所孜孜以求的仍然是通过讲述灾难来纠正曾经发生过的非正义，并以未来之名记忆社会灾难。见证文学的最大危机不在时间的侵蚀与见证者的消逝，不在虚假记忆的以假乱真，也不在作见证者讲述社会灾难的动机、目的、立场以及讲述的方式，而只在于出于某种实际利益的需求或者权力机制的制约而导致的关于社会灾难的集体记忆的被遮蔽、被扭曲和被彻底遗忘。因此，对于灾难的非亲历者和单纯的时间意义上的后来者来说，在见证文学的几个限度的背面，其他以社会灾难为题材的虚构性的书写就有可能与见证文学一样，具有记忆社会灾难、呈现我们共同人性的作用与价值。

以灾难记忆为题材的虚构文学及"诗性正义"的维度

爱尔兰作家约翰·波恩（John Boyne）出生于 1971 年，他 2006 年出版的小说《穿条纹睡衣的男孩》（*The Boy in the Striped Pajamas*）③虚构了一个

---

① Elie Wiesel, "The Holocaust as Literary Inspiration", In *Dimensions of the Holocaust*: *Lectures at Northwestern University*, Elie Wiesel, Lucy Dawidowicz, Dorothy Rabinowitz, and Robert McAfee Brown, Evanston, Northwestern University Press, 1977, p. 8.

② 徐贲：《为黑夜作见证：维赛尔和他的〈夜〉》，《人以什么理由来记忆》，吉林出版集团有限公司 2008 年版，第 214、218 页。

③ John Boyne, *The Boy in the Striped Pajamas*, Ember, 2006. 由马克·赫门（Mark Herman）执导的同名电影也在 2008 年上映。

与大屠杀有关的"亲历者"的故事。9 岁小男孩布鲁诺跟随执行特殊任务的纳粹军官父亲来到新家，一个叫作"一起出去"（Out - With）的地方。新家坐落在一片光秃秃的荒地上，周围看不到其他的房子，没有学校也没有别的人，非常无聊。家人还警告布鲁诺绝对不许访问铁丝网围墙的另一边。布鲁诺对世界充满着好奇，他透过玻璃窗看到远处有很多穿着条纹衣服的人，他们看起来肮脏而不友好，就像木头人一样。崇拜哥伦布的布鲁诺有一天跳出窗子，沿着长得无穷无尽的铁丝网围墙走下去，终于看到了一个小点，那是没有穿鞋子和袜子、胳膊上戴着星形徽章、与他同一天出生的小男孩希姆尔。他们成了朋友，隔着铁丝网互相讲述自己的生活经历。布鲁诺一直想要两个人在一起玩一次。当他要离开这里回柏林的时候，他想用帮助好朋友寻找失踪父亲的线索的办法来表达友谊：布鲁诺穿上了希姆尔带来的一套条纹囚服，钻进了铁丝网。当布鲁诺帮助希姆尔寻找他的父亲未果准备回家的时候，正好是布鲁诺的父亲决定要"处理"集中营"犯人"的时刻。紧闭大门的毒气室里，布鲁诺与希姆尔手牵着手站在了一起，Out - With——一起出去，变成了永远不能实现的愿望。

《穿条纹睡衣的男孩》是一部大屠杀非亲历者以大屠杀灾难记忆为题材书写的虚构故事。小说中甚至都没有直接使用"奥斯维辛"这个词，只是通过一些符号表征故事发生的情境，比如条纹睡衣（囚服）、星形徽章、士兵、烟囱、隔绝等来暗示这里是集中营。这种象征性的描述与作品的儿童视角叙事策略有很大的关系。儿童视角是一种限制性的隐喻视角，它借助儿童的眼光或经历来展开故事。对儿童来说，世界是陌生而需要探索的，正在发生的一切在儿童面前袒露丰富的意涵，这就使得事件本身在儿童眼中总是呈现出最原初的形态，世界的伪饰与谎言在儿童的"无知"和"不明白"中遭受质询，儿童是世界最公正的观察者、感知者和旁观者。正如小说中布鲁诺的懵懂和他体验到的士兵的残暴，以及无法言说的动荡不安与恐惧，反映的都是纳粹大屠杀事件的残酷、血腥与悲怆。"视角的选择是一个道德的选择，而不只是故事的技巧角度。"① 在儿童视角的背后，隐含的实际上是成人叙事者（作者）对待大屠杀事件的批判态度和立场。

---

① ［美］布斯：《小说修辞学》，华明、胡晓苏、周宪译，北京大学出版社 1987 年版，第 14 页。

不能忽视的是，小说中所描写的一些微观层面上的细节并不都是真实的，甚至有很多虚构的内容也几乎不可能真实地发生。比如为了故事情节的需要，希姆尔经常能够躲起来，并与布鲁诺见面；为了能够顺利地进入铁丝网里面，布鲁诺认为唯一的问题就是需要用条纹衣服来装扮一下，希姆尔对他说，"行，他们把条纹衣服都放在了一个屋子里，我能给你拿一套我这尺寸的衣服来"①。在很多集中营亲历者的回忆录、见证文学作品里，却能发现情况并非如此，我们看到"每个地方都有一名犯人站着分发衣物。我——和所有的人一样——得到了一件原先应是蓝底白条的、我爷爷那个年纪的人穿的那种脖子上既没有扣子也没有领子的衬衫，一条同样顶多适宜于老年人穿的、脚踝处有开叉、还带有两根真正的扎裤腿的绳子的裤子，一套破旧的衣服，完全就是犯人身上所穿之物的完美翻版，麻布的、蓝白条的———身表征的囚服……那裤子——由于太大，且缺少腰带或背带之类的东西——我只能胡乱地在上面系了一个大疙瘩"。"即使剃了光头、穿着与他高高的身材不相称的、有点儿短的囚服……"② "在大雪中，他们把囚服扔给我们。他们甚至连大小都从不看一眼。""他的裤子大得能装下两个人，但他却连根做腰带的绳子都没有，一天到晚用一只手提着……一只鞋子太小，他的脚根本塞不进去。即便这样他不得不随时拎着，说不定能找到谁愿意换。另一只鞋又大得像个船，但这个至少还能穿。那时是冬天，无论他走到哪儿，都不得不光着一只脚踩在雪地上。""我端起碗，鞋子掉了。我捡起鞋子，裤子又掉了。但是我能怎么办？我只有两只手。"③ 另外，比如在布鲁诺认为已经向希姆尔表达了自己的友谊应该回家的时候，他与希姆尔裹挟在人群中被圈定为要送进毒气室的那部分人，而根据文献记录，送去毒杀的人先是要被挑选出来的，并且通常他们会沿着精心设计的路线被送到毒气室，受害者被告知要进行"消毒"，受害者往往要先在脱衣室脱光衣服，之后把衣物挂在标记了号码的挂钩上（鞋子也系在一起），来证明完全不必担心，甚至连

① John Boyne, *The Boy in the Striped Pajamas*, Ember, 2006, p.199.

② ［匈］凯尔泰斯·伊姆雷：《无命运的人生》，许衍艺译，译林出版社2013年版，第73、75页。

③ Art Spiegelman, *MAUS II: A Survivor's Tale: And Here My Troubles Began*, New York: Pantheon Books, 1992, pp.26, 29.

党卫军成员和犹太特别分队的囚犯也会一同陪伴这群等候"消毒"的人进入设有淋浴的毒气室。①

我们当然还能够找到其他的有据可考的、能够质疑小说不真实的细节，这其实也是以灾难记忆为题材的虚构文学作品饱受争议的地方：其所虚构的灾难记忆经不起经验层面的检验，这既会伤害到灾难的亲历者的感情，又会引人以此为据反诘灾难是否真正发生过。

诚然，在以真实为圭臬的见证意义上，虚构文学的确不能见证社会灾难，因为"当文学文本以历史灾难（horror）作为主题时，不可避免地以叙述和美学策略航游于使得语言范畴与经验范畴区分开来的不可信的空间（navigate the treacherous spaces）"②。但是，在灾难必须被表达和能否被表达之间，虚构的文学作品却因为自身的叙述与美学策略，讲述了那些超越讲述内容之外的不可讲述的灾难的一切。这样的文本无疑通过文学的方式努力在灾难的经验和再现之间搭建了桥梁。蚁布思在《文学与创伤史：纳粹大屠杀个案研究》一文中指出，"文学与创伤性的历史不是敌人，而是可信赖的伙伴"③。社会灾难记忆需要文学的加工，创伤性的历史需要文学的讲述来抚慰创伤。并且，在文学拒绝遗忘的记忆功能上，以灾难记忆为题材的虚构文学艺术作品与见证文学所起到的作用并没有根本的差别。

然而，鉴于其所书写内容的特殊性，对这类以灾难记忆为题材的虚构性文艺作品我们似乎还需要做进一步的限定：在不违背社会灾难的基本事实的前提下，我们不必在微观层面上追究虚构文学细节书写的真实性，或故事发展情节的戏剧化，只要其秉持一个基本的伦理底线，即：对社会灾难记忆的书写必须基于"以社会正义为问题意识的记忆，而且在从一开始提出正义是非价值观时就将之明确为受害者、弱者和无权者的正义"④。换句话说，虚

---

① ［美］索尔·弗里德兰德尔：《灭绝的年代：纳粹德国与犹太人：1939—1945》，卢彦名等译，中国青年出版社 2011 年版，第 418 页。

② Lea Wernick Fridman, *Words and Witness: Narrative and Aesthetic Strategies in the Representation of the Holocaust*, State University of New York Press, 2000, p. 88.

③ ［荷］艾尔鲁德·蚁布思：《文学与创伤史：纳粹大屠杀个案研究》，《中外文化与文论》2008 年第 1 期。

④ 徐贲：《变化中的文革记忆》，《在傻子和英雄之间：群众社会的两张面孔》，花城出版社 2010 年版，第 299—325 页。

构的文学书写社会灾难记忆必须自觉承担文学在社会公共生活中所应具有的政治维度与道德向度，作品能够使读者以感同身受之心对遭受灾难的弱者报以人性的关怀与人道的同情，也即是具有"诗性正义"的德性和文化逻辑。

"诗性正义"（poetic justice）这个术语是 17 世纪后期的英国批评家托马斯·瑞默尔（Thomas Rhymer）在他的著作《最后时代的悲剧》（*The Traged ies of the Last Age*）中新造的，用来指在文学作品的结局中，不同的角色都因为自己的美德或恶行而得到相应的奖赏或惩罚。也就是说，文学作品应该体现基本的因果循环、善恶有报的道德内涵。在整个古典主义时期的欧洲，诗性正义都被认为是写作应该遵循的主要原则，而自 19 世纪之后，文学书写应坚持善恶有报的"诗性正义"观点逐渐式微。① 1995 年，美国芝加哥大学法学院、神学院和哲学系合聘的教授玛萨·努斯鲍姆（Martha C. Nussbaum）在《诗性正义：文学想象与公共生活》（*Poetic Justice：The Literary Imaginat ion and Public Life*）一书中，重提"诗性正义"。

努斯鲍姆借助狄更斯的小说《艰难时世》的分析，批判了源于经济学功利主义的正义标准的种种弊端，并在此基础上提出基于文学想象与情感的、诗性的正义和司法标准。她认为"诗性正义"的关键在于想象（fancy），想象具有极大的实践价值和公共价值，它是一种伦理立场的必需要素，它可以使我们"关注自身的同时也要关注那些过着完全不同生活的人们的善的伦理立场"。文学在某种意义上以独特的生命感受塑造了"颠覆科学理性标准的想象与期望"。在阅读文学作品的过程中，读者通过富有同情的想象去体验作品所展示的人的生命中发生的或可能发生的事情，以这种带入式的、"与我有关"的视角去看待世界，这对社会正义的塑造有着非常重要的作用，因为它通过想象进入遥远的他者的世界，激起了这种参与的情感，"否则一种公正的尊重人类尊严的伦理将不会融入真实的人群中"②。

---

① Manuela Gertz, *Poetic Justice in William Faulkner's "Absalom Absalom"*, GRIN Verlag, 2010, pp. 4 – 5. 参见 http：//books. google. com. hk/books？id = 0PYzH_ 7iit8C&pg = PA4&redir_ esc = y&hl = zh – CN&source id = cndr#v = onepage&q&f = false。

② ［美］玛萨·努斯鲍姆：《诗性正义：文学想象与公共生活》，丁晓东译，北京大学出版社 2010 年版，第 7、9、12 页。

　　努斯鲍姆始终是在法哲学意义上探讨诗性正义的内涵的，她认为文学作品可以培育具有道德想象力的人，从而推进公共生活中的社会正义。我们在此无意探究努斯鲍姆提出的"诗性正义"在司法领域中的可行性，但却可以以之为启发来阐述以社会灾难记忆为题材进行书写的限制问题。首先，写作者必须站在能够体现正义的价值立场上、站在弱者的一方书写，他的作品必须对社会灾难有基本的价值判断和善恶判断，出于任何目的或任何理由而丧失了基本的道德伦理关怀的书写都是不被允许的。作品要追求普世的、人性的、美善意义上的真实。其次，诗性正义书写社会灾难这样的极端处境中的个体遭际，其目的不是宣扬暴力或恐怖，而是要洞察与揭露被纹饰或者被忽视的历史非正义，展示历史的复杂性，从而引出更深入的对社会灾难发生机制、事实真相、灾难之后的修复与重建等问题的深度问询、反思和警醒。最后，作品一经问世，就会成为建构灾难记忆的有机组成部分，因此，作者要有对未来负责的历史意识。

　　《穿条纹睡衣的男孩》这部小说引起了极大的轰动，不但成为《纽约时报》评选出的畅销书，而且在全球范围内也入围并获得诸多奖项，还被翻译成二十多种文字在世界各地上市。布鲁诺被作者塑造成天真且不谙世事的形象，在被追问一个 9 岁的孩子的这种天真是否能够在纳粹德国统治时期依然保有时，约翰·波恩表示，"一开始写这本书的时候，我就知道我处理的是大屠杀题材中的极端恶的问题，我感兴趣的是把这种极端的恶与彻底的清白无辜并置起来"①。作品中的这种并置的确引起了今天的读者对布鲁诺天真形象的质疑，然而事实却是，在这些集中营被联盟解放的 1945 年，人们为那里发生的事情感到震惊，人们惊愕于这样的事情居然能发生在 20 世纪中叶。约翰·波恩在对奥斯维辛进行了认真研究之后，无法理解这样一个事实：为何有如此多的人对大屠杀的发生和持续多年只是"袖手旁观且无动于衷"？他由此追问："如果那时我们在那儿，我们会不会站出来做些什么？"正是出于这样的富有道德同情心的想象，约翰·波恩认为这是我们每个人都需要反躬自省的问题，同时他也相信他的故事可以被置换到世界任何地方任何时间的社会灾难情境中，因为"这样的'篱笆'遍及世界各地，我们希

---

　　①　John Boyne, "An Interview with John Boyne", In *The Boy in the Striped Pajamas*, Ember, 2006.

望你从未遭逢"①。也正是由这样的价值立场与政治关切出发,这部以灾难记忆为题材的小说触动了读者,从而与读者建立起联系,在这样的联系中,作品与读者之间达成了具有价值共识和立场共识的"道德合约",这种"道德合约指的是一些与价值有关的默契。每个故事或叙述都是以一些基本的价值观为框架的。读者一定是在接受了这些价值观的前提下,才会觉得故事说得好,觉得受到感动,觉得心不由己地同情故事中的人物。相反,如果读者不接受故事的基本价值框架,无论故事说得多么技巧,他都不会被感动"②。《穿条纹睡衣的男孩》虚构的这个故事正是在"诗性正义"的维度之下展现出灾难的恶与荒谬,而对在灾难造成的极端情境中那些残留的天真与人性的描摹,则为创伤的修复留下了希望。

由是观之,在见证文学的限度之外,通过虚构文学书写的与社会灾难有关的一切故事,都会变成灾难记忆的场所和唤醒灾难记忆的媒介,留待与他人、与后来人相遇。无论何时何地,一旦相遇,文学叙事中的灾难记忆便会在他人、在后来者的想象中重生,而与之相关的问题便会被追问,过去的灾难便能得到反思,这种追问与反思将能够提供无限的希望,这种希望我们同样可以把它理解为开端启新的能力。如果不讲述,灾难似乎就好像从来没有发生过一样,通过文学叙事的方式,曾经发生过的灾难被保留下来,并以自身尖锐的痛感与任何形式的欺骗和遗忘做斗争,从而具有了积极的公共性和道德意义。在此层面上,以"诗性正义"为叙事维度的虚构的社会灾难文学实践与见证文学并没有根本性的区别,它们将一起超越时间的限度,成为人们想象灾难,阐释灾难,反思灾难,形成并传承不同代际的灾难集体记忆的物质载体。

后"文革"时期"文革记忆"书写研究的问题

德国法西斯对犹太人的大屠杀,在战后经过几代人的努力,被建构为全

---

① John Boyne, "An Interview with John Boyne", In *The Boy in the Striped Pajamas*, Ember, 2006.

② 徐贲:《"记忆窃贼"和见证叙事的公共意义》,《人以什么理由来记忆》,吉林出版集团有限公司 2008 年版,第 248 页。

人类的灾难记忆；作为历史劫难的中国"文化大革命"至今已经过去三十余年，遗忘的荒漠与记忆的艰难却总在提醒我们：未来将会是怎样？当代作家李锐将"文革"视为中国人的奥斯维辛，① 尽管"文革"与纳粹屠犹在各个层面都有着本质的区别，但"它们至少在两个维度上使东、西方不同的生存经验得以沟通：其一是集体无意识的幻想、狂热及其合力的无可遏制；其二是人类既有价值、秩序和规范的脆弱。正是如此，当代中国人所面临的文学问题才与西方人日益相似。这两个事件之间的可沟通的部分，成为东、西方在同一起点上进行思想对话的基础"②。

1981 年 6 月 27 日，中国共产党第十一届六中全会一致通过了《中国共产党中央委员会关于建国以来党的若干历史问题的决议》，对 1949 年以来中华人民共和国一系列重大的历史问题，尤其是"文化大革命"、毛泽东的是非功过及其历史地位等问题进行了总结和评价。认为"'文化大革命'是一场由领导者错误发动，被反革命集团利用，给党、国家和各族人民带来严重灾难的内乱"。《决议》的基本精神是否定"文革"，具体路径则是"向前看"。在《决议》起草阶段，邓小平指出，决议中最核心、最根本的问题是"坚持和发展毛泽东思想。党内党外、国内国外需要我们对这一问题加以论证，加以阐述，加以概括"③。就这样，通过国家权力的政治手段干预，官方话语不仅对"文革"这场政治运动进行了历史性的定位，而且中国共产党第二代领导集体的核心领导人也对今后如何概括和阐释"文革"，以及概括和阐释的侧重点做出了方向性的指示。政治制度上对激进革命的告别并不代表社会各个层面对革命的彻底告别，作为政治运动的"文革"结束了，但"文革"中形成的意识形态、思维惯性、革命化的修身方式等文化惯性却很难戛然而止。后"文革"时期，学界对"文革"问题的思考曾在政治意识形态允许的范围内一度掀起热潮，然而随着社会言说空间的收紧和消费主义的甚嚣尘上，犬儒主义与物质主义大行其道，再加上相关理

---

① 李锐：《重新叙述的故事》，《文学评论》1995 年第 5 期。

② 钟志清：《神学伦理学的当代意义——"奥斯威辛"和"文化大革命"所引出的真正问题》，（加拿大）《维真学刊》1999 年第 1 期。

③ 《关于建国以来党的若干历史问题的决议》，维基百科：关于建国以来党的若干历史问题的决议，http：//zh. wikipedia. org/wiki/。

论的匮乏，对"文革"的反思渐趋衰落。然而，任何一个有反省能力的社会，都应该不断地回到被历史的幽暗遮蔽的时间段里，正视那些尚未愈合的创面。

避开史料搜集和爬梳的困难，回避对"文革"运动本身进行研究的微妙处境，以文学的方式讲述"文革"，仍然是当下语境中我们记忆"文革"的主要方式。自"文革"后至今的三十余年里，跟"文革"相关的大量自传、报告文学、回忆录等纪实性作品出版，比较著名且引起广泛的关注的有巴金的《随想录》、杨绛的《干校六记》、季羡林的《牛棚杂忆》、流沙河的《锯齿啮痕录》、韦君宜的《思痛录》、邵燕祥的《沉船》、高尔泰的《寻找家园》、陈凯歌的《少年凯歌》、老鬼的《血色黄昏》、徐友渔主编的《1966：我们那一代的回忆》、北岛和李陀主编的《七十年代》等。另外还有数量可观的或直接书写"文革"，或以"文革"为背景的虚构小说出版，且几乎涉及新时期以来的所有重要作家，如莫言、阎连科、王小波、王朔、铁凝、王安忆、叶兆言、苏童、迟子建、余华、韩东、毕飞宇、东西、梁晓声等。这些"文革"纪实文学作品和以"文革"为题材的虚构文学作品，共同形构着我们民族的"文革"集体记忆。

然而，在大量的作品面世的同时，就目前对新时期以来文学的研究来看，对"文革记忆"书写的专门性研究在总体上仍未走向理论的自觉。国内学界对"记忆"问题的关注相对比较晚，尽管西方记忆理论经典文献的译介①、与记忆相关的学术会议召开②、运用记忆理论分析中国的历史创伤问题等工作都有所展开，但是对"文革记忆"书写的专门性研究无论是在广度还是在深度

---

① 比如上海人民出版社于 2000 年和 2002 年分别译介出版了保罗·康纳顿的《社会如何记忆》和莫里斯·哈布瓦赫的《论集体记忆》；2007 年北京大学出版社编译出版了哈拉尔德·韦尔策的《社会记忆：历史、回忆、传承》一书；国内唯一的文化研究辑刊《文化研究》，在第 11 辑（社会科学文献出版社 2011 年版）也推出了"文化记忆"研究专题；由德国阿斯特利特·埃尔和四川外国语学院教授冯亚琳合作编译的《文化记忆理论读本》在 2012 年由北京大学出版社出版。

② 目前所能查询到的以"记忆"为主题的会议有三次，分别是：2007 年北京外国语大学外国文学研究所主办了"历史与文化记忆"学术研讨会探讨历史与记忆问题；2009 年暨南大学举办"文学与记忆"学术研讨会，会后《文艺争鸣》杂志在 2010 年第 1 期刊发了 6 篇相关文章；2013 年 5 月，首都师范大学在北京召开了"创伤记忆与文化表征：文学如何书写历史"国际学术研讨会。

上，都显得比较单薄。严格来说，针对"文革"灾难记忆的文学书写的文学类型、美学风格、写作意义等的研究，目前基本上是把它们放在"文革文学"这样笼统的文学史范畴内进行的。这当然有着学科史意义上的合理性，但这种合理性却也遮蔽了对"文革"记忆进行研究的特殊性。在此意义上，借鉴西方的社会灾难记忆的文学书写研究来思考中国"文革记忆"的书写问题，似乎就是很有必要的了。

首先，我们已经意识到了"文革"记忆的纪实性书写的独特价值，但目前还缺乏类似于像"见证文学"这样的专门意义上的概念的界定与廓清，各种命名和概念使用基本上是自说自话。

比如"真话文学"。自1978年底在《大公报》开辟《随想录》专栏之后，巴金在文化反思意义上的"讲真话"就一直备受关注。因此，有论者认为，"《随想录》的出现结束了一个迷乱的时代，开启了一个'真话文学'寻找与叩问的崭新时代"。论者还乐观地认为，正是从巴金的《随想录》开始，后来的文学再讲假话就相当困难了，而且即使坚持说假话，人们心里却是清清楚楚的，因此，《随想录》的不朽价值之所在正是开一代风气的真话文风，以及冲破思想禁锢的大无畏精神和忏悔精神。[1] 但是，对何为"真话文学"，该文却没有理论上的清理。

再如"实文"。流沙河认为不管如何对文学作品进行分类，从本质上讲都无外乎"实文"和"虚文"两种，"实文源出历史，真中求善。虚文源出神话，美中求善"。并将自己的回忆录文类归入"实文"一类。流沙河不愿用"纪实文学"这个词，还因为"'文学'二字使人想到创作，创作二字使人想到编造"，"实文"与我们惯常所用的"散文"也不同，因为"散文容许虚构"。[2]《锯齿啮痕录》是流沙河在失而复得的个人日记基础上写成的，他这样描述自己即使在"文革"中也坚持记日记的原因："活着看见了'文革'这样千载难逢的大黑暗，不记下几个字为后世提供一点旁证，岂不辜负了彼苍之厚耶！……我想，世怎样衰，道怎样微，邪说暴行怎样有作，后人

---

① 汪应果：《巴金：20世纪中国文学的良心》，《中国艺术报》2009年7月15日，http://www.cflac.org.cn/ysb/2009-07/15/content_ 17110009.htm。

② 流沙河：《锯齿啮痕录》，生活·读书·新知三联书店1988年版，第1—2、74—75、81页。

总能够从我的日记中窥见一点点影子吧。"在写作回忆录的过程中，作者"严守纪实原则，决不虚构"。由此来看，流沙河所强调的，在容不得任何虚构的生命经历本真面目的纪实，其写作目的也自觉在于为历史提供证据。但是"实文"的命名过于笼统，不能将书写"文革"的纪实文学作品与书写其他内容的纪实文学作品区别开来。

又如"思痛文学"。韦君宜的回忆录《思痛录》从投奔延安之后在绥德遭遇"抢救运动"的经历写起，一直写到"文革"之后，半个世纪的风风雨雨使她成为一位见证者。她在《思痛录》的"缘起"一节中说，"'四人帮'垮台之后，许多人痛定思痛，忍不住提起笔来，写自己遭冤的历史。也有写痛史的，也有写可笑的荒唐史的，也有以严肃姿态客观写历史的，也有以严肃姿态写历史的，也有从 1957 年开始的，也有从胡风案开始的，想压也压不住"。韦君宜在病榻之上回忆往事，其所思所痛者，在"历次运动给我们的党、国家造成的难以挽回的灾难。同时在左的思想的影响下，我既是受害者，也成了害人者。这是我尤其追悔莫及的"。作者凭借对中国共产党的忠诚和知识分子的良知，将自己在"文革"后十多年来对"文革"的回忆与反思表达出来，不说理、不分析，"只是说事实，只把事情一件件摆出来。目的也只有一个，就是让我们党永远记住历史的教训，不再重复走过去的弯路"。①

启之从韦君宜《思痛录》的书名与缘起出发，将之理论化为"思痛文学"，认为"思痛文学"在美学的基本属性上是以回忆录和史传散文为主体的纪实文学，它揭示给世人的不是艺术，而是对"中国特色的人道灾难"中的"受害与加害、羞辱与认罪、觉悟与启蒙"的当代文化的另类记忆。思痛者大多是被羞辱者、认罪者和驯服者，但对内的反省与对外的反思的结合赋予了"思痛文学"特立独行的性格，即以真实为平台，以"史鉴"为号召，所记载的是革命造成的恐惧、苦难与毒害。② 由此来看，"思痛文学"的概念着重于对"文革"的纪实性书写上。

还有"劫后文学"。夏刚在《十年：世纪的冲刺——对"劫后文学"的

---

① 韦君宜：《思痛录》，北京十月文艺出版社 1998 年版，第 1、4 页。
② 启之：《"思痛者"与"思痛文学"——当代文化的另类记忆》，《粤海风》2011 年第 3 期。

双焦点参照透视》^① 一文中以 "劫后文学" 的概念替代当代文学史上惯用的
"新时期文学" 概念，认为中国的 "劫后文学" 和日本的 "战后文学" 一样
都是在遭受空前破坏后的重建，都与之后的改革隔着断裂层。黄子平认为
"劫后文学" 概念凸显了 "文革" 后大陆文学重建的历史背景，并且因此与
20 世纪欧美文学中的 "战后文学" "废墟文学" 等概念与阐释方式联系起
来，将之上升为世界多种文学交流对话的层面。这个概念的提出，是对抗将
"文革" 苦难 "创造性遗忘" 的 "权力—文化机制"，是试图将无数的幸存
者体验转化为积极的历史遗产，以鉴戒后世。^② 然而，"劫后文学" 的概念
更加宽泛，它只强调了新的文学在发生时间上与 "文革" 的关系，而不能
凸显 "文革" 记忆的文学书写。

命名是一种区分，目前的相关概念都是在逻辑的自洽上使用的，有的突
出此类作品发生的历史背景，有的强调其伦理价值，有的凸显写作者身份，
有的侧重写作内容的分类，有的直接以代际划分为依据，等等，各种命名因
地因时取材便宜行事，没有统一的区分与界定，这种现状也说明了对 "文
革" 记忆的文学书写的各种研究角度的分裂乃至于隔膜。

其次，由于对 "文革" 记忆的纪实性书写和以 "文革" 记忆为题材的
虚构类文学实践没有明确的区分，所以不少研究成果常常出现不合理的错位
评价。

比如杨健认为在 20 世纪 80 年代中后期（他称之为 "新时期后期"），
出现了一些 "以经验主义为基础的写实作品"，这些作品具有深厚的民间
写作传统和人道主义观照，"从人道立场重建价值体系"。杨健以朱晓平
"桑树坪系列"（1985—1990）和老鬼（马波）的《血色黄昏》为例在
"新写实主义" 文学思潮的范围内来评价这些批判现实主义作品。他认为
老鬼的《血色黄昏》"描述了知青真的人生，真的历史"，是知青文学的
一块里程碑，至今没有一部知青长篇小说达到和超越这部还原了真实历史
的小说的思想和艺术成就。但他同时批评道："作者文学修养不足，结构、

---

① 夏刚：《十年：世纪的冲刺——对 "劫后文学" 的双焦点参照透视》，《当代作家评论》1986 年
第 5、6 期。

② 黄子平：《幸存者的文学·自序》，（台北）远流出版公司 1991 年版。

层次不够缜密，内容文字粗率、简单。次要人物的性格塑造，显得粗疏草率。作者的粗蛮性格显得缺乏文明的浸润，加之流露出的贵族习气，影响了小说可能达到的人道主义高度。"① 《血色黄昏》中的确存在杨健所批评的这些文学创作方面的问题，然而，他对《血色黄昏》的这种批评却是有失偏颇的。

《血色黄昏》是老鬼的自传体长篇小说，作者真实记录了自己在内蒙古插队的经历，尤其可贵的是，作者不回避自身在思想上、精神上的不自由和身体上的性苦闷，不回避自身的耻感，坦率而大胆地为知青生活留下确凿可信的记忆，这类纪实性文学实践最大的价值就在于对"文革"灾难做出的个体见证，真实性是最基本的伦理底线。也正是因为这种真实性的要求，使得作者在叙事的过程中不能过多地考虑语言修辞、人物形象、布局谋篇等文学创作的技巧问题，而只能用最简单、平实、本真，甚至略显粗糙的文字去记录事件本身。但这种记录不仅没有影响到作品所能达到的人道主义高度，反而恰恰是促使作品在反思"文革"灾难的力度上卓有成效的直接原因。我们不能用文学技巧或美学风格来衡量和批评"文革"记忆的纪实性文学书写，因为两者的评判标准本来就是不一样的。出现这种错位评价的根源就在于我们对"文革"记忆书写的虚构与非虚构等问题没有很好地进行学理上的分类和梳理，从而导致现有的评价机制的失效与错位。

再次，对"文革"记忆的研究跟随中国新时期以来从"伤痕文学"开始的各种文学思潮展开，它们总是随着文学思潮的退潮而过时。除了"知青小说"在新世纪与大众传播媒介结合之后还算鲜活之外，其他研究似乎已经变成了文学史的"史料"，这也需要我们结合新的理论从新的角度对"文革"的文学书写进行研究。

国内不少学者②已经注意到了这些问题，比如陶东风认为建构主义的文

---

① 杨健：《中国知青文学史》，中国工人出版社 2002 年版，第 377—379 页。

② 另外，对"幸存者"的写作以及见证叙事有深入研究的美国加州圣玛丽学院英文系教授徐贲，也一直在关注国内"文革"记忆的研究情况，并就相关问题进行了深入的研究，比如他在国内出版的《人以什么理由来记忆》（吉林出版集团有限责任公司 2008 年版），《在傻子和英雄之间：群众社会的两张面孔》（花城出版社 2010 年版），还有不少单篇论文散见各类期刊。

化创伤理论对于研究中国文坛以叙述和反思"文革"、反"右"创伤经验的文学来说是有力的工具，因此，他把"文革"记忆的纪实性文学实践与文化创伤理论结合起来进行分析，强调对创伤性记忆的纪实性书写的见证意义和道德责任。① 何言宏在分析"文革"记忆的纪实性文学书写时指出，虽然这些文学实践以文字的方式建立起一座座独特的"文革"博物馆，但在客观上，由于它们一直都被称为"伤痕"、"反思"文学，而始终处于被遮蔽的状态。② 另外，还有一些更年轻的学者试图论证虚构的当代小说能否见证"文革"灾难的问题，如沈杏培认为小说对"文革"进行自觉而持续的书写，通过个体悲苦的演绎多层面地展现"文革"历史，共同见证"文革"历史对中国社会和个体造成的创伤与破坏，见证了"极端年代"的社会景观和人性景观，尽管存种种叙事限度，但这类小说在理论和实践意义上确实起到了见证历史的作用，因此他认为虚构小说是可以对"文革"作见证的。③

对"文革"记忆的关注在近年来已有所推进，但鉴于我们特殊的历史与文化语境，把中国因素融入世界范围内的历史、文学与记忆之间的文学实践仍有极大的空间。亚里士多德说人是政治性的动物，政治就是与人密切相关的生活本身，而文学在任何时间都无法逃避其政治维度的彰显。在后灾难时期，最为重要的就是，主动承担起文学书写对历史的记忆功能，拒绝对历史"真相"的忽视与遗忘。在今天，如果我们仍然缺乏宏大的人道情怀与文化关怀，把曾经发生过的社会灾难当作民族的家丑而刻意掩饰，或者简单地以历史进化论为由直接遮蔽灾难的痕迹，那么我们在道德上将无法坦然地面对现在，而宽恕将永远无法降临。

---

① 陶东风：《"文艺与记忆"研究范式及其批评实践——以三个关键词为核心的考察》，《文艺研究》2011 年第 6 期；《文化创伤与见证文学》，《当代文坛》2011 年第 5 期。

② 何言宏：《当代中国的见证文学——"文革"后中国文学中的"文革记忆"之一》，《当代作家评论》2010 年第 6 期。

③ 沈杏培、姜瑜：《刍议当代小说的见证叙事——以"文革"题材小说为对象的研究》，《福建师范大学学报》（哲学社会科学版）2012 年第 3 期。在沈杏培的博士学位论文《小说中的"文革"：当代小说对"文革"的叙事流变史（1977—2009）》（南京师范大学博士学位论文，2011 年）中，对"虚文"的见证功能与可能性也做了论证。

第三世界视野和理想主义的重构

——试论后"文革"时代陈映真的身份认同

蔡伟保[*]

相对于 1966 年到 1978 年之间的写作，陈映真 70 年代末和 80 年代的写作呈现出更复杂的特征。从 1979 年开始，陈映真开始既批判大陆中共的政治答卷（以"文革"为主），又批判台湾国民党和民进党的一丘之貉；既批判大陆的社会主义实践，又批判美国、日本和中国台湾的资本主义现代性；通过这种很容易观察到的政治和文化倾向的"分裂"，可以确定陈映真毋庸置疑地处于非常尖锐和复杂的思想矛盾和冲突之中。

这种思想结构张力的形成和大陆"文革"的结束以及陈映真对于"文革"真相的认识有着密切关系。"文革"对于陈映真的思想结构乃至身份认同的变化有着决定性的影响。这种影响表现出历时性的多方面特征。一方面，"文革"的爆发对于陈映真的思想结构内部矛盾的想象性解决起到了决定性的作用，这种作用也直接导致了他 1966 年到 1978 年写作风格、素材、文体等方面的变化。另一方面，随着"文革"的真相和陈映真"想象中的文革"形成的巨大反差的凸显，这种建立在以"文革"为代表的大陆"社会主义"实践的基础上的左翼身份的强化，[①] 以及左翼身份和民族身份的勾连，一并发生了剧烈动荡。本文将以理想与现实的"中间物"意识的重构为基础，从第三世界视野和理想主义等方面深入探讨陈映真在后"文革"

---

　* 蔡伟保，首都师范大学文艺学 2010 级博士生，指导教师：邱运华。

　① 本文所引陈映真所谓"社会主义"，特指"文革"时期的极"左"政治经济文化实践，并非马克思主义经典作家所阐释的社会主义，特此说明，并加引号。

时代围绕着身份认同展开的思想结构的艰难重构。

一　"中间物"意识的重构及其内在矛盾

　　进入 1979 年，以"想象的文革"的结束为标志，陈映真的思想结构形成了相对于 60 年代的在结构上类似然而在内容上有别的新的"中间物"意识。所谓在结构上类似是指在他的思想结构内部重新形成了一种内在的紧张，这种紧张表现在："文革"的真相使他基本否定了原本作为理想指归的大陆社会主义实践，他的思想内驱力促使他重新认真思考和接受现实，并以此作为批判大陆社会主义实践的背景。然而同时，他不能完全斩断与早期的革命理想主义的深刻联系。这种联系的藕断丝连的表现是多方面的。同时，面对 80 年代以后世界范围内的社会主义、共产主义革命的退潮，资本主义以全球化的形式全面胜利和扩展，陈映真虽然承认社会历史的现实发展有其现实的合理性和内在的必然性，然而却仍然尖锐地批判资本主义及其意识形态。因此，他在思想结构上重新呈现出一种"在"而"不属于"的"中间物"状态。所谓在内容上的不同，我们有必要与之和 1966 年之前的理想与现实的"中间物"意识结构进行简要的对比。早期的"中间物"意识状态的两端是"反共独裁下的资本主义"体制的台湾社会现实和左翼的理想主义所允诺的平等、富足的理想世界。鉴于海峡对岸的大陆正在如火如荼地进行社会主义实践，实际上这种"中间物"意识同时还带有地缘特征。也就是说，他的革命理想主义虽然在彼时的台湾是以陈映真的理想形态存在的话，那么同时还以想象的形式存在于彼岸的大陆。正是这种以现实形态进行的革命理想主义的最终凋零，促成了他的理想与现实的"中间物"意识的重构。这种艰难的重构过程，实际上是伴随着"文革"的爆发与结束而展开的"中间物"意识的彼此对立的两个对象的颠倒与互相取代的过程。在这里，经过重构的"中间物"意识的特点是：他不能接受残破的"社会主义"实践，但他同时不能完全接受资本主义社会体制及其意识形态。在这种两面为敌的夹缝之中，他不得不努力寻求新的思想支撑点，为自己的批判实践开拓新的领域。

　　这种精神结构的不断变化、调整，是 20 世纪中期以后复杂的国际形势与中国台湾的特殊社会环境的发展在陈映真精神结构中的反映，同时也是陈映真作为一个严肃、真诚的带有特定政治倾向的知识分子和这种复杂的社会、历史的现实之间的互动的结果。

陈映真经过重构的"中间物"意识的主要特征表现在一组紧张关系之中：在对于曾经的革命理想主义及这种理想的现实形态——大陆"社会主义"实践的批判同时，表现出一种批判的不彻底性。陈映真赋予了大陆"社会主义"实践的意义遭受到的破坏的程度决定了他的批判限度。陈映真的"社会主义"批判瞄准的首要"症候"在于：这种标榜着"人的解放"、标榜着比"资产阶级民主"更优越的"社会主义民主"的虚伪和巨大落差。在访谈中，他毫不掩饰："第一，我一贯认为，西方式的、资产阶级民主，有虚伪的一面。这是至今我也这样想的。不同的是，我曾相信在大陆有人民的、无产阶级的民主。现在，事实摆着，这一点，我错了。……今天，在精神上，中国也同样缺少资产阶级民主生活的经验，好据以发展更真实，更纵深的，人民的无产阶级的民主生活。"[1]

"中共前近代社会的落后的物质条件，反映到中共体制中……便衍化成各式各样的社会封建主义和社会法西斯主义。"[2] 从这段分析的思路来看，虽然在对"社会主义"实践进行批判，然而这种批判的思路仍然是马克思主义的"经济基础决定上层建筑"的视野和方法。这种由知识结构的背景所决定的批判思路在方法论上的内在限制，使陈映真对于"民主"与"自由"的呼吁呈现出隐含的内在矛盾。

我们看到，陈映真以资产阶级的民主作为批判大陆"社会主义"实践的独裁专制的反面，然而他更想要的，或者说理想中的民主，仍然是"人民的无产阶级的民主"。我们的问题是，陈映真所要求的，是"直接的民主"还是"间接的民主"？很显然，陈映真所要求的是人民直接当家做主的"民主"，是一种以人民不间断地行使权力的民主形式。思想结构的方法论的内在限制同样表现在关于"自由"的呼吁上："在一切之先，目前中国最迫

---

① 陈映真：《答友人问》，《陈映真作品集 12·思想的贫困》，（台北）人间出版社 1988 年版，第 35 页。

② 陈映真：《从江文也的遭遇说起》，《陈映真作品集 8·鸢山》，（台北）人间出版社 1988 年版，第 102 页。

切需要的，是在广大祖国的范围内，在客观的法制保障下，实践民主和自由。……没有这些民主和自由，整个民族的智慧会枯萎，整个民族的创造力会窒息，整个民族的灵魂会受到最深的创折。"① 我们引用以赛亚·伯林的关于"两种自由"的区分以澄清：陈映真所要求的是哪一种自由？伯林对这两种自由的区分是：消极自由回答这样的问题："主体（一个人或群体）被允许或必须被允许不受别人干涉地做他力所能及的事，成为他愿意成为的那个人的领域是什么？第二种含义我将称作'积极自由'，它回答这个问题：'什么东西或什么人，是决定某人做这个，成为这样而不是做那个、成为那样的那种控制或干涉的源泉？"② 从陈映真所呼吁的"出版、言论、集会、结社的自由"在伯林的意义上来说，属于"不受别人干涉"、"力求除去障碍"的"消极自由"。

对于民主和自由的不同理解和吁求，实际上是不同的"政治观"的体现。总的来说，存在着两种政治观："第一种政治观主张至善的政治，它在心态上强调积极的作为、伸张性的行动，具有浓厚的空想色彩，不妨称之为积极的政治观。第二种政治观主张防恶政治，在心态上较为收敛、消极、讲究实际，注重设防的艺术，不妨称之为消极的政治观。"③ 以此为出发点，"积极的政治观"统摄的就是"直接民主"和"积极自由"，而"间接民主"和"消极自由"应该归属到"消极的政治观"的范畴之下。因此，陈映真所吁求的"民主"和"自由"分属于不同的政治观范畴，本身就存在着相互矛盾。应该说，陈映真对 70 年代末之前的"社会主义"实践的批判所呈现出来的内在的矛盾实际上是他的经过重构的左翼身份本身蕴含着无法解决的矛盾的反映。

二　陈映真对"第三世界"的重构

陈映真在原先的精神结构遭到沉重打击而支离破碎之后，虽然他在感情

①　陈映真：《关于中国文艺自由问题的几些随想》，《陈映真作品集 8·鸢山》，（台北）人间出版社 1988 年版，第 59—60 页。

②　[英] 以赛亚·伯林：《自由论》，胡传胜译，译林出版社 2003 年版，第 189 页。

③　刘军宁：《共和·民主·宪政——自由主义思想研究》，上海三联书店 1998 年版，第 2 页。

上仍然坚持着民族主义和人道主义的底色，然而他必须在理论上能够重建自己的精神结构，必须能够寻找到大陆"社会主义"实践这一原先的批判视野的支点的替代品。而"第三世界"在这种支点缺失的情况下便成为80年代陈映真批判实践的新的方法论和出发点。

陈映真思想结构重构之前的阶级身份和民族身份的认同有着自洽的互相连接的结构，那就是以中国大陆为代表的地缘和"社会主义"实践所代表的政治体制之间的重合。而70年代末关于大陆"社会主义"实践特别是"文革"的更多一手资料在台湾的广泛传播，使他原先稳固的精神结构顷刻间千疮百孔，而互相铆接的两个层面的身份认同也分崩离析。因此，重构的精神结构必须要求新的支点能够把两个层面的身份认同重新予以连接。"第三世界"在这一点上具备了方法论的意义。也就是说，"第三世界"的视野不仅满足重构的民族身份，同时也连接起反抗压迫的阶级身份。80年代以后陈映真把民族身份的认同主体由"政党"替换为"人民"和"祖国"，这种主体转化实际上伴随着被动的无奈。而"第三世界"在民族身份领域的应用则反映了一种积极的、建设性的姿态。这一被动与主动的双重调整实际上反映了陈映真在民族身份认同方面所遭遇的双重困境。前者——认同主体的转换是对海峡对岸的"社会主义"实践的失落对民族身份所造成的冲击的应对，因为彼时的民族身份紧密连接在中国共产党开展的"社会主义"实践上，这一实践曾寄托了陈映真关于民族独立和复兴的愿景。而后者——"第三世界论"的提出和运用，则是对于1979年之后台湾地区开始迅速发展的"台湾意识"和"本土论"等分离主义意识和话语的应对。

"第三世界"在作为对抗台湾的"本土化"和"分离主义"方面是作为统派的陈映真最有力的武器，同时，"第三世界"的视野和方法论也是陈映真作为左派在经历了"社会主义"实践在中国乃至全球的失败、衰退之后能够清理、重构自己的左翼身份和立场的基础。也就是说，"社会主义"实践的受挫在全球的意识形态领域的反映是左翼思想和理念的退潮，是以"现代化"理论迅速占领各个民族国家的意识形态高地。陈映真要坚守和重构自己的左翼身份，就必须要回应资本主义全球化的迅速扩张这一政治、经济现实和以"现代化"理论为核心的全球化的资本主义意识形态。能否找到一个能在实践和理论上与之抗衡的视角和理论，成为80年代陈映真重构左翼思想，重塑左翼身份的重要课题。

陈映真的以"古典依附论"为理论内涵的"第三世界"观的左翼特征和视野，在用来观察中国大陆八九十年代的"改革开放"的社会现实上，就更加明显。总的来说，对于 20 世纪 80 年代中国大陆开始的"改革"，陈映真一直持一种非常矛盾的心情。一方面，他看到"改革"是前期的"社会主义"实践受挫之后的必然趋势，然而他对于中国大陆的改革开放、对于发展资本主义经济，更重要的是投入全球化的资本主义体系有着深刻的忧虑。这种忧虑包含内外两个层面，第一个层面是对于国内的阶级分化的再度出现和激化的忧虑："说目前的中国大陆社会已经有新生资产阶级官僚阶层；说在意识形态领域上俨然存在着'资产阶级自由化'思潮，比起'文革'时代，已经更有客观的、明显的事实支持类如这样的想法。"① 第二个层面，是大陆在重新和世界资本主义体系建立联系并寻求纳入这个体系为模式主导自己的发展时，能否保持自身社会主义国家的基本诉求。也就是："中国社会主义的发展，千条万条，是以人为中心的、以人的真实的解放为中心的发展。因此，对发展的定义、内容和品质，应该有通盘的异于资本主义发展论的新内容。这是中国经济学家的一个重要挑战——为谁、为什么、什么内容的发展，决定着发展的方针。"② 因此，陈映真对于大陆以鼓励发展民营资本和吸引外资为主的经济改革抱有相当审慎的态度。

在和渔夫的争论中，陈映真引用了恩克鲁玛的话以表明自己的立场："第三世界除非彻底地打倒、摆脱新殖民主义，永远无法取得经济、政治和文化上真实的独立。"③ 这种决绝的对待全球化资本主义的态度，表明了陈映真在以"文革"的结束为标志的亚洲"社会主义"实践衰落之后，在国际关系上对于左翼身份和左翼立场的坚持。而"古典依附论"本身就是作为左翼身份和左翼立场得以坚持和重构的理论基础。有学者指出："在全球化与反全球化的语境中，陈映真赋予了'第三世界'概念一种抵抗新帝国主义和新殖

---

① 陈映真：《寻找一个失去的视野》，《海峡评论》1991 年第 2 期。

② 同上。

③ 陈映真：《"鬼影子知识分子"和"转向症候群"——评渔父的发展理论》，《陈映真作品集 12·西川满与台湾文学》，（台北）人间出版社 1988 年版，第 182 页。

民主义的内涵的意义。第三世界概念的作用在于联合弱小国家和地区的人民和知识分子共同应对全球化的挑战，第三世界是全球资本主义秩序的一个激进的他者。……陈映真重构第三世界论述旨在建立抵抗新帝国主义的同盟，试图在资本主义的总体制度中建立一些异端和批判的空间。"①

三　从"幽暗意识"到"信望爱"：理想主义的重构

"第三世界"的视野与方法为他政治、民族的身份的重新清理与重构提供了重要的方法论基础。然而危机之后身份的重构不能说明陈映真一度崩解的思想结构在这种程度上就能重新恢复完整与平衡。也即以"第三世界"论为基础重构的左翼身份还必须面对20世纪80年代之后他必须面临和处理的一个重要问题：如何看待建立在"社会主义"革命和实践基础上的理想主义？在"社会主义"革命和实践的无可奈何地崩解之下，他面临着两个选择，一个是以更务实、实际的态度看待和接受现实世界及其秩序；另一个是重新艰难地多方求索以重构丧失了寄身之处的理想主义。陈映真选择了第二条道路，这个过程并不容易，在为小说集《云》所作的序言中他表达了这种无路之下既彷徨又坚定的复杂心情："曾经有一个时期，人们曾信以为有了一个确切不易的真理和答案的。……答案，是失去了。但过去的、当前的和将来的一切伟大的启发人心的文学与艺术，却为我们留下永不疲倦的爱，和永不熄灭的希望。而只要还有爱和希望，人们就能走出这漫长的崎岖孤单和黑夜，终至于迎见真理罢。"②

可以看到，虽然曾经建立完美世界的理想破灭了，然而陈映真仍然坚持理想主义，也就是说，他仍然相信人与人所生活的世界——政治与社会制度有着改善与达到至善的可能。在这个意义上，"爱"、"希望"等概念，成为陈映真重构自己的理想主义的核心话语。

如果把这种理想主义的重构放到陈映真自己的思想发展史中来看，就可

---

① 刘小新：《阐释的焦虑：台湾当代理论思潮解读》，福建人民出版社2010年版，第143页。
② 陈映真：《企业下的人的异化——〈云〉自序》，《陈映真作品集9·鞭子和提灯》，（台北）人间出版社1988年版，第30页。

以更清晰地看到 20 世纪 80 年代他的理想主义重构的动力、轨迹和特点。陈映真在 20 世纪 60 年代进入左翼思想，建构自己的左翼身份的核心动力，正在于他的人道主义的理想主义。在马克思主义所允诺的共产主义的蓝图中，一切剥削、压迫和不平等都将得到消除，人类将进入一个大同世界。然而正如我们在前文所论述的，由于基督教思想的浸润，陈映真对于人性有着一个基本的认识，那就是人与生俱来的"罪性"，而这种"罪性"和马克思主义的大同世界之间存在着难以调和的矛盾。因此，20 世纪 60 年代的陈映真在对于马克思主义的信奉的同时仍然在精神结构中存在着深刻的"幽暗意识"。按照张灏的解释，幽暗意识是指："发自对人性中与宇宙中与生俱来的种种黑暗势力的正视和醒悟：因为这些黑暗势力根深蒂固，这个世界才有缺陷，才不能圆满，而人的生命才有种种的丑恶，种种的缺憾。"[1] 很显然，这种"幽暗意识"和西方希伯来和基督教传统有着密切的关联。正是因为这种"幽暗意识"的存在，使之更加彻底地强化了知识分子的自省意识，并在此基础上形成了精神结构中的巨大张力。

从学理上来看，如果陈映真对"幽暗意识"的理解遵循着西方基督教的正统理解，那么他的政治思想势必会走向清教徒的自由宪政思想："弗里德里希教授曾经指出：自由主义的一个中心观念——'政府分权，互相制衡'就是反映基督教的幽暗意识。因为人性既然不可靠，防止专制暴政的最好办法就是把权力在制度上根本分开，避免政府中有任何一个人有过多权力，而政府领袖揽权专政的危险也就在制度上无行消解了。"[2] 而马克思主义的社会性的人性论和乌托邦一定程度上消解了基督教意义上的"幽暗意识"的悲观，使他在 20 世纪 60 年代仍然保持着一种总体上的理想主义。然而这种理想主义却存在着内在的缺陷，因为基督教的"幽暗意识"不仅没有被完全消除，反而为革命理想主义蒙上了一层阴影。可以说，20 世纪 60 年代的陈映真的思想结构宛如一幅黑白相对并渗透的太极图。当然，使陈映真痛苦的不是基于黑色的"幽暗意识"的自由宪政的思想不能实现，而是白色的革命理想主义面临着"幽暗意识"的威胁。这两种不同的人性论直接指向两种不同类型的政治观。

[1]　张灏：《幽暗意识与民主传统》，新星出版社 2006 年版，第 24、27、28 页。
[2]　同上。

"一种政治观认为政治生活和国家的目的是追求终极的善。……另一种政治观视追求至善的事业为祸害，认为政治生活和国家的目的绝不应该是追求'至善'这样的东西，而应该是避免大恶的艺术。"① 刘军宁称这两种政治观为"积极的政治观"和"消极的政治观"。相较于幽暗意识和民主宪政的政治思想的对象关系，社会主义的人民民主专政必然要求人性的可发展、提升和可臻于至善。相较于民主宪政的分权体制，对于政府权力的危险倾向则寄希望于执掌权力的人能够"透过内在道德的培养，以一个完美的人格去净化权力"②。也即类似于中国儒家的"内圣外王"。应该看到，在陈映真早期小说中充满忧愁的左翼青年的自毁倾向和左翼理想主义与个体的人格修养二者之间的无法克服的矛盾有深刻的联系。

"文化大革命"以在政治上的"无产阶级专政下的继续革命"和在道德领域的群众运动式的"斗私批修"使陈映真看到了人性论的"幽暗意识"在国家、政权处于社会主义阶段被克服的光明前景。以此为背景，虽然台湾的政治环境依然如故，然而他的革命理想主义却暂时摆脱了"幽暗意识"的阴霾。很显然，事实证明曾经的想象中的对于"幽暗意识"的克服是不存在的，陈映真不得不承认自己的理想主义和社会主义、民族主义之间的结合的失败。他也不得不回到原点，并以此反思大陆社会主义实践中暴露出来的实践和理论问题。也就是说，他不得不重新思考他自认为解决然而事实却证明未能解决的人性的"幽暗意识"。因此他的思想结构也重新回到基督教的理论范畴之中。

应该看到的是，虽然在看法上保持着一致，然而 20 世纪 60 年代和 80年代对于基督教会的心态是不同的。陈映真在 60 年代从基督教出走，有马克思主义作为精神结构的支撑，而 80 年代的对于台湾基督教的批评和对于南美"解放神学"的倾心，实际上反映了他在理想失落之后重新回到基督教精神，同时又保持着反抗压迫、追求平等的理想主义的复杂心态。"解放神学"就是保持着广义上的"左派"倾向的理想主义与基督教的"爱、希望"相结合的思想产物。

---

① 刘军宁：《共和·民主·宪政——自由主义思想研究》，上海三联书店 1998 年版，第 1 页。
② 同上。

　　为什么同样讨论基督教的对于世界不平等结构的批判，20 世纪 80 年代之后要强调基督教的激进反抗的谦卑、忍耐？如他所说的："但它与世俗的不同点在于教会的激进是温和的、安静的、坚定的，来自上帝的启示，而非出于人的仇恨反抗。"① 应该说，对于基督福音的"相信、爱、希望"的精神资源的调用，也即解放神学在基督福音的"信望爱"的谦卑、忍耐精神意义上的转换，是陈映真的理想主义重构的重要基础。首先，如我们已经讨论的，陈映真在这里找到了坚持理想主义的批判的新的支点；其次，这种独特的批判形式是对于失落的理想主义的表现形式的检讨和再造。也就是说，陈映真既要坚持对现实社会的批判，同时也要解决曾经的理想寄托——"社会主义"实践过程中所暴露出来的重要问题：目的和手段之间的矛盾。"社会主义"实践的受挫和真相终于使陈映真警醒：没有任何集体性的宏大的社会目标以及派生出来的社会实践能够消解个体的"罪性"，自始至终，人性的"幽暗意识"并不能以这种形式得到解决。因此，陈映真要重构自己的理想主义，必须要解决批判的目的和批判的手段之间的协调性。也就是说，对于现实世界的批判由集体性的宏大叙事重新转向基督教意义上的个人性的道德修养。通过每个个体的对于人的"罪性"的接受和克服（这种克服是通过基督福音意义上的无条件的相信、希望和爱），来达成个人和社会的逐步改善。以此，甘地的"非暴力不合作"所提供的实践和理论的价值就具有重要意义。

　　甘地的实践完全吻合陈映真在 20 世纪 80 年代的重构了的理想主义。一方面，甘地所代表的第三世界的前殖民地国家，以自己的艰苦卓绝的姿态体现着陈映真赋予"第三世界"的批判性内涵，同时，"非暴力不合作"体现的是一种基于人格的高度的道德性的对于暴力的排斥。甘地的实践是陈映真的理想主义重构的最生动的体现。他仍然坚持着对不公、压迫和剥削的批判与反抗，然而在批判的途径上却舍弃了社会革命及其暴力，而转向无条件地希望与爱。陈映真在此时相信无条件地爱他人具有强大的力量：不仅能够克服自身的"罪性"，而且能够以这种高度的道德感感化压迫者。相反，采取暴力的手段，无论出于什么样崇高的目的，都是一种罪恶。"他单纯地相信：

---

　　①　刘军宁：《共和·民主·宪政——自由主义思想研究》，上海三联书店 1998 年版，第 1 页。

人，包括压迫者在内，有不容任何差别的尊严。……他单纯地相信：手段与目的是合一的。为了达成自求解放的道德目标，他严格地、不容妥协地要求抵抗和斗争手段的道德性格。他单纯地相信：暴力、流血、互相残杀，突然使一个道德的抵抗者矮小化，与压迫者同样沦落为罪人。"① 这篇电影的观后感应该被看作是陈映真在 80 年代之后反映他的"中间物"的精神结构，及其理想主义的重构的最重要的文件。对于甘地的反抗实践的高度认同，实际上标志着他对自己原来的建立于社会主义革命之上的理想进路的痛苦的自我否定，在此基础上，他试图重新寻求人性的自我完善与理想主义的契合。甘地的"非暴力不合作"为他的理想主义的重建提供了最好的范本。

正是基于这种理想主义的重建，陈映真在 1984 年开始创办《人间》杂志。《人间》杂志以其独特的办刊宗旨和风格，体现了陈映真重构后的理想主义对于台湾现实的有效介入。《人间》杂志之所以坚持以摄影报道的形式办刊，就是为了体现对台湾社会底层民众的深度报道和关怀，并且这种关怀的方式虽然是以一种"现代化"和"消费社会"的对立面出现的，然而《人间》要突出的是在苦难中的人性的忍耐、坚强、承担以及无条件地爱的能力。陈映真透过《人间》实现了他重构后的理想主义的目的和手段的合一：以一种坚韧的承担和无条件的爱，突显人性的光辉，并以此照亮自己和他人。改良社会的良善的愿望，归根到底必须要从"人"出发，以人的无条件的爱克服人的"罪性"，并以此作为基础，才不至于走向歧途与反面。从这一点上来说，和 70 年代的陈映真对革命充满信心的"文化批判"相比，80 年代的陈映真的社会批判呈现出完全不同的宗旨与风格。也许这也是陈映真给我们的最有价值和意义的启示。

① 陈映真：《自尊心与人道爱——电影〈甘地传〉观后的一些随想》，《陈映真作品集 9·鞭子与提灯》，（台北）人间出版社 1988 年版，第 127 页。

理查德·舒斯特曼的"具身化"美学思想何为

王亚芹*

舒斯特曼的美学思想是一张错综复杂的网，简单地将其归结为分析主义或者实用主义的类别都不能真正全面地把握它，唯有"具身化"是最能凸显其理论特色的一个方面。

一 舒斯特曼对"具身化"的界定

"具身化"（embodiment）一词最早出现在舒斯特曼 1994 年在美国天普大学教书时所写的《阐释，心智与具身化》（Interpretation, Mind, and Embodiment）① 一文中，在此，舒斯特曼论述了当时西方文学理论所呈现的"阐释学转向"的现象，并认为这种转向体现了认知科学中的活生生身体维度的重要性。奥佛顿（Overton）等人所倡导的普世主义的阐释学理论坚称：阐释是一切人类活动的基本特征——从婴儿的无意识活动，到认知专家们抽象性的条件反射，无一不体现了这一点。所以说，阐释无论对于科学还是日常生活，都是最基本的、不可或缺的。但是，阐释的价值却是通过其具身与经验维度之间的相互作用而实现的。阐释主义者们为了实现"具身化的活动"，而刻意保持一种客观主义的认知立场，并且把"具身化"的活动视为思想/心灵的一种基础性形式。舒斯特曼很赞同这一观点，并由此得出结论："具身化理论……就是主张将心灵与其发展都视为人类活动的一种功能……

---

* 王亚芹，首都师范大学文艺学 2011 级博士生，指导教师：王德胜。

① Richard Shusterman, "Interpretation, Mind, and Embodiment", *Psychological Inquiry*, Vol. 5, No. 3, 1994, pp. 256 – 259.

无论从何种角度分析，生物有机体形成的这一事实，并不是对传统思想的一种超越，因为有机体本身就是活跃的……而是出于一种具身化的实践需要。"① 不仅是阐释学的转向体现了"具身"的重要性，实用主义哲学作为一种反对基础主义和笛卡尔主义的理论，也充分肯定了具身活动在构成人类所经验着的现实世界时所发挥的关键性作用。因此，如果认知科学和心理学都在"千方百计地寻找与自身相契合的'具身化'理论的话，那么，实用主义也应该朝这个方向发展"②。显然，舒斯特曼尽管在这里并未对"具身化"进行具体的理论界定，但已经基本上肯定了它所蕴涵的"身体的"（som atic）层面，以及具身在人类认知和实践活动中的基础性地位。

后来，"具身化"（embodiment）这一说法在舒斯特曼的很多论述中都出现过，但作为对其美学特征的正式概括，则出现在他 2012 年出版的《通过身体思考：身体美学论文集》（*Thinking through the Body：Essays in Somaes-thetics*）这本著作中。在此，他正式使用了"具身化"来概括自己哲学与美学思想的特征：

> 具身化的哲学不仅是对身体在所有的感知、活动和思考中所起的关键性作用的理论肯定和明确概述；它不仅是在书写、阅读和文本讨论等类似的推论形式中对身体这个主题的精细化。具身化的哲学还意味着：通过身体风格与行为进行真正的身体思考，通过个体的亲身实践来体现其具身哲学，通过个体的生活态度来表达其具身哲学。进一步讲，具身化还意味着：身心合一，用通俗的说法来说，即是要真正做到脚踏实地（walk the walk），而不只是夸夸其谈（talk the talk）。③

从这段论述可以发现，舒氏所说的"具身化"至少包含了三层意思：
首先，舒斯特曼的"具身化"思想充分肯定了身体在人们的感知、活

---

① Richard Shusterman, "Interpretation, Mind, and Embodiment", *Psychological Inquiry*, Vol. 5, No. 3, 1994, p. 258.

② Ibid. .

③ Richard Shusterman, *Thinking through the Body：Essays in Somaesthetics*, New York：Cambridge University Press, 2012, Introduction, p. 4.

动和思考中所起的重要作用。然而，必须强调的是，舒斯特曼只是"将身体作为一种有价值的表达具身化的方式。但是，这并不意味着具身化的所有问题都与'身体'或'肉体'相关联"①。舒斯特曼主要借鉴了梅洛-庞蒂的具身化现象学思想，对身心关系进行了重新衡量。在他看来，"具身化"理论"在现象学中意味着某种更加强烈的东西，就像在莫里斯·梅洛-庞蒂的现象学理论中，具身构成了其哲学大厦系统的中心，并被欣然视为一种感知的、理性的、有目标的、有技巧的主体性存在，同时，它还有利于整个世界的建构，而不再只是作为一个物理对象而存在"②。显然，舒氏这里所指的"具身"既区别于生理或物理学意义上形而下的"肉身化"，也不仅仅指认知哲学中一切以具身为中心的身体本体论。他所说的"具身化"概念，兼有"具体体现"与"身体嵌入"的双重含义，在充分肯定身心统一的基础上，旨在通过具体化的身体实践和身心修养，探讨如何保持和实现整体的"身心和谐"。而且，"随着具身化的日益发展，它逐渐成为了学术研究的主题趋势……从最基本的层面上讲，具身化代表了一种把身体视为人类经验和认知的一个非常有价值的研究维度（与唯心主义不同）的哲学"③。也就是说，舒氏"具身化"美学，就是回到身体感知和经验的层面上，去体验、认识与实践感性个体的价值，并将其统一到具体的生命意识与生活实践中。实际上，在舒斯特曼的身体美学思想中，不仅身体经验、身体意识、身体风格等诸多概念充分体现了"具身化"的存在，而且舒斯特曼在汲取西方美学史上诸多"去身化"的哲学困境与先验性经略之后，又提出了"通过身体思考"的理论命题。因此，"具身化"美学，就是从我们自身的感受去体会，来开拓我们对这个世界的具体理解，也同时开拓我们内在心灵的思考能力。

其次，舒氏的"具身化"思想还具有"具体实践"和"践行"的意义。舒斯特曼充分吸收了杜威一切从经验出发的实用主义观点，将原本相互区别的生活与艺术、高雅文化与通俗文化、身体经验与审美经验连接在一起，暗

---

① Richard Shusterman, *Thinking through the Body*: *Essays in Somaesthetics*, New York: Cambridge University Press, 2012, Introduction, p. 5.

② Ibid., pp. 3 – 4.

③ Ibid., p. 3.

示出人在环境中存在和环境作为人在其中生存的场域所具有的动态交互性。而且通过"表演生活"的手段，使得美学从抽象的、固定的传统框架扩展到更广阔的、具体化的社会实践当中。舒斯特曼的"具身化"美学将个体的亲身实践和个体的生活态度都推给身体的践行而实现和表达出来。在他看来，无论是艺术鉴赏、日常生活、哲学与美学的改造甚至是人类的生存与发展，从根本上讲都离不开具身化的作用。所以对"具身化"的研究、关注与改良都应当是哲学与美学的核心目标。

再者，根据目前的研究状况来看，最早使用"具身化"这一概念来概述舒斯特曼美学思想的不是他本人，而是舒氏思想的研究者们。有不少研究者认为，舒氏的"具身化"美学存在一种危险的基础主义或普遍主义的倾向，似乎该理论只研究一种单一的事物，它不能公正地对待个体存在的多样性事实，而且不能公正地对待我们在政治学、哲学和种族问题上的具体化的处理方式。对此，舒斯特曼认为，他的"具身化"美学已经摆脱了西方基础主义和本质主义的影响，主张哲学美学应该走出传统分析与阐释的单一领域，充分肯定和承认了语言分析与社会实践之间的根本性差异，强调我们除了语言和理论的理解之外，还需要有阐释之下的感悟和领会，而这些感悟和领会多半是经由我们的身体而具体实践的。因此，舒斯特曼强调，我们应该重视常识和直觉的作用，因为常识和直觉告诉我们，"朴素的生活是不完全符合逻辑的，常常体现为矛盾的纠葛，体现为相对的'活动的真理'"①，倡导我们应该积极参与到具体的社会改良的实践中去。因此，使"具身化"成为美学实践的一个有意义的层面就变成了一种必要。

波兰学者 Wojciech Małecki 的《具身性的实用主义：理查德·舒斯特曼的哲学和文学理论》（*Embodying Pragmatism*：*Richard Shusterman's Philosophy and Literary Theory*）一书是最早使用"embodying"来评述舒斯特曼理论特征的研究著作，这也是西方世界第一本研究舒氏思想的理论专著，具有重要的参考价值。一如作者所言："这里，我所关注的只不过是作为当代最有意思的实用主义典型代表的舒斯特曼的思想，这就是为什么我抛开了他早期所

---

① ［美］理查德·舒斯特曼：《生活即审美——审美经验和生活艺术》"译者前言"，彭锋等译，北京大学出版社 2007 年版，第Ⅶ页。

从事的分析哲学阶段的研究。更重要的是，即使集中关注某些特定元素会进一步缩小我的研究范围，在我看来，只有我关注的因素是舒斯特曼新实用主义的核心所在，即使以此为代价而忽略了其他有价值的研究（我也在所不惜），因为我认为分析哲学部分根本就不属于实用主义研究。即使这本书旨在研究舒斯特曼对某一具体问题的方法（更确切地说，比如审美经验、解释学、通俗艺术和具身化），也应当始终围绕着他的实用主义思想的某一个方面。"① 在此，Wojciech Małecki 虽然没有对"具身化"进行具体描述，但显而易见，"具身化"在他看来只是一个修饰实用主义的形容词，其出发点和落脚点都在实用主义思想上。然而，根据舒斯特曼本人的观点，他对于"具身化"的提倡是对其原有的分析主义美学的承续与发展。正如鲍姆嘉通当初正是从自己所熟悉的艺术领域中找到了突破口，通过对诗歌创作的哲学反思而构建了美学。舒斯特曼则是在对自己所熟悉的分析美学的反思中，渐渐形成了"具身化"的理论思路。

一如我们所熟知的"正题—反题—合题"的三段论思维方式一样，作为美籍犹太人的舒斯特曼在民族文化寻根的过程中，同样经历了"离乡—返乡—复归"的升华过程，在他看来，要真正归乡，必须离开故乡，去认识外面的世界才能更好地审视自己的家乡，而复归是建立在离乡的审视和返乡的剖析的基础上的，只有这样才能实现自我身份的认同，找到真正意义上的生存故乡。这一思维方式也适用于舒氏的分析美学研究。在对分析美学的考察中，舒斯特曼清醒地认识到：分析美学的衰落，既与西方现代科学思维方法的入侵有关，也离不开分析美学自身精确而单一的研究方法的局限性。舒斯特曼坦言，"我将艺术与生活、审美与实践、高雅艺术与通俗艺术、分析哲学与大陆哲学等等联系起来，但必须尊重两者"②。也就是说，传统美学与舒氏所倡导的美学可以并行不悖，他对传统美学的态度是一种"温和的改良主义"，不是从根本上解构和触动传统的根基，只是想进一步发挥传统美学的现实效力，将美学向实践的方向拓展。因此，舒斯特曼在洞悉了分析

① Wojciech Małecki, *Embodying Pragmatism: Richard Shusterman's Philosophy and Literary Theory*, New York: Peter Lang, 2010, Introduction, p. 12.
② 高建平:《实用与桥梁——访理查德·舒斯特曼》,《哲学动态》2003 年第 9 期。

美学发展的优势与不足的基础上，又看到了后期分析美学向生活实践靠拢的发展趋势，哲学美学倘若脱离了生活，便丧失了生命力。而这种"哲学的危机也是哲学获得新生的机遇。因为危机意味着必须要改变，这种改变使哲学家向社会生活、向生活世界靠拢"。① 维特根斯坦等分析美学家也认识到了这一点，但是，这条通向生活世界的哲学之路究竟该如何实现？舒斯特曼选择了保留分析美学的"澄清法"，使虚无模糊的逻辑分析转向踏踏实实的语言实践，同时又通过自下而上的"肉身成圣"的回归之路，承认了人的具身所存在的实实在在的生活世界，从而建构起一种以审美化生活为宗旨的"具身化"美学。因此，从根本上说，舒氏的"具身化"不能脱离分析美学的研究与理论基础，这种反思不是对分析传统的解构，而是对它更高层次的提升与超越。

综上所述，我们认为，舒氏"具身化"美学涉及理解、应用与实践等多个层面，它并非西方形而上学中的"身体本体论"，更非脱离现实的理性"乌托邦"；但它也不限于形而下的"肉身"之物，而必然涉及内在的心灵与理智的活动，而此一活动又必然导向内在心灵与外在身躯的互动，所以形成了身心一体的、形上与形下协调的生命体验活动。同时，在此基础上，舒氏美学思想还进一步说明"具身化"在其美学中是如何体现的，以及它对于传统美学的改造价值。

因此，舒氏"具身化"的美学特征突出表现在以下几个方面：一是将身心对立发展到身心和谐，并且旨在探讨如何实现和保持这种和谐。具体来说，舒氏"具身化"思想致力于破除在身心二元分离的认识论框架下，由于身体的不在场而导致的对抽象概念的迷信。无论是借助艺术表现以完成事物的"具身化"，还是通过身体的积极到场，经由身体生发的感知能力的集中与强化，人类存在的完整性才不至于消解在传统哲学美学的抽象概念中，将美学从纯粹抽象的知识讨论中解放了出来，使之更加贴近和关注各种各样的现实问题，真正实现了身体与心灵、理论与实践的结合。二是"具身化"整合了不同学科之间的身体话语，改造和发展了美学的终极

---

① 左高山执笔，曹孟勤、彭定光采访、整理：《回归生活世界的哲学——万俊人教授访谈录》，《东南学术》2003 年第 5 期。

目标，开创了人类由抽象回归到具象的可能性途径，在感性与理性、身体与意识、艺术与生活之间架起了一座沟通的"桥梁"，使得美学从抽象的、固定的传统框架扩展到更广阔的、具体化的社会实践当中。同时，"具身化"也是哲学、美学、社会学、政治学甚至宗教种族等实际问题的一种改良主义的方案——尽管这种方案的现实可行性还有待于进一步探讨。

二 "具身化"与"身体美学"的关联

我们知道，虽然"具身化"思想并不局限在身体或身心关系问题的研究上。但是，身体问题毕竟是"具身化"研究中最重要的维度之一。特别是作为舒氏思想国际化标签的"身体美学"必然与"具身化"理论之间有着千丝万缕的关联。换言之，既然"具身化"思想涉及对身体作用的关注，涉及舒氏美学思想的各个方面，那么，要研究舒氏美学，必须首先把握好"具身化"与身体美学之间复杂而微妙的关系。

据笔者分析，舒斯特曼之所以提出"身体美学"的问题，并能使之成为国际学界讨论的热点话题，主要基于以下几个原因：其一，由于西方传统文化中根深蒂固的身体与心灵相分离的二元论。在传统的话语体系中，"身体"要么被视为反叛的代名词，要么被当作堕落的替罪羊，要么被视为一种物质性的材料和附加在其他事物之上的工具，这使得"肉体的身体"似乎变成了"灵魂的身体"的对立面。没有哪个美学家会无视艺术对于美丽的身体形态的关注，也没有哪个理论家会否认艺术作品的创造需要身体的努力和技巧这一明显事实。然而，一般来说，理论家们都习惯于把身体视为一种艺术表现的物理对象，或者是一种艺术生产的工具，从而忽视了身体更广泛的审美价值。为此，舒斯特曼试图通过将身体视为一种积极的具身化场所和确立身体的主体性地位来克服这种二元对立。其二，目前社会普遍充斥着对身体的消费与关注，美化身体成了人们日常生活中一项普遍的活动，而身体的审美化也因此成了日常生活审美化最直观、最明显的体现。伴随消费文化的发展，一切都被冠以"审美"的名义，人们对身体的关注也演变成了身体官能的享受和本能欲望的满足。我们很多习惯性的表达，比如美容化妆、减肥瘦身、整容变形甚至体育锻炼等都被称为"身体美学"。这种"身体的美学"促使我们不断关注表面的、刻板的身体之美。由此可见，我们今天的美学理论建设仍然非常缺乏对身体问题的深入、系统的研究，以至于在面对当下消费时代丰富繁多的大众文化和审美现象时缺少足够的、清晰的、合乎学理的阐释与批判。在这个一切与身体有关的话题都会迅速成为学界关注的焦点问题的时代中，舒斯特曼掂出"身体"作为哲学和美学的主题，并呼吁建立一个更广泛的关于审美经验的身体形式，恰逢其时，契合了当下的社会文化气候。这既是对时代发展趋势的顺应，也是对当下身体话语的拓展。

因此，舒斯特曼在1999年美国著名的杂志《美学与艺术批评》中发表了一篇名为《身体美学：一个学科提议》的文章。在舒斯特曼看来，传统的身体话语主要呈现出两个特征，一是缺少理论的系统性；二是缺少实践的维度。因此，他将诸多看似没有关联和似乎不可通约的身体理论资源整合在一起，竭力倡导一种以身体为中心的，超越传统美和美的艺术之上的、身心合一、理论与实践相结合的身体美学学科，以便"重新组织并重新激活旧的见识"①。在此，舒斯特曼对身体美学进行了理论界定，认为身体美学是"对一个人的身体——作为感觉审美欣赏及创造性的自我塑造场所——经验和作用的批判的、改善的研究"②。从这个开放式的定义中可以发现，舒斯特曼所主张的身体美学研究理论应该包括两个方面：一方面是对作为审美欣赏场所的身体本身的研究；另一方面是对作为感官的身体感觉、身体经验以及身体价值的批判与改善的研究。

后来，在《身体意识和身体美学》一书中，舒斯特曼又对身体美学进行了系统的总结，作者在这里详细阐释了他选择使用"somaesthetics"而非"body"的原因，主要是由于"'肉体'这个术语通常与心灵相对，常常被用来指称一种无知觉、无生气的东西，还因为'肉欲'这个术语在基督教

---

① Richard Shusterman, *Pragmatist Aesthetics: Living Beauty, Rethinking Art*, Maryland: Rowman and Littlefield Publishers, Inc., 2000, p. 263.

② Richard Shusterman, "Somaesthetics: A Disciplinary Proposal", *Journal of Aesthetics and Art Criticism*, 57 (1999), pp. 299–313.

文化中通常有着各种负面联想，而且，它通常只关注身体的肉感部分，所以，我经常选用'身体'这个术语来指活生生的、敏锐的、动态的、具有感知能力的身体。这种意义上的身体是我整个身体美学研究课题的核心"。①这足以能够说明，舒氏的"身体美学"理论也绝不是为了一种外观的感官盛宴，不是传统意义上的机械工具论。在舒氏的美学话语体系中，"身体"是广义上的、一个活生生的、有意识的身心相融的有机整体，并且与周围环境处于一种互动共生的状态之中。换言之，身体是有感知、有活力、有生命的人体，它"构成了我们主观经验的核心，并由此确立了个体在世界之中的空间坐标"②。这与梅洛-庞蒂以及杜威的"具身化"思想存在一定的"家族相似性"。况且，"身体美学在本质上不仅关注身体，关注身体的意识和媒介，更关注具身化的精神"③。这是身体美学对传统美学发展所提供的新的补充路径。在这个意义上，"身体美学"与"具身化"是重合、叠加在一起的。所以，"大体上来说，（身体美学）这一命题与具身化的美学是直接相关的（包括具身化的认知）"④。

另外，J. Scott Jordan 的《舒斯特曼、梅洛-庞蒂和杜威：实用主义在具身化对话中的作用》一文也认为，舒氏"具身化"思想其实就是重视身体器官的敏感性作用，强调了身体在具身化对话中的意义，倡导一种身体美学的实践，并以此来提高对身体的自我认识。⑤ 在此层面"身体美学"似乎和"具身化"的含义基本上也是一样的。

但并非意味着二者之间是可以画等号的。因为，"具身化"思想还包含身体美学所没有的含义。正是基于"具身化"美学的这种多元化、包容性

① ［美］理查德·舒斯特曼：《身体意识与身体美学》"中译本序"，程相占译，商务印书馆2011年版。

② Richard Shusterman, "Somaesthetics and the Utopian Body", *International Yearbook of Aesthetics*: *Diversity and Universality in Aesthetics*, Ed. Wang Keping, No. 14, 2010.

③ Richard Shusterman, *Performing Live*: *Aesthetic Alternatives for the End of Art*, Ithaca: Cornell University Press, 2000, p. 161.

④ Richard Shusterman, *Thinking through the Body*: *Essays in Somaesthetics*, New York: Cambridge University Press, 2012, Introduction, p. 6.

⑤ J. Scott Jordan, "Shusterman, Merleau‑Ponty, and Dewey: The Role of Pragmatism in the Conversation of Embodiment", *Action*, *Criticism & Theory for Music Education*, Vol. 9, No. 1, January 2010.

的立场，舒斯特曼将许多被传统美学排除在外的研究主题（比如身体经验、身体意识、具身化等）重新纳入讨论的范围，让我们在处理哲学、美学、文学、伦理学和政治领域中的不同问题时也自觉地采取一种具身化的处理方式。其实，早在1997年出版的《实践哲学》一书中，舒斯特曼就试图通过提出身体美学的研究来实现建构"具身化"哲学的目的。在舒斯特曼看来，"哲学的最高指向是造福人类的生活，而非单纯追求知识性的真理"①。也就是说，"具身化"代表了一种将哲学美学转向改良和实践的方向，"并恢复了传统理念当中将哲学视为一种具身化的生活方式的主张，而不再仅仅是一种纯粹抽象化的理论"②。这种美学理念倡导了一种生活方式的"具身化"，甚至认为真正的美学家应该是那些在生活中具体践行其思想的人，比如爱默生和梭罗，他们都鼓励"具身化"并身体力行。由此可见，舒斯特曼的"具身化"思想打破了传统理论的限制，将美学从纯粹抽象的知识讨论中解放了出来，使之更加贴近和关注各种各样的现实问题，真正实现了身体与心灵、理论与实践的结合。较之"身体美学"，它还包含着由抽象向具体、由理论向实践、由学科内向更广阔的社会生活改造的意味。可以说，"具身化"是舒斯特曼身体美学及其整个美学大厦发展的一种新趋势。

由此可见，一方面，"具身化"思想包括"身体美学"，二者在不少层面都有重合与叠加之处，都充分强调了身体在人类活动中的关键作用，以及如何提高和改善这种作用；另一方面，"具身化"又不完全等同于"身体美学"，不论从外延和内涵讲都是如此。"具身化"是舒氏美学思想的最主要特征和贯穿其全部美学思想发展历程的一条主线，而"身体美学"只是这种特征的最集中、最突出的体现，"具身化"包含"身体美学"所不能囊括的特征和研究领域。

进一步来讲，无论是艺术欣赏、日常生活，还是哲学与美学的改造，甚至人类的生存与发展，从根本上讲都离不开具身化的作用。对此，当我们专

---

① Richard Shusterman, "Popular Art and Education", *Studies in Philosophy and Education*, No. 13, 1995.

② Richard Shusterman, *Thinking through the Body: Essays in Somaesthetics*, New York: Cambridge University Press, 2012, Introduction, p. 3.

注于"具身化"话题的时候，世界从外观到内在都发生了变化。同样地，审美经验也不同了，审美俨然成了"具身化"的一种模式，它使得我们从"非具身化"（disembodiment）的事物中逃脱而去拥抱真实的人类存在。于是，在身体、精神、经验与环境的互相作用、互相影响的互动过程中，美学就成了各种感官意义与身体经验相综合的统一体，形成了一种"美学的具身化"（aesthetic embodiment）现象："在美学的具身化中，意义是体验到的而非认识到的……我们是通过身体来把握意义，并将其吸收使之成为我们身体的一部分的。"① 换言之，舒氏"具身化"美学思想，不仅要"通过身体认知"、"通过身体体验"，而且要"通过身体思考"。由此，美学终将冲破纯粹思辨的传统藩篱，探寻其最终的诗意栖居之境。

三 "具身化"是贯穿舒氏美学思想的主线

如前所述，舒斯特曼经历了由分析美学向实用主义美学的转变过程，加之，他对西方经典身体讨论话语的分析，以及对传统亚洲身体观念的把握，使之形成了一种旨在打破传统意识美学身心二元对立的局限，肯定身体在一切人类活动中的重要性，实现艺术与生活的审美化的"具身化"美学思想。当然，"具身化"作为舒氏美学思想的最主要特征和贯穿其美学思想始终的一条主线，其发展经历了一个漫长的演变过程。

（一）分析美学的"具身化"

舒斯特曼是作为一名新实用主义者而闻名国际学界的，其实用主义思想几乎成了其全部美学思想的代名词，也引起了不少学者的注目。但是，他早期却是分析主义哲学美学的忠实信徒，并写出了大量相关分析主义思想的文章。对其分析主义思想的有意无意地忽略或者淡忘，不仅与舒氏个人的研究兴趣的转向有关，而且体现了当下世界美学发展的总体趋势。分析哲学的方法最初由摩尔和罗素引入，在 20 世纪中叶声势颇大，后来逐渐走向衰落。其实，这些问题都在舒斯特曼的分析美学研究中有所论及，其中也蕴含着舒氏美学思想转向的诸多线索。

---

① Berleant, A., *Rethinking Aesthetics*, Burlington：Ashgate, 2004, p. 86.

20 世纪 80 年代末 90 年代初，舒斯特曼在编辑《分析美学》（Analytic Aesthetics）一书的过程中，发现分析美学的衰退，除了外在的各种思潮（如科学主义、实用主义和解构主义）的排挤等因素之外，主要归结于其内在理论之间的自相矛盾。早期分析美学家执着于用语言分析的方法来排斥形而上学的认知性，从语言学的角度对于审美与非审美、艺术与非艺术进行区分，这种精细化的基础主义追求非但没有触及审美的本质与意义，没有给出明确的理论界定，反而使它陷入了一种语言游戏的循环论证之中。从方法论的层面看，传统分析美学习惯于简单的还原式分析方法。这种方法，在解决问题的时候，往往只着眼于局部而忽视乃至遗忘整体和事物之间的相互联系。按照舒斯特曼的说法，当时的分析美学研究，缺少那种可以与黑格尔以来的大陆哲学传统相抗衡的历史性和系统性的研究方法。[①] 但是，舒斯特曼当时依然对分析美学的发展持乐观的态度，认为分析美学"仍然是非常活跃的"，它的危机意味着新的发展机遇。通过对分析美学主要观点与主要分析美学家的观点的研究，舒斯特曼倡导一种超越分析美学局限的、中和化的、能够实现分析美学新发展的道路，即"包容性析解"（inclusively disjunctive stance）[②] 的调和立场，对各种观点兼收并蓄。

譬如，对于文学批评理论而言，因为深受分析哲学和分析美学思潮的影响，也主要局限在以"语言论"为中心的框架中。T. S. 艾略特作为一位典型的分析文学理论家，舒斯特曼却从对他的研究中发现：与从事思辨性的语言游戏相比，艾略特更注重从古希腊哲人（特别是亚里士多德）那里吸取实践的智慧来滋养自己的理论。实际上，哲学和美学理论本来就是一种实践智慧的产物，而实践智慧是具体化的、具有明确目标的并且能够在现实运用中产生理想效果的理论践行。这种实践智慧与人类密切相关，是人们理想化的某种具体事务的最终实现。为了确保人们的美学理想的顺利实现，我们就需要各方面的准备和后天的不断训练，以提升达成这种梦寐以求的结果的可

---

① Richard Shusterman （ed.），*Analytic Aesthetics*，Oxford：Blackwell，1989.

② 在通用的中译本中，将"inclusively disjunctive stance"译为"包容性的析取立场"，这样做尽管具有了多元化的"中和"之意，却减少了舒氏立场的排斥与分解意味。因此，这里译为"包容性析解"表达其所具有的开放性特征。

行性，包括身体感觉和身体机能的练习和实践。尽管艾略特对"具身化"的理解还主要集中在实际性的操作实践这一层面上，但这一观点深深地引起了舒斯特曼对西方理性主义传统和当时的分析美学的怀疑与反思。而且，随着研究的不断深入和艾略特本人对传统文化的进一步分析与阐释，舒斯特曼的思想也逐渐从对文学作品的分析转移到了更广阔的实践性的研究领域，以至于他在写到该书的最后一章的时候就变成了"实用主义与实践的智慧"，①详细论述了艾略特的具体化的实践智慧与美学之间的相互作用。这种由抽象向具体和实践转向的包容性态度，更坚定了舒斯特曼对分析美学从形而上学的虚无主义转向更为切实的实践主义的发展前景。

（二）实用主义美学的"具身化"

尽管如此，舒斯特曼当时还是一个分析主义者，像许多其他分析学派的学者一样，他依旧沉浸在枯燥而抽象的学院理论中。但是随着给天普大学的哲学和舞蹈专业的研究生们上的美学讨论课，这种实践很快将舒斯特曼从分析主义的理论阵营中拉了回来。他发现在自己学院派的理论立场和实际的审美趣味之间存在着严重的断裂与矛盾，因为他的生活时刻被各种各样的通俗艺术和大众文化所环绕，而自己业余时间也非常喜欢参与其中，并乐此不疲。一如电影《变身怪医》的主人公一样——不停地在吉基尔博士和海德先生这两个完全不同的角色之间来回转换，疲惫不堪，几乎走向精神分裂和崩溃的边缘。这种理论与现实之间的悖论，使舒斯特曼一度陷入痛苦与矛盾之中，甚至有时怀疑自己是否有"人格分裂症"。这段惨痛的经历直接导致了舒斯特曼从对分析主义的热衷与信仰，转变到积极为大众文化正名的改良性事业中，也可以视为他从分析主义向实用主义转向的一个转折点，使他"不得不用那种更朴实、乐观和民主的杜威实用主义代替那严峻、阴沉和傲慢的阿多诺的精英马克思主义"。② 从事美学的教学实践促使舒斯特曼的美学研究方法彻底发生了改变。

通过为大众文化和通俗艺术正名，舒斯特曼将实用主义的中心意义灌注

---

① Richard Shusterman, T. S. *Eliot and the Philosophy of Criticism*, New York: Columbia University Press, 1988.

② Richard Shusterman, *Pragmatist Aesthetics: Living Beauty, Rethinking Art*, Oxford: Blackwell Publishers, 1992, (Preface), p. x.

到了审美经验中，然后又通过重申杜威的"审美经验"理论，对审美经验的重要媒介——身体的重新发掘，认为身体是连接生活与艺术的重要工具与中介，并澄清了艺术、身体和经验三者的特殊关系，从而拓宽了美学发展的新领域。为此，舒斯特曼将西方思想史上诸多的关于身体零散而集中的理论资源整合联结于学科化的框架体系中，力图建立起一个以身体为中心的知行合一的身体美学学科体系，他的身体美学把身体经验与艺术翻新重新置入哲学的核心，旨在使哲学、美学复兴为生活的艺术。他进一步认识到，美学理论的任务不是对当代艺术的理论理解，而是重新思考艺术以提升其地位和审美价值；而艺术的最终目的不是为了理论认知，而是为了增强经验，以解决实际的美学问题。随后舒氏的相关研究继续延续实用主义身体美学的传统并将其拓展、深化到哲学、美学、伦理学、艺术与文学批评等多个领域。在这一过程中，这些著述每一部都多多少少涉及了"具身化"与实用主义哲学美学的话题。

与此同时，舒斯特曼热衷于各种各样的身体实践的训练。2002—2003年，舒斯特曼受日本广岛大学邀请去做访问学者，期间他在禅宗寺院少林窟道场潜心训练静坐和日本武术，为其以后的身体美学研究奠定了实践基础。而四年的费尔登克拉斯身体教育与治疗方法的训练，以及对禅宗冥想等东方身体训练方式的学习，再加上自己的理论实践，使舒斯特曼的研究越来越集中在反思身体的审美意识方面。随着美学慢慢走近生活与实践的领域，以及自身不间断地身体践行活动，舒斯特曼更加深刻地意识到：我们的身体越来越成为美学关注的中心，正如所有的生活与实践——所有的感觉、认知与行动——都成为以身体为核心的表演一样，我们要拥有整个世界，身体就是其中总的媒介。在完成了这一系列的理论资源整合工作之后，舒斯特曼实现了实用主义美学的"具身化"转向。舒斯特曼的学术历程的转变，一方面是其人生经历、生活体验和哲学实践的真实写照；另一方面也是舒氏"具身化"美学思想不断地拓展和深化的过程。身体美学是舒氏"具身化"的集中体现，"具身化"则是其从分析主义到实用主义再到身体美学的出发点和落脚点。

鉴于此，我们说，舒斯特曼美学思想的核心特征即是"具身化"，而且"具身化"是贯穿舒氏整个美学大厦的一条主线。进一步来讲，"具身化"

既是舒斯特曼实用主义美学与其他实用主义研究者的主要区别，是舒氏美学对传统美学最显著的改造，是避免将身体美学误解为消费文化的浮浅同谋的切入点，同时也是被研究者们长期忽略、鲜有触及之所在。它既为我们全面认识舒氏的美学思想提供了重要的切入点，又对当下美学的发展开辟了一条新的致思路径。

四 "具身化"的理论启示

回望传统美学，并不是要让我们去遵循古人的体悟、思考方式，而是要从中领悟出自身的生命之本，在两相对照之下，舒氏"具身化"的美学意义才能尽可能完整地呈现出来。它至少给我们以下启示：

首先，舒氏"具身化"思想有助于破除传统身心二元对立的迷信，超越由于身体的不在场性而导致的认知与身体的分离状况。因作为感知体验的接收者和生发者的身体，不是静止和被动的，只有"通过身体的独特到场，原先只在艺术体验中实现的感觉的强度和集中在审美身体化过程中实现了，这才是人的最完整的状态"。[①] 无论是借助艺术表现以完成事物的"具身化"，还是通过身体的在场，经由身体生发的感知能力的集中与强化，人类存在的完整性才不至于在抽象的概念或在对其他利益的追求中被销蚀。对舒斯特曼而言，正是身体，将我们从传统意识的抽象、枯燥的概念性世界带回到活生生的经验世界，并建立起了人与周围环境之间的相互关系。这不仅弥补了身—心分裂与疏离的二元对立缺陷，更呈现了人与自然、艺术与生活之间的新型的连续性关系。

其次，"具身化"开创了人类由抽象重回具象的可能性途径，在艺术与生活、审美与实践之间的关系中表现出强烈的"介入性"体验。舒斯特曼让美学更加切近生活和关注各种人生问题，这使得美学的研究范围更加广阔，内容更加有趣。这种从对基本的美学问题的研究，转向对社会现实问题的具体化研究的路径，引起了不少反对的声音。特别是面对当下身体泛化与审美泛化的现实，反对者们扼腕叹息，却束手无策。他们甚至攻击舒斯特曼

---

① Arnold Berleant, *Aesthetic Embodiment*, http://www.Autograff.com/berleant, 2010 年 8 月 1 日。

的理论忽视了传统美学的基本问题，偏离了原有的理论领域。实际上，舒氏的理论之所以能够超越传统美学的阈限，正是建立在对分析美学、实用主义美学等基本理论的熟悉的基础之上的。因为，只有在洞悉传统的基础上，才能对传统所存在的不足有更深刻的理解和认识。所以，与其说舒氏美学思想是对传统美学的解构或背弃，不如说是对它的不断超越与永恒回归。

总之，舒氏的"具身化"美学理论，经由身体，搭建了一座审美与生活、人类与自然之间的连接的"桥梁"，消解了它们之间所存在的不可逾越的天然鸿沟，使它们最终实现了相互融通，握手相合。

司空图的"思与境偕"说与刘勰的
"神与物游"说之比较

郑淑婷[*]

一

刘勰的"神与物游"[①] 说出自《文心雕龙·神思》篇，该篇是其创作论的第一篇。全篇系统论述了艺术构思的过程，从构思前的心理酝酿，学识的储备积累，到构思时的想象，构思的关键因素，以及意象的形成，意象转化成语言等，并指出文思有缓速之分，需"博而能一"，文辞需精细加工方能显出新意。

学界对刘勰《神思》篇研究颇多，主要有以下几方面的研究：第一，很多研究者将刘勰的《神思》篇与陆机的《文赋》中讲到艺术构思的部分进行比较研究，以王元化先生和张少康先生为代表。如王元化先生在其著作《文心雕龙创作论》中对刘勰"神思"说与陆机的艺术想象做了比较，并分别指出二者的局限性。[②] 张少康先生在其著作《文心与书画乐论》中专门以一个小标题——"关于文学创作的构思与艺术想象的特征"来比较刘勰《文心雕龙》与陆机《文赋》的文学构思问题。[③] 第二，一些学者认

---

* 郑淑婷，首都师范大学文艺学 2012 级博士生，指导教师：陶礼天。

① 刘勰著，范文澜注：《文心雕龙注》，人民文学出版社 2008 年版，第 493 页。
② 王元化：《文心雕龙创作论》，上海古籍出版社 1979 年版，第 95—99 页。
③ 张少康：《文心与书画乐论》，北京大学出版社 2006 年版，第 39—42 页。

为《神思》篇应联系《文心雕龙》中的《物色》、《养气》、《时序》、《诠赋》等篇进行研究。如王运熙先生的论文《读〈文心雕龙·神思〉札记》。① 第三，关于刘勰神思论的理论来源问题的探讨。大部分学者认为《神思》篇虚静论的理论来源于老庄，也有一部分学者认为刘勰的虚静说并非来源于老庄，而应来源于荀子的"虚壹而静"说，这以王元化先生为代表，具体见其著作《文心雕龙创作论》中的"刘勰的虚静说"。② 另外，牟世金先生在其论文《"龙学"七十年概观》（下）第四条中简要回顾了一下从1914年"龙学"诞生到1987年《文心雕龙》"艺术构思论"的研究成果。③

对司空图"思与境偕"说的研究也较多。研究主要从以下几方面展开：第一，多将其与唐代的诗论，尤其是殷璠、王昌龄、皎然、刘禹锡等人的诗论进行比较，并认为"思与境偕"说为唐代的"意境"论奠定了一定的基础，如张少康先生在《司空图及其诗论研究》第三章中所论述。④ 第二，多将"思与境偕"说与司空图的"象外之象、景外之景"（《与极浦书》）和"味外之旨"、"韵外之致"（《与李生论诗书》），即我们通常所说的"四外"说及《二十四诗品》联系起来进行研究，如祖保泉先生的著作《司空图诗文研究》中的第四章所述。⑤ 第三，认为"思与境偕"说的理论来源于老庄，如叶朗先生。⑥ 除此之外，还有学者认为司空图的理论也受佛教的影响，如陶礼天教授的论文《司空图"味外之旨"说新论》中论述了"'味外之旨'说及其与禅学之关系"。⑦

虽然对刘勰"神与物游"⑧说及司空图的"思与境偕"⑨说进行研究的

---

① 王运熙：《读〈文心雕龙·神思〉札记》，《文艺理论研究》1985年第1期。

② 王元化：《文心雕龙创作论》，上海古籍出版社1979年版，第113—116页。

③ 牟世金：《"龙学"七十年概观》（下），《社会科学战线》1988年第1期。

④ 张少康：《司空图及其诗论研究》，学苑出版社2005年版，第60页。

⑤ 祖保泉：《司空图诗文研究》，安徽教育出版社1998年版，第57—61页。

⑥ 叶朗：《中国美学史大纲》，上海人民出版社1999年版，第276页。

⑦ 陶礼天：《司空图"味外之旨"说新论》，《中国文论研究丛稿》，学苑出版社2011年版，第237—242页。

⑧ 刘勰著，范文澜注：《文心雕龙注》，人民文学出版社2008年版，第493页。

⑨ 祖保泉、陶礼天笺校：《司空表圣诗文集笺校》，安徽大学出版社2002年版，第190页。

成果比较多，但将二者联系起来研究的相对较少。有的研究论文只是蜻蜓点水地提到，没有进行深入的研究。本文主要将二者进行比较研究，阐述二者的共同点与不同点，二者的内在联系及其共同的思想渊源、理论基础，二者对后世的相关文论、美学思想的影响，以及与书画乐论中相关的艺术构思理论的联系。

二

以下将刘勰的"神与物游"说与司空图的"思与境偕"说做一比较，论述二者的异同。首先，无论是"神与物游"说，还是"思与境偕"说，均是指诗歌艺术的想象与构思。就其侧重点而言，刘勰的"神与物游"说更注重诗、赋等文学创作的艺术想象，而司空图的"思与境偕"说则更注重诗歌意境的构造。从刘勰的《神思》及《物色》篇可以看出，刘勰认为艺术想象、艺术构思须具备以下几个要素：即性情要真挚："登山则情满于山，观海则意溢于海。"（《文心雕龙·神思》）意象当鲜明："自近代以来，文贵形似，窥情风景之上，钻貌草木之中……故能瞻言而见貌，印字而知时也……使味飘飘而轻举，情晔晔而更新"。（《文心雕龙·物色》）内心需虚静："是以陶钧文思，贵在虚静"（《文心雕龙·神思》），"四序纷回，而入兴贵闲"（《文心雕龙·物色》）。意念须纯净："疏瀹五脏，澡雪精神。"（《文心雕龙·神思》）文思当快捷："机敏故造次而成功，虑疑故愈久而致绩"；（《文心雕龙·神思》）。思绪应飘逸："故寂然凝虑，思接千载；悄焉动容，视通万里。"（《文心雕龙·神思》）精神当畅游："形在江海之上，心存魏阙之下。"（《文心雕龙·神思》）这样才能进入"神与物游"的境界，于是在特定的情境中，物我相互映照，情景交融，感物起兴，想象跨越时空，意象生成。刘勰重点是围绕艺术创作前的想象、构思而展开的。

"神与物游"的过程其实就是意象生成的过程，也即刘勰所说的"意授于思"（《文心雕龙·神思》），思想化为文思的过程。在艺术创造中这个环节非常重要，因为它决定了"艺术品"的成败，决定了"言"是否能"授于意"（《文心雕龙·神思》），即文思能否成功转化成语言。

而司空图的"思与境偕"说则更重视诗歌整体意境的构造。在《与王驾评诗书》中，他写道：

> ……然河、汾蟠郁之气，宜继有人。今王生者，寓居其间，浸渍益
> 久，五言所得，长于思与境偕，乃诗家之所尚者，则前谓必推其类，岂
> 止神跃色扬哉？……①

联系司空图的《与王驾评诗书》全文以及他的《与极浦书》中提出的"象
外之象，景外之景"说，《与李生论诗书》的"味外之旨"、"韵外之致"
等，可知司空图认为诗歌的整体意境是关键，诗歌的魅力在于有"韵"，有
"味"，要传达"象外之象，景外之景"，也就是诗歌的意境应含蓄、委婉，
须"言有尽而意无穷"，要给人一种"余音绕梁"之感，能让人品味、回
味，方为佳作。如果诗歌缺乏韵味，让人一览无余，就会索然寡味。这就是
为什么司空图偏爱王维、韦应物的诗歌，而贬低元稹、白居易的诗歌的缘
故。他认为"右丞、苏州趣味澄夐，若清沇之贯达。……元、白力勍而气
孱，乃都市豪估耳"（《与王驾评诗书》）。

其次，"神与物游"说与"思与境偕"说都强调诗歌的形象思维的重要
性。形象性是形象思维最基本的特征。"神"或"思"离不开"物"或
"境"，不是空洞的想象。也就是说"意"和"象"是密切联系的。就诗歌
艺术来说，它反映的对象是事物的形象，其思维形式是意象，表达的工具和
手段是语言文字，它偏向感性思维，但伴随着理性思维。这里我们重点介绍
一下诗歌艺术思维的形象性。刘勰的"神与物游"说与司空图的"思与境
偕"说都将"思"与"象"、"物"与"境"联系起来。刘勰认为，神思离
不开"物"，正是心受外物的触动才有所感，有所思。正如《原道》篇写
道："……傍及万品，动植皆文：龙凤以藻绘呈瑞，虎豹以炳蔚凝姿；云霞
雕色，有逾画工之妙；草木贲华，无待锦匠之奇。夫岂外饰，盖自然耳。至
于林籁结响，调如竽瑟；泉石激韵，和若球锽：故形立则章成矣，声发则文

---

① 司空图：《司空文一》，《司空表圣文集》（一），《四部丛刊》第473函，共两册，上海涵芬楼
藏，旧抄本原书页，第9—10页。以下司空图文集引文均选自该版本。

生矣……"① 又如《物色》篇："春秋代序，阴阳惨舒，物色之动，心亦摇焉……物色相召，人谁获安？……岁有其物，物有其容；情以物迁，辞以情发……若乃山林皋壤，实文思之奥府……然则屈平所以能洞监《风》《骚》之情者，抑亦江山之助乎？"②

这里，刘勰指出，物（形、声、江山）、情、辞（章、文）三个要素之间是相互影响、相互作用的，人的感情因外物的触动而兴起，文辞也因为感情而产生。这里的物、情、辞，其实就对应于象、意、言，象是起点，言是终点，意是二者之间的桥梁。象、意又对应于景、情，象、意彼此不是孤立的，两者相互影响，相互交融，形成意象。"'意象'乃是诗的本体"③，意象是"形象和情趣的契合"④，刘勰在《神思》篇中已明确地提出"意象"这一概念："然后使元解之宰，寻声律而定墨；独照之匠，窥意象而运斤；此盖驭文之首术，谋篇之大端。"⑤ 这里刘勰提出的"意象"跟后来唐代"意象"的概念应该说还是有区别的。刘勰的"意象"，概念还比较模糊，联系《神思》篇的上下文，如"意翻空而易奇，言徵实而难巧也。是以意授于思，言授于意"，相当于心感于物而形成的一种特定的"构思"、"文思"，一种脑海中形成的整体的"蓝图"。这应该说是后来"意象"说的雏形。唐代的"意象"概念已是一个特定的美学范畴，指的是主体与客体、心与物、神与思、意与象的相互交融，"意象"说已上升到中国古代文学本体论的高度。

司空图在《与王驾评诗书》一文中提出"思与境偕"说，把"思"与"境"联系起来。这里，司空图明确提出"境"这一概念，并且认为"思"离不开"境"，也就是说艺术想象离不开"境"。"境"较之刘勰的"物"（或"象"，"意象"）的概念应该说更为完善、系统。因为"物"或"象"表现的是孤立的形象，而"境"即"意境"，"不是表现孤立的物象，而是表现虚实结合的'境'，也就是表现造化自然的气韵生动的图景，表现作为

---

① 周振甫：《文心雕龙今译》，中华书局 2011 年版，第 10—11 页。
② 同上书，第 417 页。
③ 叶朗：《中国美学史大纲》，上海人民出版社 1999 年版，第 453 页。
④ 同上书，第 265 页。
⑤ 周振甫：《文心雕龙今译》，中华书局 2011 年版，第 249 页。

宇宙的本体和生命的道（气）"①。也就是说，意境表现的是一种"情"与"景"——"你中有我，我中有你"的相互交融的整体的意象。

这里需要说明一下，司空图是否看过刘勰的《文心雕龙》并直接受刘勰诗学理论的影响？陶礼天教授在其论文集《中国文论研究丛稿》之《读司空图〈书屏记〉书后》一文中对此做了考证，他根据司空图的《书屏记》一文，做了大胆推论：

> 八月，表圣在华阴其婿姚颉家，获览唐代著名书法理论家李嗣真的《书品》和书法家徐浩的有关书法的评论，撰《书屏记》一文，追记其父（司空舆）获得徐浩书法真迹"书屏"四十二幅及毁于战乱的经过，本文也可视为表圣之书法理论文章，从中可以推知，表圣以"品"别论诗的方法，当受到前代画品、书品的影响，而关于风格、品类的划分，可能也受到刘勰《文心雕龙》有关风格诸如《体性》等篇的影响（此属推论）。②

陶礼天教授进一步指出，徐浩作为唐代著名的书法家，他的"《论书》一文，直接受到刘勰《文心雕龙》的影响，而表圣曾亲自看过徐浩的有关书法的评论，由此可以推证表圣以'品'论诗，当受到刘勰'八体'说之影响"③。他进而指出，司空图与卢献卿（字著明）是忘年交，卢献卿撰有《愍征赋》，司空图曾亲自为《愍征赋》作注，并作《注〈愍征赋〉述》、《注〈愍征赋〉后述》二文，而《注〈愍征赋〉述》一文具有"品而类之"的特点。并且，表圣的《诗赋赞》也用"品类"来论述"诗赋"的不同品格等。由此，陶礼天教授做出推论："其一，表圣以'品类'论诗，受到《书品》、《画品》等理论著作的影响；其二，表圣以'品类'论诗除受到'当代'（唐代）论诗者的影响外，极有可能受到刘勰的影响，特别是刘勰

---

① 叶朗：《中国美学史大纲》，上海人民出版社 1999 年版，第 276 页。

② 陶礼天：《读司空图〈书屏记〉书后》，《中国文论研究丛稿》，学苑出版社 2011 年版，第 256—257 页。

③ 同上书，第 258 页。

的《体性》、《风骨》等篇的影响，其中刘勰关于'八体'的分析，对表圣可能有非常大的潜在影响……"①

综上所述，按照陶教授的推论，司空图有可能看过刘勰的《文心雕龙》，其诗论也因此可能受到刘勰诗论的影响。

何况《文心雕龙》在初唐极为流行，刘勰"江山之助"说，曾被王勃等人一再加以引用和申说。②

所以，笔者进一步推论，司空图既然有可能看过《文心雕龙》，其"思与境偕"说当可能受刘勰的"神与物游"说的直接影响，并进一步将其完善。因为，"境"不等于"物"，也不等于"象"，"境"相当于——"象外之象"、"景外之景"。司空图在《与极浦书》中写道：

> 戴容州云："诗家之景，如蓝田日暖，良玉生烟，可望而不可置于眉睫之前也。"象外之象，景外之景，岂容易可谈哉？然题纪之作，目击可图，体势自别，不可废也。③

司空图引用戴容州的一句话，认为诗人眼中的景，如同"蓝田日暖，良玉生烟"，只可远望不可近临。要想描写"象外之象"、"景外之景"，实在很难。张少康先生认为："前一个'象'和'景'是实的，是作品中所具体描写出来的景象，而后一个'象'和'景'则是要在前一个实的景象的启发、暗示下，经过读者的想象而获得的虚的景象。"④笔者认为后一个"象"和"景"，不仅是经过读者的想象而获得的虚的景象，更是经过作者的想象、

---

① 陶礼天：《读司空图〈书屏记〉书后》，《中国文论研究丛稿》，学苑出版社 2011 年版，第 258—262 页。

② 如王勃《越州秋日宴山亭序》曰："……岂非琴樽远契，必兆朕于佳辰；风月高情，每留连于胜地。是以东山可望，林泉生谢客之文；南国多才，江山助屈平之气。"又其《梓州郪县兜率寺浮图碑》有句曰："风恬雨霁，烟雾藻天地之容；野旷川明，风景挟江山之助。"参见《王子安集》卷五、卷十五，文渊阁《四库全书》本。

③ 司空图：《司空文三》，《司空表圣文集》（一），《四部丛刊》第 473 函，共两册，上海涵芬楼藏，旧抄本原书页，第 3 页。

④ 张少康：《司空图及其诗论研究》，学苑出版社 2005 年版，第 62 页。

联想而创造出的虚的景象，使得"景在情中，情在景中"①，也正如王夫之所说的"情不虚情，情皆可景，景非虚景，景总含情"②，从而抒发作者在特定的情境中的独特情怀。司空图在《与极浦书》中还以自己的作品《虞乡县楼》为例，认为前两句"官路好禽声，轩车驻晚程"是实景，这是刚一入虞乡就可见到的景色，后两句"南楼山色秀，北路邑偏清"是虚景，这是他在当时特定的情境中所感受到的虞乡的景色。景中有情，情中有景，这样的诗才能有"韵外之致"、"味外之旨"，读起来让人回味无穷。

当然，"境"作为诗歌理论的范畴，最早并不是司空图提出的，在唐代比司空图更早论及的有王昌龄、殷璠、刘禹锡等。王昌龄在《诗格》中写道："诗有三境：一曰物境。二曰情境。三曰意境。"③ 殷璠在《河岳英灵集》里评王维的诗："维诗词秀调雅，意新理惬，在泉为珠，着壁成绘，一句一字，皆出常境。"④ 后来皎然又提出"取境"⑤ 说、刘禹锡提出"境生于象外"说⑥，这样，"意象"到唐代即发展为"意境"这一中国古代美学最高的审美范畴。

这里，我们简略回顾一下中国古代"象"这一美学范畴的大概发展历程：从老子提出"大象无形"，《易传》提出"观物取象"、"立象以尽意"，庄子提出"象罔"，到三国魏玄学家王弼提出"得意忘象"，南朝宋著名山水画家宗炳提出"澄怀味象"，南朝齐梁间的刘勰提出"意象"，唐代殷璠的"兴象"说，再到唐代经王昌龄、皎然、刘禹锡相继发展，直至司空图提出"象外之象"、"思与境偕"，"意境"范畴诞生。从"象罔"到"意境"，可以说中国古代"象"这一美学范畴经历了一个否定之否定的发展过程。"象罔"是虚、实的结合，有形、无形的结合，但毕竟太抽象；而"意境"则是情、景的结合，有限、无限的结合，是心与物的彼此交融，形成的"你中有我、我中有你"的融圆之境，是主体和客体的相互映照，也即柳宗

---

① 方回：《瀛奎律髓》卷三十二，《四库全书》文渊阁本。
② 王夫之：《古诗评选》卷五谢灵运《登上戍鼓山诗》评语，《四库全书》文渊阁本。
③ （宋）陈应行编：《吟窗杂录》（上）卷四，中华书局1997年版，第206页。
④ 王克让：《河岳英灵集注》，巴蜀书社2006年版，第66页。
⑤ （宋）陈应行编：《吟窗杂录》（上）卷四，中华书局1997年版，第275页。
⑥ 叶朗：《中国美学史大纲》，上海人民出版社1999年版，第267—268页。

元所说的"美不自美，因人而彰"，类似于马克思所说的"客体主体化"、"主体客体化"，是更高层次的虚实结合。至此，"意境"范畴发展成为中国古代美学的最高范畴。

最后，刘勰和司空图在讲艺术创作、艺术想象的时候都重情思的自然流露，反对苦思。即要求艺术构思应"应目会心"。刘勰在《神思》篇里写道："是以秉心养术，无务苦虑；含章司契，不必劳情也。"据周振甫先生解释：因此用心训练思想的方法，不必凭空苦想，并且要体会外物的美好，不必劳苦自己的心情。《神思》篇里，刘勰接着说："人之禀才，迟速异分，文之制体，大小殊功。相如含笔而腐毫……虽有巨文，亦思之缓也。淮南崇朝而赋《骚》……虽有短篇，亦思之速也。"① 这里刘勰指出文思有缓速之分，因人的天分不同。

总结而言，刘勰认为要想使文思畅通，自然流露，需具备以下几个必要条件：其一，"神居胸臆，而志气统其关键。"因此，"志气"很重要，范文澜先生注解：据《礼记》的解释，"志气"当作"气志"解；周振甫先生解释为"意志和体气"，综合二位先生的解释，"志气"当指作者内心的意志和性情。其二，作者内心应饱含深情，有一颗善感、真挚的心，这样才能"登山则情满于山，观海则意溢于海"。《乐记》中讲到"为乐不可以为伪"，"伪"即虚情假意。为诗同样也不可以为伪。作者应有真感情，写出的诗才能真正打动人。正如《宗经》篇里所讲："故文能宗经，体有六艺：一则情深而不诡，二则风清而不杂，三则事信而不诞，四则义直而不回……"《物色》篇末"赞"："山沓水匝，树杂云合。目既往还，心亦吐纳。春日迟迟，秋风飒飒。情往似赠，兴来如答。"情和物要相互"赠"、"答"，才会起兴，有感而发。其三，要学会"养心"、"养气"。《神思》篇："是以陶钧文思，贵在虚静，疏瀹五藏，澡雪精神。"其语出《庄子·知北游》："老聃曰，汝斋戒疏瀹而心，澡雪而精神。"这里刘勰包含两层意思：首先，要求作者内心要虚静，不能躁动；《物色》篇里，刘勰写道："是以四序纷回，而入兴贵闲。"其次，性情要纯净，要心无杂念。只有内心虚静、感情纯净的人，才能够真切地感受到外物的美，正如苏东坡所言："静故了群动，空故纳万象。"也如庄子所云：

① 周振甫：《文心雕龙今译》，中华书局 2011 年版，第 251 页。

"虚室生白，唯道集虚。"也即宗炳所说的"澄怀观道"。① 另外，在《养气》篇中，刘勰专门讲到养气的重要性，主张写作应自然，要保养精力，反对劳神苦思、呕尽心血来写作。所谓"率志委和，则理融而情畅；钻砺过分，则神疲而气衰：此性情之数也"。写作应心气和顺，心情舒畅，不可过分伤神。另外，《养气》篇还指出："是以吐纳文艺，务在节宣，清和其心，调畅其气，烦而即舍，勿使壅滞，意得则舒怀以命笔，理伏则投笔以卷怀，逍遥以针劳，谈笑以药倦，常弄闲于才锋，贾馀于文勇。使刃发如新，涛理无滞，虽非胎息之迈术，斯亦卫气之一方也。"写作应顺其自然，不可勉强；体气需调节疏导，精力需用心保养，这样才能如新发之刃。其四，要有学识的积淀。所谓"积学以储宝，酌理以富才，研阅以穷照，驯致以怿辞"，"积学"、"酌理"、"研阅"、"驯致"这四个要素功在平常，缺一不可。其五，要敢于驰骋想象力。正如《神思》篇首写道："古人云：'形在江海之上，心存魏阙之下。'神思之谓也。文之思也，其神远矣。故寂然凝虑，思接千载；悄焉动容，视通万里；吟咏之间，吐纳珠玉之声；眉睫之前，卷舒风云之色。"要放飞想象，超越时空，不受固有思维习惯的束缚。这里一方面强调艺术想象的重要性，只有张开自己想象的翅膀，才能够"窥意象而运斤"，才有可能打开灵感之窗，达到"妙悟"、"顿悟"。并且思维要活跃，不能僵滞，只有活泼的心灵才能够迅速地涌现艺术灵感，感知美，体验美，传达美。正如陆机《文赋》所说："笼天地于形内，挫万物于笔端。"②

另一方面，这里也涉及艺术创作及方法技巧的问题，艺术创造就应该敢于突破前人的窠臼，敢于想象。并且感觉要敏锐，不能迟疑。所谓"若夫骏发之士，心总要术，敏在虑前，应机立断；覃思之人，情饶歧路，鉴在虑后，研虑方定。机敏故造次而成功，虑疑故愈久而致绩"。③ 方法技巧就是应该"心总要术"，心里熟悉创作方法，并且能够"博而能一"，即见识广博，中心贯一。

---

① 张彦远：《历代名画记》（二），王云五主编《丛书集成简编》，（台北）台湾商务印书馆1966年版，第207页。

② 陆机：《陆士衡文集》（一）卷一，严一萍辑选，原刻影印《百部丛书集成》，（台北）艺文印书馆1970年版，第11页。

③ 周振甫：《文心雕龙今译》，中华书局2011年版，第252页。

同样，司空图也认为艺术构思应顺其自然，反对劳神苦思。在《与李生论诗书》中，司空图提出"直致所得，以格自奇。""直致所得"，即强调艺术构思、艺术想象的直接性、自然性，"心"与"物"相互作用，"即景会心"，触景生情，从而有所感发，直抒胸臆。张少康先生认为，"直致所得，以格自奇"，"实际上是重视诗歌创作中直觉的重要作用，是对钟嵘《诗品》中'直寻'说的一种发展……'直寻'说强调外界形象和诗人心灵的直接碰撞……"① 正如刘勰所说："人禀七情，应物斯感，感物吟志，莫非自然。"② "情"与"物"相互映现，"直接碰撞"，这样的诗歌才是作者内心真切感情的直接流露，才会清新自然。这是从心理发生学的角度来阐述诗歌的产生。如《礼记·乐记》里讲道："凡音之起，由人心生也。人心之动，物使之然也。感于物而动，故形于声。"③ 音乐的产生也是如此，由外物触动人心而兴起。《毛诗正义·诗大序》里也写道："情动于中而形于言，言之不足故嗟叹之，嗟叹之不足故永歌之，永歌之不足，不知手之舞之足之蹈之也。"④ 这里描写了艺术产生于人的情感的真实流露。

司空图在《与王驾评诗书》中写道：

> 国初，主上好文章，雅风特盛。沈、宋始兴之后，杰出于江宁，宏思于李、杜，极矣！右丞、苏州趣味澄复，若清沇之贯达。大历十数公，抑又其次。元、白力勍而气孱，乃都市豪估耳。刘公梦得、杨公巨源，亦各有胜会。浪仙、无可、刘德仁辈，时得佳致，亦足涤烦。厥后所闻，逾褊浅矣。然河汾蟠郁之气，宜继有人。⑤

司空图非常推崇王维、韦应物的诗歌，认为他们的诗歌"趣味澄复，若

---

① 张少康：《司空图及其诗论研究》，学苑出版社 2005 年版，第 80—81 页。

② 周振甫：《文心雕龙今译》，中华书局 2011 年版，第 56 页。

③ 李学勤主编：《礼记正义》（中），《十三经注疏》（标点本），北京大学出版社 1999 年版，第 1077 页。

④ 李学勤主编：《毛诗正义·诗大序》，《十三经注疏》（标点本），北京大学出版社 1999 年版，第 6 页。

⑤ 司空图：《司空文一》，《司空表圣文集》（一），《四部丛刊》第 473 函，共两册，上海涵芬楼藏，旧抄本原书页，第 9 页。

清沆之贯达"，即王、韦的诗歌趣味高雅，冲淡自然。而对以苦思、推敲著称的贾岛、孟郊二人则颇有微词，认为他们的诗"时得佳致，亦足涤烦"，意即格调不高，不够清新自然。"苦思"就少了些真，少了些"味"，而司空图向来强调诗歌意境的含蓄、委婉，"味外之旨"的。诗歌的意义就在于意象自然，"审美意象必须从直接审美观照中产生"①。它是作者在特定的情境中因物起兴，从而引起审美直觉，继而生成意象。同样在《与李生论诗书》中，司空图说道：

> 王右丞、韦苏州澄澹精致，格在其中，岂妨于遒举哉？贾浪仙诚有警句，视其全篇，意思殊馁，大抵附于蹇涩，方可致才，亦为体之不备也，矧其下者哉！噫！近而不浮，远而不尽，然后可以言韵外之致耳。②

可见，司空图是非常重视诗歌的"直致所得"的，因为只有"应目会心"的作品才足够自然、生动，恰如"清水出芙蓉"，而王维、韦应物的诗歌皆多"直寻"所得，意象清新，又富有禅意，含蓄隽永，令人回味，这正好符合司空图的审美标准。"后来明末清初王夫之的'即景会心'说和'现量'说，直至王国维的'不隔'说，就都进一步发展了诗歌创作中对直觉的强调。"③补充一点，哲学家王夫之提出"现量"说并将之引进美学领域，说的就是审美意象的直接性。"现量"说包括三层含义，即"审美观照必须具有'现在'、'现成'、'显现真实'这三种性质"，即"审美观照"是"直接的感兴"，是"瞬间的直觉"，显现的是事物的"完整的'实相'"④。"现量"说是对司空图的"直致所得"说、钟嵘的"直寻"说的进一步发展。

---

① 叶朗：《中国美学史大纲》，上海人民出版社 1999 年版，第 401 页。
② 司空图：《司空文二》，《司空表圣文集》（一），《四部丛刊》第 473 函，共两册，上海涵芬楼藏，旧抄本原书页，第 1 页。
③ 张少康：《司空图及其诗论研究》，学苑出版社 2005 年版，第 81 页。
④ 同上。

三

　　刘勰的"神与物游"说与司空图的"思与境偕"说，究其源头，可以追溯到老庄，尤其是庄子。首先，从"象"的范畴来说，《老子》第二十一章："道之为物，唯恍唯忽。忽恍中有象，恍忽中有物。"① 这里，老子提出，"道"中有"象"，"道"中有"物"。《老子》第四十一章："大音希声，大象无形。"② 庄子也提出"象罔"③ 说。其次，从其提倡艺术的想象性而言，《庄子》一书充满了奇特丰富的想象，一个个寓言故事生动又富于哲理。庄子提倡"逍遥游"④，"游"的精神贯穿在整个《庄子》中：庖丁解牛"游刃有余"；庄子与惠子游于濠梁之上，观鱼儿游于水中；《达生》篇："游乎万物之所终始"；《徐无鬼》篇：游于六合之内、外；《天下》篇："上于造物者游"等。"游"其实就是畅神，突破窠臼，超越世俗，超越时空，从而"游心万物"。最后，从审美心胸来说，老庄均提倡虚静说。《老子》第五章："虚而不屈，动而俞出。多言数穷，不如守中。"⑤《老子》第六章："致虚极，守静笃。"⑥ 庄子提出的"象罔"、"心斋"、"坐忘"、"虚室生白，唯道集虚"等审美心胸的理论同样深深影响了刘勰、司空图等人的艺术创造理论。

　　除此之外，司空图的诗论也深受陶渊明的影响。司空图非常喜欢陶渊明其人其诗。陶渊明爱菊，司空图也爱菊；陶渊明因厌倦政治而归园田居，司空图晚年也逃避政治而隐居王官谷。司空图在其诗文中数次提到陶渊明，言语中充满了对陶渊明的景仰，在此不赘述。陶渊明的诗："结庐在人境，而无车马喧，问君何能尔？心远地自偏"，"心远"才能神思。"采菊东篱下，

　　① 朱谦之：《老子校释》，中华书局2009年版，第88页。

　　② 同上书，第171页。

　　③ （清）郭庆藩：《庄子集释》（上），《庄子·天地》篇，（台北）万卷楼图书股份有限公司2007年版，第455页。以下《庄子》的引文均出自该版本。

　　④ （清）郭庆藩：《庄子集释》（上），《庄子·逍遥游》篇，（台北）万卷楼图书股份有限公司2007年版，第1页。

　　⑤ 朱谦之：《老子校释》，中华书局2009年版，第24页。

　　⑥ 同上书，第64页。

悠然见南山"，"悠然"二字，几多遐想。陶渊明提倡心静，司空图同样提倡虚静的审美心胸。陆机《文赋》里也深入论述了艺术想象的特点。他提出想象的超越性："精骛八极，心游万仞"，"观古今于须臾，抚四海于一瞬"；神思的豪迈："笼天地于形内，挫万物于笔端"；意象的渐趋清晰鲜明："情瞳昽而弥鲜，物昭晰而互进"。陆机在《文赋》中对构思时灵感的扑朔迷离、稍纵即逝性有一段非常生动的描述：

> 若夫应感之会，通塞之纪，来不可遏，去不可止。藏若景灭，行犹响起。方天机之骏利，夫何纷而不理。思风发于胸臆，言泉流于唇齿。纷威蕤以馺遝，唯毫素之所拟。文徽徽以溢目，音泠泠而盈耳。及其六情底滞，志往神留。兀若枯木，豁若涸流。揽营魂以探赜，顿精爽而自求。理翳翳而愈伏，思乙乙其若抽。是以或竭情而多悔，或率意而寡尤。虽兹物之在我，非余力之所戮。故时抚空怀而自惋，吾未识夫开塞之所由。[1]

陆机的艺术想象理论直接影响了刘勰，刘勰在《物色》篇里也讲到神思的微妙性："然物有恒姿，而思无定检，或率尔造极，或精思愈疏。"《神思》开篇即写道："古人云：'形在江海之上，心存魏阙之下。'神思之谓也。文之思也，其神远矣。故寂然凝虑，思接千载；悄然动容，视通万里"，描述了人的思维想象。天马行空，无限自由，可以跨越时空，"心"（"神"）可以不受"形"的约束，时间上可以"思接千载"，空间上可以"视通万里"。"故思理为妙，神与物游"，周振甫先生解释道："所以构思的奇妙，使得精神能和外物相交接。"[2]

苏东坡："静故了群动，空故纳万象。""静"、"空"是审美的心胸必须具备的要素。严羽的"妙悟"说是对刘勰的"神与物游"说与司空图的

---

① 陆机：《陆士衡文集》（一）卷一，严一萍辑选，原刻影印《百部丛书集成》，（台北）艺文印书馆 1970 年版，第 4—5 页。

② 周振甫：《文心雕龙今译》，中华书局 2011 年版，第 248 页。

"思与境偕"说的进一步发展。"大抵禅道惟在妙悟，诗道亦在妙悟。"① 清代叶燮提出的"想象以为事"的理论也是对前人的艺术想象理论的继承与发展。

"神与物游"说与"思与境偕"说并不仅仅局限于诗歌创作领域，在中国古代书画乐论中人们同样重视艺术想象，也提出了一系列的范畴理论。

书论方面，东晋时期著名书法家王羲之在《题卫夫人笔阵图后》写道："夫欲书者，先乾研墨，凝神静思，预想字形大小，偃仰平直，振动令筋脉相连，意在笔前，然后作字。"② 王羲之也明确指出写书法之前，需"凝神静思"，"意在笔前"方能写好字。在《书论》中，王羲之又指出："大抵书须存思……凡书贵乎沉静，令意在笔前，字居心后，未作之始，结思成矣。"③ 这里，王羲之指出书法艺术静思的重要性，未写"书"之前已"胸有成竹"，另外写"书"时内心"沉静"也很重要。这与前面刘勰提出"神思"时需虚静，道理是一样的。

画论方面，南朝宋山水画家宗炳在其画论著作《画山水序》中也讲到绘画艺术同样需要用纯净的审美心胸去直观"山水"，他提出了"澄怀味像"、"应目会心"、"应会感神，神超理得"等审美范畴。在《画山水序》篇末，他还描绘了一幅画家欣赏山水画时的生动画面：

> 于是闲居理气，拂觞鸣琴，披图幽对，坐究四荒。不违天励之藂，独应无人之野。峰岫峣嶷，云林森眇。圣贤映于绝代，万趣融其神思。余复何为哉？畅神而已。神之所畅，孰有先焉！④

"万趣融其神思"、"畅神而已"，皆说明人与自然、人与山水融为一体，在领略山水美的时候，人的精神备感舒适愉悦，这即是刘勰所说的"登山则情满于山，观海则意溢于海"；也即是司空图所说的"思与境偕"。

---

① （宋）严羽著，张健校笺：《沧浪诗话校笺》，上海古籍出版社 2012 年版，第 27 页。
② 张彦远撰，武良成、周旭点校：《法书要录》，浙江人民美术出版社 2012 年版，第 10 页。
③ 潘运告主编，云告译注：《汉魏六朝书画论》，湖南美术出版社 1997 年版，第 112 页。
④ 张彦远撰：《历代名画记》，浙江人民美术出版社 2012 年版，第 104 页。

东晋大画家顾恺之提出的"迁想妙得",唐朝的画家张璪在《绘境》里提出的"外师造化,中得心源",唐代画论家张彦远在《历代名画记》里提出的"凝神遐想,妙悟自然,物我两忘,离形去智"等,这些重要的画论命题都对绘画艺术的构思及想象做了出神入化的描述。

中国古代乐论中,从先秦老庄开始就有对音乐思想的描述。老子提出"大音希声",最美的音乐是无声之乐。庄子在《齐物论》里提出"天籁",《天道》中提出"天乐"的命题,继而在《天运》篇中又有一大段关于皇帝描述"咸池之乐"的论断:

> 吾奏之以人,徵之以天,行之以礼义,建之以大清。夫至乐者,先应之以人事,顺之以天理,行之以五德,应之以自然,然后调理四时,太和万物……吾又奏之以阴阳之和,烛之以日月之明……吾又奏之以无怠之声,调之以自然之命……动于无方,居于窈冥……天机不张而五官皆备,无言而心悦,此之谓天乐……听之不闻其声,视之不见其形,充满天地,苞裹六极。[①]

这里,庄子描述了"至乐",天下最美的音乐的特点,充满了丰富的艺术想象力。另外孔子提出的"思无邪"的思想,张少康先生认为"首先是指音乐无邪,而不是指诗的文字内容"[②]。《礼记·乐记》中的关于音乐的艺术想象也很丰富,如:心感于物而动故"形于声","乐"、"礼"之间关系的论述,"乐"与政治教化之间的关系,"乐"与"象"的关系,"乐"与"五行"思想之间的关系等。三国魏时期的音乐家嵇康提出著名的"声无哀乐论"音乐美学命题,以及"目送归鸿,手挥五弦,俯仰自得,游心太玄",描绘了极其美好的音乐美学意象。

中国古代诗书画乐论中都有关于艺术想象、艺术构思的理论,而且它们彼此相互借鉴、相互影响、相互渗透,共同推动了中国古代艺术理论、艺术

---

① (清)郭庆藩:《庄子集释》(上),《庄子·天运》篇,(台北)万卷楼图书股份有限公司2007年版,第551—557页。

② 张少康:《文心与书画乐论》,北京大学出版社2006年版,第136页。

批评思想的进步。

　　综上所述，刘勰的"神与物游"说与司空图的"思与境偕"说主要是指诗歌艺术的想象与构思，二者有同有异。司空图的"思与境偕"是对刘勰的"神与物游"的重大发展。二者的共同的思想理论来源是道家，尤其是庄子，当然也受之前或与其同时代的书画乐论的影响，并进而影响了后世关于艺术创造的理论。

《文心雕龙》与中国古代乐论之关系研究

范英梅*

在学界广泛思考"龙学",乃至整个中国古代文论如何深入发展的背景下,张少康先生提出要将文学批评和艺术批评结合起来进行研究,考察它们之间的交互影响和发展演变,指出这是中国古代文学批评史研究深化的一个值得重视的问题。张先生近年来撰写了一系列研究中国古代文论与乐论、书论、画论关系的论文,① 其中《〈文心雕龙〉与书画乐论》② 一文,从"诗乐一体论"、"论诗乐的起源及其作用"、"《乐记》的物感说和刘勰的心物交感说"、"论音乐和文学的真实性"、"音乐的本、象、饰和文学的意、象、言"五个方面简述了《文心雕龙》与《礼记·乐记》之间的关系。本文试着在前辈研究的基础上继续研究《文心雕龙》与中国古代乐论的关系,从以下几个方面来进行研究。

一 文之枢纽与中国古代乐论的关系

"文之枢纽"在整部《文心雕龙》中占据重要地位,《文心雕龙·序志》篇指出:"盖《文心》之作也,本乎道,师乎圣,体乎经,酌乎纬,变乎骚,文之枢纽,亦云极矣。"③ 笔者认为,"文之枢纽"大致可分为"正"和

* 范英梅,首都师范大学文艺学 2012 级博士生,指导教师:陶礼天。

① 参见张少康先生《夕秀集》(华文出版社 1999 年版)、《文心与书画乐论》(北京大学出版社 2006 年版)等论著。

② 参见《2007〈文心雕龙〉国际学术研讨会论文集》,(台北)文史哲出版社 2008 年版。

③ 范文澜:《文心雕龙注》,人民文学出版社 1958 年版。本文所有《文心雕龙》引文均出自该书,下文出现引文时将不再加注释。

"变"两个部分："本乎道，师乎圣，体乎经"为"正"的部分，而"酌乎纬，变乎骚"为"变"的部分，这两部分都受到乐论的影响。我们首先来看"正"的部分。笔者认为《原道》篇集中体现了"本乎道，师乎圣，体乎经"的思想，所以本文以该篇为主展开论述。

《原道》篇中刘勰首先指出了由自然到人文的发展规律，认为人文与自然一样，都源于道，是道的体现，只是人文之道是大道，这种大道需要更高级的载体，而人为天地之心，万物灵长，正好可以胜任，所以人文之大道通过人心感知，通过为文来表现："文之为德也大矣，与天地并生者何哉？夫玄黄色杂，方圆体分，日月叠璧，以垂丽天之象……惟人参之，性灵所钟，是谓三才；为五行之秀，实天地之心。心生而言立，言立而文明，自然之道也。"接着刘勰指出这种人文不是普通的文，是历代经书；而创作这种文的人不是普通人，是历代圣人："人文之元，肇自太极，幽赞神明，易象惟先。庖牺画其始，仲尼翼其终。""炎皞遗事，纪在《三坟》……至若夫子继圣，独秀前哲，熔钧六经，必金声而玉振；雕琢性情，组织辞令，木铎启而千里应，席珍流而万世响，写天地之辉光，晓生民之耳目矣。"并指出圣人是按照道进行创作的："爰自风姓，暨于孔氏，玄圣创典，素王述训，莫不原道心以敷章，研神理而设教……"进而归纳出原道、征圣、宗经的主旨："故知道沿圣以垂文，圣因文以明道，旁通而无滞，日用而不匮。"最后，在刘勰总结全文，认为文本源于道，由圣人创作，具有教化作用："道心惟微，神理设教。光采玄圣，炳耀仁孝。龙图献体，龟书呈貌。天文斯观，民胥以效。"《征圣》篇和《宗经》篇继续阐述这个问题。①

笔者认为刘勰对于"文之枢纽"的"正"的这部分的认识直接受到中国古代乐论的影响。我们试着推原一下，早在《周易·象》中就有这样的

_____

① 在《征圣》篇中，刘勰继续强调经书由圣人创作及其重要性："夫作者曰圣，述者曰明。陶铸性情，功在上哲，夫子文章，可得而闻，则圣人之情，见乎文辞矣。先王圣化，布在方册，夫子风采，溢于格言。"并指出经书的文学示范作用："是以子政论文，必征于圣；稚圭劝学，必宗于经。……然则圣文之雅丽，固衔华而佩实者也。天道难闻，犹或钻仰；文章可见，胡宁勿思？若征圣立言，则文其庶矣。"《宗经》篇继续突出"经"的地位及作用："三极彝训，其书曰经。经也者，恒久之至道，不刊之鸿教也。故象天地，效鬼神，参物序，制人纪，洞性灵之奥区，极文章之骨髓者也。"

记载："雷出地奋，豫。先王以作乐崇德，殷荐之上帝，以配祖考。"① 这种古代帝王奉自然神明之旨作乐颂德，进献神明和祖先的乐论思想，对后世影响很深。② 我们比较熟悉的还有早期的《尚书·尧典》："帝曰：'夔！命女典乐，教胄子……八音克谐，无相夺伦，神人以和。'"③《周礼·春官宗伯·大司乐》："大司乐掌成均之法，以治建国之学政，而合国之子弟焉。……以乐德教国子……以致鬼、神、示，以和邦国，以谐万民，以安宾客，以说远人，以作动物。……凡建国禁其淫声、过声、凶声、慢声。"④《庄子·天地》："夫道，渊乎其居也，漻乎其清也。金石不得无以鸣。"⑤《庄子·天运》："帝曰：'吾又奏之以人，征之以天，行之以礼义，建之以大清。夫至乐者，先应之以人事，顺之以天理，行之以五德，应之以自然，然后调理四时，太和万物。'"⑥《管子·五行》："昔黄帝以其缓急，作立五声，以政五钟。……五声既调，然后作立五行以正天时，五官以正人位。人与天调，然后天地之美生。"⑦《荀子·乐论》继承了这些思想："乐者，圣人之所乐也，而可以善民心，其感人深，其移风易俗易，故先王导之以礼乐而民和睦。"⑧《吕氏春秋》进行了较为系统的发展。《吕氏春秋·大乐》："乐之所由来者远矣，生于度量，本于太一。……故惟得道之人其可与言乐乎！……道也者，至精也，不可为形，不可为名，强为之名，谓之太一。"⑨《吕氏春秋·察传》："夫乐，天地之精也，得失之节也，故唯圣人为能和。"⑩《吕氏春

---

①　蔡仲德：《中国音乐美学史资料注译》（增订版），人民音乐出版社 2007 年版，第 106 页。本文大部分乐论引文均出自该书，下文出现该书引文时将只注释篇名页码。

②　阮籍《阮籍集·通易论》对此进行了阐发："'雷出于地'，于是大人得位，明圣又兴。故先王'作乐''荐上帝'，昭明其道，以答天贶。于是万物服从，随而事之，子遵其父，臣承其君，临驭统一，'大观'天下，是以'先王以省方观民设教'，仪之以度也。"（陈伯君：《阮籍集校注》，中华书局 1987 年版，第 110—111 页）

③　《尚书·尧典》，第 108 页。

④　《周礼·春官宗伯·大司乐》，第 113 页。

⑤　《庄子·天地》，第 144 页。

⑥　《庄子·天运》，第 147 页。

⑦　《管子·五行》，第 163 页。

⑧　《荀子·乐论》，第 175 页。

⑨　《吕氏春秋·大乐》，第 200 页。

⑩　《吕氏春秋·察传》，第 224 页。

秋·古乐》中所记载的古代各帝王时的音乐所歌的内容也是制礼作乐化民众、配天地、敬鬼神，最具代表性的是被历代无数次引用的"葛天氏之乐"①。董仲舒的"天人合一"理论也产生了重要影响，《春秋繁露·立元神》："何谓本？曰：天、地、人，万物之本也。天生之，地养之，人成之。天生之以孝悌，地养之以衣食，人成之以礼乐，三者相为手足，合以成体，不可一无也。……是谓自然之赏。"②到了《礼记》，尤其是《礼记·乐记》时，"乐之枢纽"得以形成，并对后世产生深远影响。《礼记·礼运》："故人者，其天地之德，阴阳之交，鬼神之会，五行之秀气也。……故人者，天地之心也，五行之端也……故圣人作则必以天地为本……"③ 这段文字虽然是讲礼制的，但礼乐相通，《礼记·乐记·乐情篇》："礼乐偩天地之情，达神明之德，降兴上下之神，而凝是精粗之体，领父子君臣之节。是故大人举礼乐，则天地将为昭焉。"④《礼记·乐记·乐论篇》："故知礼乐之情者能作，识礼乐之文者能述。作者之谓圣，述者之谓明。明、圣者，述、作之谓也。乐者，天地之和也；礼者，天地之序也。……明于天地，然后能兴礼乐也。……若夫礼乐之施于金石，越于声音，用于宗庙社稷，事乎山川鬼神，则此所与民同也。"⑤

而当这些乐论被《史记·乐书》、《汉书·礼乐志》等作为正史引用后，其影响更深。⑥ 阮籍《乐论》对此前各家的乐论进行了综合继承："昔者圣人之作乐也，将以顺天地之体，成万物之性也。……此自然之道，乐之所始也。……昔先王制乐，非以纵耳目之观……必通天地之气、敬万物之神也，固上下之位、定性命之真也。'舜命夔与典乐，教胄子以中和之德也……'"⑦ 乐

---

① 《吕氏春秋·古乐》："昔葛天氏之乐，三人操牛尾，投足以歌八阕：一曰载民，二曰玄鸟，三曰遂草木，四曰奋五谷，五曰敬天常，六曰建帝功，七曰依地德，八曰总禽兽之极。"（蔡仲德：《中国音乐美学史资料注译》（增订版），第 212 页）

② 《春秋繁露·立元神》，第 263—264 页。

③ 《礼记·礼运》，第 363 页。

④ 《礼记·乐记·乐情篇》，第 314 页。

⑤ 《礼记·乐记·乐论篇》，第 306—307 页。

⑥ 《史记·乐书》："故云雅颂之音理而民正……及其调和谐，鸟兽尽感，而况怀五常，含好恶，自然之势也？"（蔡仲德：《中国音乐美学史资料注译》（增订版），第 346 页）《汉书·礼乐志》："《书》曰'击石拊石，百兽率舞'。鸟兽且犹感应，而况于人乎况于鬼神乎？故乐者，圣人之所以感天地，通神明，安万民，成性类者也。"（蔡仲德：《中国音乐美学史资料注译》（增订版），第 403 页）

⑦ 阮籍：《乐论》，第 418—430 页。

论中不唯作乐如此论述，其至制作乐器都如此，桓谭《新论·琴道》："昔神农氏继宓羲而王天下，上观法于天，下取法于地，近取诸身，远取诸物，于是始削桐为琴，绳丝为弦，以通神明之德，合天地之和焉。"[①] 我们可以看出《文心雕龙》中"文之枢纽"的"本乎道，师乎圣，体乎经"部分的论述与这些乐论非常相似：制礼作乐源于道，圣人悟道而制作礼乐以配天地，敬鬼神，善民心。这些乐论不仅影响到刘勰的《文心雕龙》，对刘勰之后的影响也很深。[②] 而刘勰对音乐的论述更是直接继承了这些乐论，集中体现在《文心雕龙·乐府》篇："乐府者……钧天九奏，既其上帝；葛天八阕，爰及皇时。……夫乐本心术，故响浃肌髓，先王慎焉，务塞淫滥。敷训胄子，必歌九德，故能情感七始，化动八风。"这不是本文重点，加之学界对此篇的研究比较深入，故此处不再赘述。

上面我们分析的《文心雕龙》"文之枢纽"与中国古代乐论的关系，主要集中在"本乎道，师乎圣，体乎经"部分，而"酌乎纬，变乎骚"部分，即"变"的部分所受到乐论的影响，笔者将纳入本文的第二部分"通变观与中国古代乐论的关系"中展开论述。

二　通变观与中国古代乐论的关系

通变观是贯穿《文心雕龙》全书的重要理论观念。这种观念从"文之枢纽"开始就奠定了基础。在"文之枢纽"的"变"的部分，即"酌乎纬，变乎骚"部分，刘勰肯定了文学新变的重要性，但同时要求变而不离其正。在《正纬》篇中刘勰认为纬书是"前代配经，故详论焉"，经过"按经验

---

① 桓谭：《新论·琴道》，第386页。

② 这种影响是多方面的，略举几例：慧皎《高僧传·经师》："夫圣人制乐，其德四焉：感天地，通神明，安万民，成性类。"（蔡仲德：《中国音乐美学史资料注译》（增订版），第530页）周敦颐：《通书·乐中》："乐者本乎政也，政善民安，则天下之心和，故圣人作乐以宣畅其和心，达于天地，天地之气感而大和焉。天地和则万物顺，故神祇格，鸟兽驯。"（第612页）陈旸：《进〈乐书〉表》："臣闻百王之治一是，无上文明；六经之旨同归，莫先礼乐。窃以礼因天泽而制，乐象地雷而成，实本自然，非由或使。"（第659页）朱熹：《朱文公文集·〈尚书·尧典〉注》："圣人作乐以养情性，育人材，事神祇，和上下……"（第665页）徐上瀛：《大还阁琴谱·溪山琴况》："稽古至圣心通造化，德协神人，理一身之性情，以理天下人之性情，于是制之为琴。"（第733页）

纬"的严格考察后，刘勰指出纬书"无益经典，而有助文章"的特点，并提出要"芟夷谲诡，采其雕蔚"。而在《辨骚》篇中刘勰看到了屈原楚辞在文学史上的重要地位："自风雅寝声，莫或抽绪，奇文郁起，其离骚哉！固已轩翥诗人之后，奋飞辞家之前，岂去圣之未远，而楚人之多才乎！……固知楚辞者，体慢于三代，而风雅于战国，乃雅颂之博徒，而词赋之英杰也。观其骨鲠所树，肌肤所附，虽取熔《经》旨，亦自铸伟辞。……故能气往轹古，辞来切今，惊采绝艳，难与并能矣。"可见刘勰既肯定了屈原楚辞在文学史上的新变，又始终没有脱离《诗经》来谈楚辞的新变，要求"取熔经旨"，要求变而不离其正，因而有了以经书为标准的"四同"、"四异"，刘勰肯定"四同"，批评"四异"。继而提出了正确的新变办法："若能凭轼以倚雅颂，悬辔以驭楚篇，酌奇而不失其贞，玩华而不坠其实，则顾盼可以驱辞力，欬唾可以穷文致，亦不复乞灵于长卿，假宠于子渊矣。""酌奇而不失其贞，玩华而不坠其实"，这也是刘勰通变观的标准。

通变观贯穿《文心雕龙》全书。在"文之枢纽"部分，除了上文分析的《正纬》篇、《辨骚》篇，早在《征圣》中，刘勰就以经书为例，说明通变的重要性："故知繁略殊形，隐显异术，抑引随时，变通适会，征之周孔，则文有师矣。"而在上篇文体论部分，几乎每篇都提到各种文体的发展流变，对于文学的新变，刘勰是持肯定态度的，如《明诗》篇中称赞五言诗"直而不野，婉转附物，怊怅切情"的特点。《诠赋》篇中对于魏晋抒情小赋的肯定："触兴致情，因变取会，拟诸形容，则言务纤密；象其物宜，则理贵侧附；斯又小制之区畛，奇巧之机要也。"但是对于违反经书的新变，刘勰则是坚决予以批评的，这样的例子在《文心雕龙》中随处可见，如上文提到的对于楚辞"四异"的批评，如《史传》中批评司马迁《史记》"爱奇反经之尤"，批评史家迎合"俗皆爱奇，莫顾实理"，而"弃同即异，穿凿傍说"的现象。例子很多，篇幅所限，本文不再列举。而在下篇创作论等部分，刘勰也非常注重通变观。《通变》篇从整体上进行了论述。刘勰首先肯定了通变的重要性，"文辞气力，通变则久，此无方之数也。……通变无方，数必酌于新声；故能骋无穷之路，饮不竭之源"。但是刘勰同时强调，新变要遵循正确的规律，不能一味追求新奇，否则这种新变是会导致失败的，"从质及讹，弥近弥澹……竞今疏古，风昧气衰也。"进而指出正确的做法

是执正驭奇，守正出新："矫讹翻浅，还宗经诰。斯斟酌乎质文之间，而隐
括乎雅俗之际，可与言通变矣。"在赞里对此进行了总结："文律运周，日
新其业。变则可久，通则不乏。趋时必果，乘机无怯。望今制奇，参古定
法。"此外，下篇很多篇目都论述了通变的问题，刘勰认为无论是宏观的历
史把握还是具体的创作方法，都离不开通变思想。①

从理论渊源上看，我们知道《文心雕龙》通变观在整体思想观念上
主要是受到《周易》"穷则变，变则通，通则久"的哲学思想的影响。
但笔者认为乐论中关于通变的观念对其影响也很深。乐论认为一代有一
代之音乐，礼乐因时而变。《吕氏春秋·古乐》："乐所由来者尚也，必
不可废。有节、有侈、有正、有淫矣，贤者以昌，不肖者以亡。昔古朱
襄氏之治天下也，多风而阳气畜积，万物散解，果实不成，故士达作为
五弦之瑟，以来阴气，以定群生。昔葛天氏之乐……昔阴康氏之始，阴
多滞伏而湛积，阳道壅塞，不行其序，民气郁阏而滞著，筋骨瑟缩不
达，故作为舞以宣导之。……故乐之所由来者尚矣，非独为一世之所造
也。"②《淮南子·汜论训》："尧《大章》，舜《九韶》，禹《大夏》，汤
《大濩》，周《武》、《象》，此乐之不同者也。故五帝异道而德覆天下，三王
殊事而各施后世，此皆因时变而制礼乐者。……故圣人制礼乐，而不制于礼
乐。"③《春秋繁露·楚庄王》："缘天下之所新乐，而为之文曲，且以和政，
且以兴德。……乐安得不世异？是故舜作《韶》而禹作《夏》，汤作《濩》
而文王作《武》。"④《礼记·乐记·乐礼篇》："五帝殊时，不相沿乐；三王
异世，不相袭礼。"⑤ 乐论认识到新变是符合历史发展规律的，但同时要求
变而不离其正，不过度。而对于新变不当带来的危害，乐论更是非常谨慎
的，这样的记载不胜枚举，《国语·晋语八》："平公说新声，师旷曰：

---

① 如《时序》篇："时运交移，质文代变，古今情理，如可言乎！……故知歌谣文理，与世推移，
风动于上，而波震于下者也。"《物色》篇："古来辞人，异代接武，莫不参伍以相变，因革以为功，物
色尽而情有余者，晓会通也。"《熔裁》篇："情理设位，文采行乎其中。刚柔以立本，变通以趋时。"
《定势》篇："旧练之才，则执正以驭奇；新学之锐，则逐奇而失正；势流不反，则文体遂弊。"

② 《吕氏春秋·古乐》，第212—213页。

③ 《淮南子·汜论》，第254页。

④ 《春秋繁露·楚庄王》，第258页。

⑤ 《礼记·乐记·乐礼篇》，第309页。

'公室其将卑乎？君之明兆于衰矣！'"① 《论语·卫灵公》："颜渊问为邦。
子曰：'行夏之时……乐则《韶》、《舞》。放郑声，远佞人。郑声淫，佞人
殆。'"②《论语·阳货》："恶郑声之乱雅乐也。"③《荀子·乐论》："郑卫之
音，使人之心淫……故君子耳不听淫声……"④ "故先王贵礼乐而贱邪音。其
在序官也，曰：'修宪命，审诗商，禁淫声，以时顺修，使夷俗邪音不敢乱
雅，太师之事也。'"⑤ "凡奸声感人而逆气应之，逆气成象而乱生焉；正声
感人而顺气应之，顺气成象而治生焉。唱和有应，善恶相象，故君子慎其所
去就也。"⑥ 荀子的这段论述后来被《礼记·乐记》所引用。⑦ 而正史的记载
更是如此，《史记·殷本纪》："帝纣……使师涓作新淫声，北里之舞，靡靡
之乐。……周武王于是遂率诸侯伐纣。"⑧ 值得关注的是后来阮籍对此采取
了比较折中的通变观。阮籍《乐论》对新变不当的危害虽然也是批判的：
"盛衰之代相及，古今之变若一，故圣教废毁，则聪慧之人并造奇音。景王
喜大钟之律，平公好师延之曲，公卿大夫拊手嗟叹，庶人群生踊跃思闻，正
乐遂废，郑声大兴，《雅》、《颂》之诗不讲，而妖淫之曲是寻。"⑨ 却没有否
定新变，而是提出应时变也，雅俗共赏来维护雅乐的地位："昔先王制乐，
非以纵耳目之观、崇曲房之嬿也，必通天地之气、静万物之神也，固上下之
位、定性命之真也。……此淫声之所以薄，正乐之所以贵也。然礼与变俱，
乐与时化，故五帝不同制，三王各异造，非其相反，应时变也。夫百姓安服
淫乱之声，残坏先王之正，故后王必更作乐，各宜其功德于天下，通其变，
使民不倦。然但改其名目，变造歌咏，至于乐声，平和自若。故黄帝咏云门
之神，少昊歌凤鸟之迹，《咸池》、《六英》之名既变，而黄钟之宫不改易。
故达道之化者可与审乐，好音之声者不足与论律也。……夫雅乐周通则万物

---

① 《国语·晋语八》，第 11—12 页。
② 《论语·卫灵公》，第 61 页。
③ 《论语·阳货》，第 66 页。
④ 《荀子·乐论》，第 176 页。
⑤ 同上书，第 173 页。
⑥ 同上书，第 177 页。
⑦ 《礼记·乐象》，第 281 页
⑧ 《史记·殷本纪》，第 352 页。
⑨ 阮籍：《乐论》，第 425 页。

和，质静则听不淫，易简则节制全神，静重则服人心，此先王造乐之意也。"① 这种折中变通的乐论对刘勰的影响是很深远的，这将在本文的下一部分展开论述。

我们发现乐论对于新变整体上是比较保守的，其中不能回避的一个最主要的原因是礼乐里面承载了很多政治因素。我们比较熟悉的，从《左传·襄公二十九年》记载的季札观乐就是通过音乐考察政治之得失。②《吕氏春秋·适音》丰富了这种思想："乐无太，平和者是也。故治世之音安以乐，其政平也；乱世之音怨以怒，其政乖也；亡国之音悲以哀，其政险也。凡音乐，通乎政而风乎俗者也，俗定而音乐化之矣。……故先王必托于音乐以论其教。"③《礼记·乐记·乐本篇》继承了这种乐论："是故治世之音安以乐，其政和；乱世之音怨以怒，其政乖；亡国之音哀以思，其民困。声音之道与政通矣……郑卫之音，乱世之音也，比于慢矣。桑间濮上之音，亡国之音也，其政散，其民流，诬上行私而不可止也。"④《淮南子·泰族训》也有类似记载："神农之初作琴也，以归神杜淫，反其天心；及其衰也，流而不反，淫而好色，至于亡国。夔之初作乐也，皆合六律而调五音，以通八风；及其衰也，以沉湎淫康，不顾政治，至于灭亡。……故事不本于道德者不可以为议，言不合乎先王者不可以为道，音不调乎雅颂者不可以为乐。"⑤《毛诗序》作为文论，也继承了这种观点："治世之音安以乐，其政和；乱世之音怨以怒，其政乖；亡国之音哀以思，其民困。"⑥ 对于后世文论影响很深。刘勰《文心雕龙》也多次提到文学与政治的关系，如《明诗》篇认为诗歌是与"神理共契，政序相参"的，《程器》篇指出，"安有丈夫学文而不达于政事哉"，"摛文必在纬军国"。而《乐府》篇受乐论影响更深，"'好乐无荒'，晋风所以称远；'伊其相谑'，郑国所以云亡。故知季札观乐，不直听声而已"。"岂惟观乐，于焉识礼。"虽然《文心雕龙》文学观与乐论一样

① 阮籍：《乐论》，第 430 页。
② 《左传·襄公二十九年》，第 32 页。
③ 《吕氏春秋·适音》，第 208 页。
④ 《礼记·乐记·乐本篇》，第 273 页。
⑤ 《淮南子·泰族训》，第 249—250 页。
⑥ 郭绍虞：《中国历代文论选》（一卷本），上海古籍出版社 2001 年版，第 30 页。

都受到政治的影响，但通过上文论述可以看出，刘勰关于文学的通变论是较乐论更为变通的，这是刘勰的发展进步。①

三　中和观与中国古代乐论的关系

刘勰的通变观引申出一个重要问题，就是如何落实通变观的问题，刘勰对此提出了非常重要的中和理论。中和念是《文心雕龙》重要的理论观点，贯穿整个理论体系。其中所包含的唯务折中理论是刘勰所构建的整个理论体系的方法论。《序志》篇："夫铨序评述一文为易，弥纶综合群言为难，虽复一再轻采毛发，深极骨髓，或有曲意密源，似近而远，辞所不载，亦不可胜数矣。及其品列成文，有同乎旧谈者，非雷同也，势自不可异也；有异乎前论者，非苟异也，理自不可同也。同之与异，不屑古今，擘肌分理，唯务折衷。"

关于刘勰中和观的理论渊源，学界探讨得很多，研究认为中国传统文化儒释道均尚中和，对刘勰都会产生影响。笔者认为，中国文化尚中和的思想首先是影响到乐论，继而影响到文论。我们来看乐论的中和观。中和观是乐论最重要的理论，有着非常深远的渊源和影响。《国语·郑语》："夫和实生物，同则不继。……故先王……和六律以聪耳……和乐如一。"②《国语·周语下》："夫有和平之声则有蕃殖之财，于是乎道之以中德，咏之以中音，德音不愆，以合神人，神是以宁，民是以听。"③《左传·昭公元年》："先王

---

① 事实上，乐论对于新乐的艺术美并非没有认识。《礼记·乐记·魏文侯篇》记载了魏文侯听新乐的典故，可以证明乐论是认识到音乐的艺术美的，只是惧怕听众沉湎其中无法自拔，玩物丧志，才予以批评的。《汉书·礼乐志》也记载了此事："至于六国，魏文侯最为好古，而谓子夏曰：'寡人听古乐则欲寐，及闻郑、卫，余不知倦焉。'子夏辞而辨之，终不见纳，自此礼乐丧矣。"（蔡仲德：《中国音乐美学史资料注译》（增订版），第 403 页）而被历代批评的郑卫之音正是因为其过于美妙，无法驾取而受到批评。嵇康《声无哀乐论》很好地揭示了这个问题："若夫郑声，是音声之至妙。妙音感人，犹美色惑志，耽槃荒酒易以丧业，自非至人，孰能御之？"（第 484 页）这也是墨子、韩非子等所以非乐的原因，《墨子·公孟》："夫知者，必尊天、事鬼、爱人、节用，合焉，为知矣……昔三代暴王桀……为声乐，不顾其民，是以身为刑僇……"（第 84 页）《韩非子·十过》："不务听治，而好五音不已，则穷身之事也。"（第 192 页）

② 《国语·郑语》，第 8 页。

③ 《国语·周语下》，第 15 页。

之乐所以节百事也，故有五节，迟速、本末以相及。中声以降，五降之后不容弹矣。"① 《左传·昭公二十年》："公曰：'和与同异乎？'对曰：'异。和如羹焉……先王之济五味、和五声也，以平其心、成其政也。'"② 《论语·八佾》："《关雎》乐而不淫，哀而不伤。"③ 《尚书·尧典》："帝曰：'夔！命女典乐，教胄子，直而温，宽而栗，刚而无虐，简而无傲。……八音克谐，无相夺伦，神人以和。'"④ 《荀子·乐论》："故乐者，天下之大齐也，中和之纪也，人情之所必不免也。是先王立乐之术也。……夫声乐之入人也深，其化人也速，故先王谨为之文。乐中平则民和而不流，乐肃庄则民齐而不乱。……乐姚冶以险，则民流僈鄙贱矣。……故先王贵礼乐而贱邪音。"⑤ 《吕氏春秋·大乐》："声出于和，和出于适。先王定乐由此而生。"⑥ 《吕氏春秋·适音》："故乐之务在于和心，和心在于行适。何谓适？衷，音之适也。何谓衷？大不出钧，重不过石，大小、轻重之衷也；黄钟之宫，音之本也，清浊之衷也。衷也者，适也，以适听适则和矣。乐无太，平和者是也。故治世之音安以乐，其政平也；乱世之音怨以怒，其政乖也；亡国之音悲以哀，其政险也。凡音乐，通乎政而风乎俗者也，俗定而音乐化之矣。……故先王必托于音乐以论其教。"⑦ 《吕氏春秋·过理》："亡国之主一贯，天时虽异，其事虽殊，所以亡者同，乐不适也。乐不适则不可以存。"⑧ 《淮南子·本经训》："故……乐者所以致和，非所以为淫也。……本立而道行，本伤而道废。"⑨

《礼记·乐记·乐化篇》："故乐者，天地之命，中和之纪，人情之所不能免也。"⑩ 刘向《说苑·修文》："孔子曰：'夫先王之制音也，奏中声，为中节，流入于南，不归于北。南者生育之乡，北者杀伐之域。故君子执中以

---

① 《左传·昭公元年》，第 39 页。
② 《左传·昭公二十年》，第 41—42 页。
③ 《论语·八佾》，第 53 页。
④ 《尚书·尧典》，第 108 页。
⑤ 《荀子·乐论》，第 171—173 页。
⑥ 《吕氏春秋·大乐》，第 200 页。
⑦ 《吕氏春秋·适音》，第 208 页。
⑧ 《吕氏春秋·过理》，第 224 页。
⑨ 《淮南子·本经训》，第 244 页。
⑩ 《礼记·乐记·乐化篇》，第 296 页。

为本，务生以为基。'"① 扬雄《法言·吾子》："中正则雅，多哇则郑……黄钟以生之，中正以平之，确乎郑卫不能入也。"②

刘勰提到中和理论时，大都借助乐论来论述，《乐府》篇："自雅声浸微，溺音腾沸，秦燔乐经，汉初绍复，制氏纪其铿锵，叔孙定其容典，于是武德兴乎高祖，四时广于孝文，虽摹韶夏，而颇袭秦旧，中和之响，阒其不还。"《声律》篇："异音相从谓之和，同声相应谓之韵。……选和至难……而作韵甚易。……若夫宫商大和，譬诸吹籥；翻回取均，颇似调瑟。瑟资移柱，故有时而乖贰；籥含定管，故无往而不壹。陈思、潘岳，吹籥之调也；陆机、左思，瑟柱之和也。概举而推，可以类见。"《附会》篇："篇统间关，情数稠迭。原始要终，疏条布叶。道味相附，悬绪自接。如乐之和，心声克协。"这是从字面上体现的，而且蕴含在深层的理论体系中。由于时间和篇幅关系，本文此处暂不展开。

中和观念是乐论的重要理论，历代都有阐发，《文心雕龙》之后也有理论继承。刘子《辩乐》："乐者，天地之声，中和之纪，人情之所不能免也。"③ 高郢《无声乐赋》："乐而无声，和之至；声而有象，乐之器。……此乐也，平而不偏，正而不回……乐云乐云，钟鼓云乎哉！"④ 司马光《司马文正·中和论》："中者，天下之大本也；和者，天下之达道也。……盖言乐以中和为本，以钟鼓为末也。"⑤ 陈旸《〈乐书〉序》："臣窃谓古乐之发，中则和，过则淫。"⑥ 朱熹《朱子语类·乐》："唐太宗所定乐，及本朝乐皆平和，所以世祚久长。"⑦ 张载《经学理窟·礼乐》："古乐所以养人德性中和之气……盖穷本知变，乐之情也。"⑧ 王守仁《王文成公全书·传习录中》："孔子云：'人而不仁，如礼何？人而不仁，如乐何？'制礼作乐必具中和之德，声为律而身为度者，然后可以语此。若夫器数之末，乐工之

---

① 刘向：《说苑·修文》，第374—375页。
② 扬雄：《法言·吾子》，第381页。
③ 刘子：《辩乐》，第441页。
④ 高郢：《无声乐赋》，第565页。
⑤ 司马光：《司马文正·中和论》，第638—639页。
⑥ 《中国古代乐论选辑》，人民音乐出版社1981年版，第215页。
⑦ 朱熹：《朱子语类·乐》，第669—670页。
⑧ 张载：《经学理窟·礼乐》，第670页。

事，祝史之守。"① 徐上瀛《大还阁琴谱·溪山琴况》："一曰和。稽古至圣心通造化，德协神人，理一身之性情，以理天下人之性情，于是制之为琴。凡弦上之取音惟贵中和……不轻不重，中和之者也。"② 颜元《四存编·性理评》："歌得其调，抚娴其指，弦求中音，徵求中节，声求协律，是谓之学琴矣……"③ 其中又包含了乐论和文论中由来已久的文质问题。

四　文质观与中国古代乐论的关系

文质观也是《文心雕龙》重要的理论观念。刘勰对文章最重要的要求就是文质配合方面的要求。刘勰认为文质彬彬是最理想的标准，这种标准贯穿整部《文心雕龙》。从"文之枢纽"部分就如此，《征圣》篇："然则志足而言文，情信而辞巧，乃含章之玉牒，秉文之金科矣。""然则圣文之雅丽，固衔华而佩实者也。"上篇文体论部分，刘勰不仅对文学体裁的作品要求"丽词雅义"，甚至对应用类的文体也有文质方面的要求，这样的例子非常多。④ 从中也可以看出，刘勰已经认识到文质并重，且二者中尤以质为本，文要符合质，这在下篇创作论等部分也有充分论述。《情采》篇对文质理论进行了系统论述。首先提出了基本观点："圣贤书辞，总称文章，非采而何？夫水性虚而沦漪结，木体实而花萼振，文附质也。虎豹无文，则鞟同犬羊，犀兕有皮，而色资丹漆，质待文也。……故情者，文之经；辞者，理之纬；

① 王守仁：《王文成公全书·传习录中》，第 682 页。
② 徐上瀛：《大还阁琴谱·溪山琴况》，第 733 页。
③ 颜元：《四存编·性理评》，第 783—784 页。
④ 《诠赋》篇："丽词雅义，符采相胜，如组织之品朱紫，画绘之著玄黄，文虽新而有质，色虽糅而有本，此立赋之大体也。"《颂赞》篇："及三闾橘颂，情采芬芳，比类寓意，又覃及细物矣。"《祝盟》篇："立诚在肃，修辞必甘。季代弥饰，绚言朱蓝。"《铭箴》篇："义典则弘，文约为美。"《杂文》篇："夫文小易周，思闲可赡；足使义明而词净，事圆而音泽，磊磊自转，可称珠耳。"《史传》篇："唯陈寿三志，文质辨洽，荀张比之于迁固，非妄誉也。"《诸子》篇："研夫孟荀所述，理懿而辞雅；管晏属篇，事核而言练……"《论说》篇："故其义贵圆通，辞忌枝碎：必使心与理合，弥缝莫见其隙；辞共心密，敌人不知所乘：斯其要也。"《章表》篇："陈思之表，独冠群才。观其体赡而律调，辞清而志显，应物制巧，随变生趣，执辔有余，故能缓急应节奏。……必雅义以扇其风，清文以驰其丽。然恳恻者辞为心使，浮侈者情为文使，繁约得正，华实相胜，唇吻不滞，则中律矣。"《议对》篇："若文浮于理，末胜其本，则秦女楚珠，复存于兹矣。"

经正而后纬成，理定而后辞畅：此立文之本源也。"举例说明文附质，质待文，文章的内容和形式相统一。① 接着通过指出文学创作中存在的不良倾向："昔诗人什篇，为情而造文；辞人赋颂，为文而造情。……故为情者要约而写真，为文者淫丽而烦滥。而后之作者，采滥忽真，远弃风雅，近师辞赋，故体情之制日疏，逐文之篇愈盛。"② 进而指出解决问题的方法："夫能设模以位理，拟地以置心，心定而后结音，理正而后摛藻，使文不灭质，博不溺心，正采耀乎朱蓝，间色屏于红紫，乃可谓雕琢其章，彬彬君子矣。"说明创作应该首先确定作品的思想内容，然后根据思想内容的要求，选择恰如其分的辞采，文质并重，声情并茂。通过文质问题，引申出文学真实性和文贵简约等问题，即提倡"要约而写真"。"要约而写真"，这也是刘勰提出的重要的创作原则，早在"文之枢纽"部分的《宗经》篇中，刘勰对"文能宗经，体有六义"的"六义"所阐述的主要就是这个原则："一则情深而不诡，二则风清而不杂，三则事信而不诞，四则义贞而不回，五则体约而不芜，六则文丽而不淫。"

　　《文心雕龙》文质观可以在乐论中找到理论渊源。《论语·阳货》："子曰：'礼云礼云'，玉帛云乎哉？'乐云乐云'，钟鼓云乎哉？"③《淮南子·

---

　　① 《体性》篇："夫情动而言形，理发而文见，盖沿隐以至显，因内而符外者也。""辞为肌肤，志实骨髓。"《定势》篇："夫情致异区，文变殊术，莫不因情立体，即体成势也。"《情采》篇："圣贤书辞，总称文章，非采而何？夫水性虚而沦漪结，木体实而花萼振，文附质也。虎豹无文，则鞹同犬羊；犀兕有皮，而色资丹漆，质待文也。"《熔裁》篇："情理设位，文采行乎其中。"《声律》篇："夫音律所始，本于人声者也。声合宫商，肇自血气，先王因之，以制乐歌。故知器写人声，声非学器者也。"《附会》篇："夫才童学文，宜正体制：必以情志为神明，事义为骨髓，辞采为肌肤，宫商为声；然后品藻玄黄，摛振金玉，献可替否，以裁厥中：斯缀思之恒数也。"《时序》："时运交移，质文代变，古今情理，如可言乎！昔在陶唐，德盛化钧，野老吐何力之谈，郊童含不识之歌。有虞继作，政阜民暇，薰风咏于元后，烂云歌于列臣。尽其美者何？乃心乐而声泰也。"《物色》篇："情以物迁，辞以情发。"《才略》篇："九代之文，富矣盛矣；其辞令华采，可略而详也。虞夏文章，则有皋陶九德，夔序八音，益则有赞，五子作歌，辞义温雅，万代之仪表也。"这些论述都说明这个问题。
　　② 从《序志》篇开始，刘勰就批评这种本末倒置的现象："而去圣久远，文体解散，辞人爱奇，言贵浮诡，饰羽尚画，文绣鞶帨，离本弥甚，将遂讹滥。"这也是刘勰创作《文心雕龙》的一个重要原因，"于是搦笔和墨，乃始论文"。《明诗》篇："宋初文咏，体有因革。庄老告退，而山水方滋；俪采百字之偶，争价一句之奇，情必极貌以写物，辞必穷力而追新，此近世之所竞也。"《诠赋》篇："然逐末之俦，蔑弃其本，虽读千赋，愈惑体要。遂使繁华损枝，膏腴害骨，无贵风轨，莫益劝戒……"《物色》篇也指出："自近代以来，文贵形似，窥情风景之上，钻貌草木之中。……故巧言切状，如印之印泥，不加雕削，而曲写毫芥。"
　　③ 《论语·阳货》，第65页。

本经训》："凡人之性，心和欲得则乐……故钟、鼓、管、箫、干、鏚、羽、旄所以饰喜也。……必有其质，乃为之文。"①《淮南子·缪称训》："心哀而歌不乐，心乐而哭不哀。……文者，所以接物也，情系于中而欲发外者也。以文灭情则失情，以情灭文则失文，文情理通则凤麟极矣。"②《春秋繁露·楚庄王》："乐者，盈于内而动发于外者也。应其治时，制礼作乐以成之，成者，本、末、质、文皆以具矣。"③可见乐论同样要求文质并重，要求真实性。

王充《论衡》："情性者，人治之本，礼乐所由生也。……礼所以制，乐所为作者，情与性也。"④《礼记·乐记·乐本篇》："凡音者，生人心者也。情动于中，故形于声，声成文谓之音。"⑤《礼记·乐记·乐象篇》："是故情深而文明，气盛而化神，和顺积中而英华发外，唯乐不可以为伪。"⑥《礼记·乐记·乐情篇》："穷本知变，乐之情也；著诚去伪，礼之经也。"⑦刘向《说苑·善说》除了以"雍门子周以琴见乎孟尝君"的典故来说明这个问题，⑧还假托孔子之口论述这个问题，"孔子曰：'钟鼓之声，怒而击之则武，忧而击之则悲，喜而击之则乐。其志变，其声亦变。'"⑨而在嵇康《声无哀乐论》中更是得到了极致的发挥，嵇康认为声音本身是没有哀乐之情的，也不表现哀乐，只有人心才具有哀乐之情，"声音自当以善恶为主，则无关于哀乐；哀乐自当以感情而后发，则无系于声音。"⑩乐论同样要求简约。孔子提倡"大乐必简"。《礼记·乐记·乐论篇》："大乐必易，大礼必简。"⑪道家更是如此，老子"大音希声"。嵇康《声无哀乐论》："古之

---

① 《淮南子·本经训》，第 243 页。
② 《淮南子·缪称训》，第 253 页。
③ 《春秋繁露·楚庄王》，第 258 页。
④ 《中国古代乐论选辑》，人民音乐出版社 1981 年版，第 102 页。
⑤ 《礼记·乐记·乐本篇》，第 272—273 页。
⑥ 《礼记·乐记·乐象篇》，第 284 页。
⑦ 《礼记·乐记·乐情篇》，第 314 页。
⑧ 刘向：《说苑·善说》，第 370—371 页。
⑨ 刘向：《说苑·修文》，第 377 页。
⑩ 嵇康：《声无哀乐论》，第 447 页。
⑪ 《礼记·乐记·乐论篇》，第 304 页。

王者承天理物，必崇简易之教……"① 音乐中文质问题一直存在。② 文学史上也一直存在这个问题，篇幅所限，本文暂不展开论述。

由于时间和篇幅所限，本文只是粗略概述《文心雕龙》与中国古代乐论的四点渊源关系，且很多材料尚未展开论述。此外，《文心雕龙》的才性论与《礼记·乐记·师乙篇》的"声歌各有宜"③，《文心雕龙》的意境理论与《庄子》的天籁之音、《礼记·乐记·乐本篇》的遗音遗味，《文心雕龙》的鉴赏论与乐论的高山流水、曲高和寡等都有重要的关系。这些问题笔者将另文加以继续探讨。

---

① 嵇康：《声无哀乐论》，第 483 页。

② 《梦溪笔谈·乐律》："后之为乐者文备而实不足，乐师之志主于中节奏、谐声律而已。古之乐师皆能通天下之志，故其哀乐成于心，然后宣于声，则必有形容以表之。故乐有志，声有容，其所以感人深者，不独出于器而已。"（蔡仲德：《中国音乐美学史资料注译》（增订版），第 617 页）

③ 《礼记·乐记·师乙篇》："声歌各有宜也……宽而静，柔而正者宜歌《颂》……温良而能断者宜歌《齐》。夫歌者，直己而陈德也，动己而天地应焉，四时和焉，星辰理焉，万物育焉。"（蔡仲德：《中国音乐美学史资料注译》（增订版），第 330—331 页）

中国当代文化变迁与文学理论的范式转换

徐向昱[*]

中国当代社会历史进程与文化的变迁，深深地影响了文学创作和理论的基本面貌。因此，如果想要探讨中国当代文学理论范式的演进过程，就不仅要结合文学创作的实践，更要紧密联系历史文化的发展。

一　论 20 世纪 50—70 年代：革命的政治宣传与哲学认识

中国当代文论的重要思想资源之一是古代"文以载道"的儒家伦理学诗学传统。儒家思想强调文学的社会功利性，认为文学"可以兴，可以观，可以群，可以怨"①，能够"经夫妇，成孝敬，厚人伦，美教化，移风俗"②，具有整合社会人生、稳定国家统治的重要功能，是所谓"经国之大业，不朽之盛事"③。这种工具论的文学观念一方面将文学抬到了"一言兴国，一言丧邦"的高度，另一方面也潜藏着文学丧失独立品格的危险。

作为统治阶级的意识形态，儒家功利主义的文学观念对后世产生了深远的影响。到了近代，空前的民族危机使儒家诗学传统转化为新的理论形态，并继续发挥举足轻重的作用。晚清维新派思想家梁启超极力把小说从边缘文类提升到中心位置，无非是看中了小说通俗易懂、开启民智的政治

---

* 徐向昱，首都师范大学文艺学 2009 级博士生，指导教师：邹华。

① 《论语·阳货》，李泽厚《论语今读》，安徽文艺出版社 1998 年版，第 406 页。

② 《诗大序》，陈良运主编《中国历代诗学论著选》，百花洲文艺出版社 1998 年版，第 72 页。

③ 曹丕：《典论·论文》，陈良运主编《中国历代诗学论著选》，百花洲文艺出版社 1998 年版，第 94 页。

动员作用。① 五四启蒙思想家发动"文学革命"的根本目的也不是文学自身，而是为了民族救亡，也就是说，救亡本是启蒙的题中应有之义，只不过不同的历史时期侧重点有所不同罢了。所谓"救亡压倒启蒙"之说过于简单化了。② 实际上，即使在五四时期，文学的独立性也是极为脆弱的，随时都有倾覆的危险。③ 五四之后，激进的"革命文学"倡导者站在政治工具论的立场批判五四启蒙文学，实际上不过是极端片面地发展了五四启蒙文学早已存在的功利主义文学观念，其中并没有绝对的断裂。经过三四十年代左翼文学和解放区文学的创作实践和理论探讨，这种具有鲜明政治色彩的文学理论逐渐成熟完备，并且最终以毛泽东《在延安文艺座谈会上的讲话》一文确立了其权威的指导性。毛泽东的这篇讲话，继承了儒家诗学传统，总结了近现代文学理论成果，成为后来新中国文学理论的主导范式。

在经历了革命斗争血与火的洗礼后建立起来的新中国，马上又面临两大阵营对峙冷战这样严峻的国际局势，后来又和以苏联为首的社会主义联盟发生分裂，整个社会长期笼罩着战争氛围，空气中弥漫着一股火药味。这样，在过去年代形成的战争文化心理和二元对抗的思维方式就越发显得根深蒂固，难以消除。④ 由此也决定了激进而全能的政治在社会生活和国家统治中所占据的核心地位。文学创作和理论都理所当然地必须服从政治需要，成为政治狭隘的工具。这种政治工具论的思想观念视文学为匕首和投枪，炸弹和旗帜，是进攻的号角和欢庆的锣鼓，是政治形势的晴雨表和阶级斗争的风向标，是教育组织民众和打击瓦解敌人的有力武器。20世纪50—70年代的中国当代文论由于承担了革命的政治意识形态的任务和功能，因而不可能成为一个自由的学术讨论的领域，只能是一个激烈

---

① 梁启超：《论小说与群治之关系》，王钟陵主编《二十世纪中国文学史文论精华小说卷》，河北教育出版社 2000 年版，第 1—6 页。

② 李泽厚：《启蒙与救亡的双重变奏》，李泽厚《中国现代思想史论》，东方出版社 1987 年版，第 7—49 页。

③ 王晓明：《一份杂志和一个"社团"——重评五四文学传统》，王晓明《棘丛里的求索》，上海远东出版社 1995 年版，第 267—293 页。

④ 陈思和：《当代文学观念中的战争文化心理》，《上海文学》1988 年第 6 期。

的政治斗争的场所。

从哲学基础方面来看，20 世纪 50—70 年代的中国文论是以马克思列宁主义的认识论反映论的思想框架为前提来构建其理论体系的。实际上，理性主义认识论的诗学传统在西方源远流长。早在古希腊，柏拉图就认为诗不能认识普遍性的最高理式，与真理隔了三层，因而把诗人从他的理想国中驱逐出境。[①] 与柏拉图贬低文艺的看法相反，亚里士多德在比较了诗和历史后指出，历史叙述个别之事，诗叙述普遍的事，因而诗更能认识和把握真理，其地位自然高于历史。[②] 作为西方思想的源头，柏拉图和亚里士多德对文艺的评价虽然截然不同，但他们的理论旨趣却有共同之处，那就是都追求对普遍真理的认知。此后西方认识论的诗学传统基本上没有越出这两位哲学大家的理论视野。到了德国古典哲学的集大成者黑格尔那里，西方理性主义的认识论诗学发展到了顶峰。众所周知，以黑格尔为代表的德国古典哲学正是马克思主义的主要思想来源之一。因此，西方认识论诗学也就顺理成章地成了以马克思主义为指导思想的中国当代文论的理论基础。

西方认识论诗学对普遍真理的追求使其具有强烈的理性色彩，其中隐含着将艺术视为一种低级认识形式的逻辑结论。而这正是柏拉图贬低诗人和黑格尔提出"艺术终结论"的重要原因。西方认识论诗学的这一理论难题突出地表现在 20 世纪 50—70 年代中国当代文论关于形象思维论争的过程中。由于形象思维的提出者别林斯基当时正是一个黑格尔主义的信徒，因此，这一理论术语本身就是西方理性主义认识论诗学的产物，与黑格尔著名的美学命题"美是理念的感性显现"一脉相承。形象思维的倡导者将感性的形象性确立为文学的本质属性，以区别于抽象思维通过理性概念进行认知的特点和方式。这样就可以调和认识论诗学理论中所存在的感性与理性的矛盾，以克服当时文学创作中普遍盛行的公式化概念化倾向。但是正如形象思维的批判者郑季翘通过严密的逻辑推理所指出的，在认识论的理论框架中，只能得出"表象—概念—表象"的创作公式，所以形象思维在逻辑上是难以成立的。[③] 这样，关于形象

---

① ［古希腊］柏拉图：《文艺对话集》，朱光潜译，人民文学出版社 1988 年版，第 66—89 页。

② ［古希腊］亚里士多德：《诗学》，罗念生译，人民文学出版社 1988 年版，第 29 页。

③ 郑季翘：《文艺领域里必须坚持马克思主义的认识论》，《红旗》1966 年第 5 期。

思维的论争就出现了一个奇怪的现象：反形象思维论者推论周密，环环相扣，结论却极为荒谬；形象思维论者论述粗疏，语焉不详，结论却相对合理。这正如李泽厚所评述的，前者"与艺术创作的实际经验距离实在太远，所以极难为文艺工作者所接受"；后者"则在理论上的弱点太显著，也很难为哲学工作者所同意"。① 这一理论困境表明，中国当代文论的认识论诗学范式已面临深刻的危机。

　　总的来说，政治意识形态和哲学认识论构成了 20 世纪 50—70 年代中国当代文论的思想和理论基础。其中两者既有和谐相处的一面，也有龃龉难容的一面。例如，公式化概念化的创作，就满足了政策图解和理性认知的双重需要，体现了政治宣传与哲学认识的一致。而不同的理论派别，例如胡风和周扬，对于文学的真实性与倾向性、思想性与艺术性等矛盾要素的理解，可能会在政治功利与真理反映之间有所侧重，这样就造成权威性政治与指导性哲学的冲突。当然，在两者之间，由于政治意识形态处于强有力的统摄地位，处于从属位置的认识论诗学实际上很难得到理论上的深入推进。因此，当代文论的整体发展还有待于政治的压力消除。

二　20 世纪 80 年代：思想文化启蒙与审美本体论

　　"文化大革命"的结束标志着一个政治狂热化时代的终结，同时揭开了新时期文学的历史新篇章。20 世纪 80 年代是一个充满乐观主义的现代化想象和理想主义思想激情的时代，也是一个文学占据社会舆论中心的黄金时代。这一时期的文学理论作为当时声势浩大的思想启蒙运动重要的组成部分，积极参与创造了那段激动人心的历史。

　　80 年代的思想启蒙运动一方面打着反封建的旗号反思批判当代中国历史，另一方面通过宣扬科学和民主精神建立起现代化的意识形态。这种将50—70 年代指认为封建主义复辟的历史叙事策略，通过一种传统/现代、文明/愚昧的二分法，② 成功地否定了此前的当代史，同时赋予当下和未来以历

---

① 李泽厚：《形象思维再续谈》，《文学评论》1983 年第 3 期。
② 季红真：《文明与愚昧的冲突——论新时期小说的基本主题》，《中国社会科学》1985 年第 3、4 期。

史的合法性。正如五四新文化阵营在其思想联盟内部尽管矛盾重重，但在反传统这一点上存在"态度的一致性"一样，^① 80 年代的思想启蒙运动中的不同理论派别也是因为在反思批判传统社会主义的失误和追求现代化的未来这两方面具有共识而结成同盟的，这使得 80 年代的思想启蒙运动就像五四新文化运动遥远的回声。

80 年代是继五四之后大规模引进西方近现代文化思潮的又一个重要时期，这也奠定了这场新思想启蒙运动的文化根基。作为当时时代主旋律的理性主义和人道主义思想，由于表达了对社会历史的反思批判和自我个性的觉醒解放，成了当时正在复兴的强大的现实主义文学思潮的精神支柱。在"伤痕文学"、"反思文学"和"改革文学"的小说潮流中，在历尽磨难重新复出的诗人所唱出的"归来的歌"中，在强劲崛起的"朦胧诗"中，在揭露时弊、干预生活的社会问题剧中，在直面现实、贴近人生的报告文学中，都充满着科学理性精神和人道主义激情。作为当时文学创作理论总结和提升的新时期文论当然也热情参与了这一启蒙话语的建构。

由于启蒙主义思想与主流政治意识形态在现代化的目标方面达成了共识，新时期的政治导向、思想启蒙和文学创作之间就形成了一种相对和谐的状态。"文化大革命"结束后，政治上的拨乱反正、思想上的革新解放和文学上的新潮涌动基本是同步的。这决定了当时文学理论把突破方向首先对准了急功近利的狭隘政治工具论的文学观念，于是，彻底否定"文化大革命"激进派的文学纲领《纪要》，成为新时期文论迈出的第一步。随后，面对汹涌澎湃的现实主义文学大潮，这一时期的文学理论逐渐摆脱了政治教条的束缚和新古典主义的清规戒律，理性批判精神和人道主义情感得到重视，对文学内涵复杂性的认识得到深化。此后，一方面是文学与主流政治、启蒙思想达成默契，携手同行；另一方面，文学的独立意识也在不断增强，最终审美本体论成了 80 年代文学理论的主导范式。

开始的时候，人们对审美的理解集中在情感上。这既得益于当时文学创作实践"向内转"的倾向，^② 同时也是启蒙思想人道主义思潮强烈影响的结果。

---

① 汪晖：《预言与危机》，《文学评论》1989 年第 3、4 期。
② 鲁枢元：《论新时期文学的"向内转"》，《文艺报》1986 年 10 月 8 日。

80 年代最重要的启蒙思想家李泽厚在讨论形象思维时提出了"艺术不只是认识"的论断，有力地推动了当代文论由哲学认识论向审美心理学的范式转换。

李泽厚美学思想的深刻性来自于其哲学理论的强大支援，他从黑格尔返回康德的努力，实际上是摒弃了黑格尔具有独断色彩的理性认识论，转而认同康德为纯粹理性划定边界及调和感性和理性矛盾的立场，试图以审美的方式重建感性与理性的动态平衡。李泽厚以丰富的社会历史实践内容改造康德高度抽象化的先验论哲学，从而形成了其主体性哲学思想，为当时方兴未艾的人道主义思潮奠定了坚实的理论基础。随后刘再复受其影响建构起自己的文学的主体性理论。由于这一具有感性解放色彩的文论反映了当时"人的自觉"和"文的自觉"，而成为 80 年代最有影响的文学理论成果。[1] 此外，金开诚[2]、鲁枢元[3]、吕俊华[4]、滕守尧[5]的审美心理学研究，刘小枫对德国诗化哲学的梳理，[6] 王一川对审美体验论的探索，[7] 都反映了 80 年文论将感性情感视为审美本质的倾向。而以理论黑马面目出现的青年批评家刘晓波则更是将这一倾向发展到了非理性的极端。[8] 刘晓波对李泽厚的理论挑战，标志着在感性中积淀着理性的社会化主体开始向展现赤裸裸感性解放的个人化主体发生历史转换，人道主义美学所塑造的具有理想色彩的顶天立地"大写的人"的形象，摇身一变成为平庸无聊、充满私心杂念的凡夫俗子。朦胧诗后的新生代诗歌和 80 年代后期的新写实小说等文学实践都明显体现了这一理论走向。这也成为 90 年代私人化、欲望化写作的先声。

80 年代文论审美本体论的另一重要内涵是形式主义。这同样可以说是受到了康德关于审美无功利无目的的美学理论影响，不过其更重要的理论资源来自西方现代文论。这一时期，西方一个世纪的批评理论成果如潮水般共时性地涌入中国，像俄国形式主义、结构主义、叙事学、符号学、英美新批

---

① 刘再复：《论文学的主体性》，《文学评论》1985 年第 6 期，1986 年第 1 期。

② 金开诚：《文艺心理学论稿》，北京大学出版社 1982 年版。

③ 鲁枢元：《创作心理学研究》，黄河文艺出版社 1985 年版。

④ 吕俊华：《艺术创作与变态心理》，生活·读书·新知三联书店 1987 年版。

⑤ 滕守尧：《审美心理描述》，中国社会科学出版社 1985 年版。

⑥ 刘小枫：《诗化哲学》，山东文艺出版社 1986 年版。

⑦ 王一川：《意义的瞬间生成》，山东文艺出版社 1988 年版。

⑧ 刘晓波：《选择的批判》，上海人民出版社 1988 年版。

评、原型批评、解构主义等批评理论都成为推进当代文论范式变革的关键性因素。与此同时，1985 年后以马原领衔的先锋小说的出现，更是为文学理论的形式主义潮流推波助澜。一时之间，语言、叙述、视角、结构、符号、代码、技巧等成了文学理论的核心术语，文学研究的中心由"写什么"（内容）转向"怎么写"（形式）。

80 年代中后期的文学创作和理论对于形式主义的迷恋，实际上反映了"文化大革命"后文学自律意识的进一步深化。与此相伴随的是文学与政治意识、启蒙思想的逐渐疏离及矛盾统一体的破裂。这预示着中国当代文化将发生深刻的转型。在政治意识淡化和启蒙思想衰落的历史背景下，形式主义文论所建构的审美乌托邦，成为濒临支离破碎的个人化主体抵抗虚无主义价值紊乱和侵袭的精神家园，实际上以一种曲折隐秘的方式暂时挽救了已难以为继的思想启蒙大业。

三　多元文化碰撞与审美扩张论

在经过了 20 世纪 80 年代末重大历史事件后遗症所造成的思想短暂的沉寂和紧张之后，从 1992 年开始启动的市场化进程使中国当代文化格局再度发生转折性的巨变，逐渐形成了以政治导向为核心的主旋律文化、以思想启蒙为主题的知识分子精英文化和以消费主义为特征的大众文化三分天下的局面，呈现出一种众生喧哗、多元共生的复调杂语状态。不过，这三方面并没有形成理想化的平衡。其中，异军突起的消费主义大众文化与实用主义的主流政治在"文化搭台，经济唱戏"的旗号下结为同盟，而知识分子精英文化则被排斥到市场边缘面临失语的思想危机。

1993 年开始的人文精神大讨论，反映了在新的历史形势下知识分子精英文化内部的分化和裂变。一些知识分子面对市场的滔滔洪水，为避免灭顶之灾，试图重振未竟的启蒙大业。他们精神自我救赎的努力显得悲壮而无奈，同时对当时恶劣的文学生态所作的言辞尖刻的抨击又显得过于愤激而流于情绪化，[①] 而张承志、张炜等作家则表现得更为极端化，他们高举道德理

---

① 王晓明等：《旷野上的废墟》，《上海文学》1993 年第 6 期。

想主义旗帜，拒斥市场的物欲横流，其逆潮流而动的姿态被批评者视为与风车搏斗的滑稽可笑的堂吉诃德。另一些知识分子则看中新兴的消费主义大众文化对于僵化的政治意识形态的制衡作用和解毒功能，因而为文化的世俗化和文学通俗化辩护。也有一些知识分子高喊着"填平鸿沟，跨越雅俗"这类后现代式的时髦口号，加入了市场的狂欢。

随着市场化程度的加深，不同社会阶层的利益分化日益加剧，这造成作为不同利益集团代言人的知识分子激烈的思想交锋。1998年，前一阶段潜藏的思想论争终于浮出水面，知识界也由此分裂为自由主义和新左派彼此对立的两大阵营。双方分歧的根源在于对中国当代社会矛盾与危机的诊断截然不同。新左派认为中国正在卷入世界资本主义经济体系，应该对市场本身固有的弊端进行批判，同时对"现代性"思想进行反思，进而重新审视传统的马克思主义和社会主义的遗产。持自由主义观点的人则认为中国的主要问题在于前现代的专制主义阴魂不散，其批判现实的理论资源多来自英美经验论的自由主义思想。此外，还有人转向传统"国学"，成了新保守主义者，也有人试图从宗教中寻求终极价值关怀。总之，80年代知识界启蒙主义思想的统一战线到90年代已不复存在了。

在多元文化语境中，文学创作也呈现出新的态势。由强势的市场意识形态和消费主义大众文化主导的通俗文学勃兴，政治主旋律文学则借助体制的优势仍能在文坛占据一席之地，唯有以思想启蒙和审美自律为精神诉求的"纯文学"面临深刻的危机。八九十年代之交，新生代年轻的诗歌天才海子和朦胧诗的代表人物顾城相继自杀，以触目惊心的方式将这一危机呈现于人们眼前。1992年，80年代的主流作家贾平凹发表一时洛阳纸贵的长篇小说《废都》。这部小说的主人公作家庄之蝶是80年代伟大辉煌的文学主体的象征，到了90年代，他寻求迷失的自我价值却只能通过征服女人这样自恋狂式的虚幻的方式，这实际上隐喻了启蒙主义精英文化的溃败和"纯文学"黄金时代的终结。其实，80年代的另一位代表作家王蒙早在1988年就深刻洞察了这一历史发展趋势，他对于"文学失去轰动效应"的描述成为后来90年代文学状态的真实写照。

进入90年代以后，"纯文学"的困境表现在一方面是形式主义的探险因乏人问津而偃旗息鼓；另一方面精神领域感性情感的解放则或是走向神秘主义的个人心理体验，或是发展为粗鄙媚俗的肉体欲望宣泄。前者往往流于晦涩，后者则失去了"纯文学"高雅严肃的特征。当然，在"纯文学"阵营中，也有一些作家或是坚持道德理想，或是进行精神突围，或是寻求灵魂拯救，或是努力干预生活。这一切都构成了20世纪末文坛驳杂的景观。

作为90年代文学实践的总结，这一时期文论的主导范式也开始发生历史的转换。80年代不遗余力推动文学现代主义审美形式变革的代表人物李陀在20世纪90年代终结之际发表《漫说"纯文学"》一文，①对审美自律这一80年代文论的核心观念提出质疑，从而引发了理论界对于审美本体论的反思。许多人开始认识到，审美本体论的建构在80年代曾有力地推进了文学的发展，密切配合了当时的思想启蒙与解放，其先锋性和革命性的历史意义不容抹杀。但是，进入90年代以后，这一理论范式已远远不能适应新的时代要求，由此造成了文学的孤芳自赏和封闭保守，丧失了对重大社会问题的发言权和影响力。因此，应该打破文学内部和外部的界限，重新"开放我们的文学观念"②，使文学以一种介入现实的姿态再度回归到复杂多变的社会历史进程中。这种"新历史主义"文论当然不是过去文学工具论的老调重弹，而是要求在吸纳了80年代审美本体论历史成果的基础上，使文学的内涵由审美自足扩展到对历史、真理和道德的包容。这反映了90年代以后一些具有社会责任和历史使命的知识分子对文学特征的重新认识。

如果说上述的"文学介入论"是知识分子精英文化内部自我调整的结果，其鲜明的批判意识和价值指向带有启蒙主义思想的流风余韵，那么，90年代后期改变了文学理论面貌的"文化研究"，则是在多元文化交融混杂的历史形势下发展起来的一门新的超级学科。

90年代之后，一方面是坚守审美自律的传统狭义的"纯文学"无可挽回地走向边缘，另一方面则是文学性要素伴随着消费主义大众文化扩散渗透到社会生活的各个领域。这一日常生活审美化的趋势扩大了文学的边界，使之成为一种包罗万象的广义的"泛文学"。这就要求文学理论具有一种广阔的文化视野，能够打破文学内外的界限，运用不同学科的资源，深入剖析挖

---

① 李陀：《漫说"纯文学"》，《上海文学》2001年第3期。
② 薛毅：《开放我们的文学观念》，《上海文学》2001年第4期。

掘文学的多重含义。文化研究正是因为适应了 90 年代文学理论转型的内在要求，因而有望成为新的主导理论范式。

作为西方最新潮理论的文化研究从西方马克思主义思想中吸取了丰富的营养。法兰克福学派对文化工业操纵控制大众意识的激进批判，英国文化唯物论者从底层人民能动的创造性和反抗性的角度，对大众文化积极潜能的阐发，葛兰西的文化霸权理论，阿尔都赛的意识形态理论都是文化研究的重要支柱。同时，西方晚近的一些批评理论，如新历史主义、解构主义、后殖民主义、女权主义、传媒理论、消费理论等都对文化研究产生了深刻影响并成为其不可分割的组成部分。毫无疑问，在 20 世纪 90 年代之后的西方，文化研究正在以其弥漫性的社会影响而成为引人注目的显学。相比之下，中国的文化研究还处于起步阶段。不过，其重要性已得到越来越多人的认同，特别是众多的文学研究者更是希望从中获取思想的灵感，进而寻求当代文论的转机。

在中国，作为文学理论的文化研究面临两种误入歧途的危险。其一是由于忽视了文学的审美特质而导致文学理论的自我消解。其二是由于批判意识的缺乏而使文学理论成为主流意识形态的附庸。只有将精彩的文本分析与犀利的批判精神结合起来，才能使文化研究焕发勃勃生机，并为文学理论的范式转换开辟道路。这一点在 90 年代末与新世纪之初文化研究的一些优秀理论成果中已经有所表现。如王晓明对新意识形态和成功人士形象的分析，[①] 倪伟对城市广场和深圳民俗村的符号学解读，[②] 戴锦华对阶级和性别意识的阐发，[③] 南帆对电子文化媒介的研究，[④] 朱大可对流氓文化的发掘，[⑤] 张柠对流行文化的病理诊断，[⑥] 陶东风对文学理论公共性的倡导，[⑦] 都显示了文化研究的强大生命力。

---

① 王晓明主编：《在新意识形态的笼罩下》，江苏人民出版社 2000 年版，第 1—36 页。
② 同上书，第 97—116、191—200 页。
③ 戴锦华：《隐形书写》，江苏人民出版社 1999 年版。
④ 南帆：《双重视域》，江苏人民出版社 2001 年版。
⑤ 朱大可：《流氓的精神分析》，《聒噪的时代》，湖南文艺出版社 1998 年版，第 138—163 页。
⑥ 张柠：《文化的病症》，上海文艺出版社 2004 年版。
⑦ 陶东风：《文学理论的公共性》，福建教育出版社 2008 年版。

　　总的看来，20 世纪 90 年代以后的文学理论放弃了建立本质主义审美体系的雄心壮志，而把文学看作在历史长河中边界不断移动的话语建构。在新的历史条件下，文学与生活界限的消失必将导致文学内涵的扩张，文学理论也会因此发生"内爆"式的膨胀和"文化论"的转向，从而迎来又一次新的理论范式的变革。

论"阳明之乐"的三种境界

杨　洋[*]

"乐"在王阳明的"良知"学说中占有十分重要的地位。王阳明曾言："乐是心之本体。"[①] "心之本体"既是"致良知"的出发点，也是其归宿。作为出发点的良知是一种不受任何否定、消极情感拘滞的心的原初结构，作为归宿则是一种精神上的安适自由的境界——乐。陈来先生认为，"就儒家文化的终极取向来看，'乐'并不是儒者精神发展的目的，乐只是儒者达到最高人格境界（仁）而自然具有的内心状态之一。仁可以包括乐，但乐却无法包容仁"。[②] 诚然，作为一种情感的表达，乐并非仁，也无法取代仁。但是乐并不仅仅是一种高兴愉悦的自然情感。在王阳明那里，伴随着致良知的过程，经过在日常生活中的磨炼，通过对情感欲望不离不滞、无过无不及的操控把持，以及诗书礼乐的多方面熏陶培养，"乐"业已成为了一种不离感性又超越感性的审美情怀，是一种自由、充实、活泼的心境的显现。因此我们可以说，乐并不是仁，但是它却是审美境界的完美体现。在王阳明的美学思想中，"乐"具有不同的层次、不同的境界——山水、义理、万物一体之乐。

一　山水之乐——闲适的隐逸情怀

王阳明的弟子栾惠曾在《悼阳明先生文》中用"风月为朋，山水成癖；

---

　*　杨洋，首都师范大学文艺学 2010 级博士生，指导教师：邹华。

　①　《传习录下》，《王阳明全集》卷三，上海古籍出版社 1992 年版，第 112 页。

　②　陈来：《宋明理学》，华东师范大学出版社 2005 年版，第 172 页。

点瑟回琴，歌咏其侧"① 来总结其师的一生。风月、山水、琴瑟、歌咏勾画出的是一个风流蕴藉、潇洒适意的人物形象。王阳明虽然是理学家，但绝非是一个酸儒道学。据钱明先生考证，他精通诗书乐画，与李梦阳等人以才名相驰骋于诗坛，有收藏名人碑刻的爱好，其书法受王羲之、智永禅师、虞世南、颜真卿、欧阳询、柳公权等人影响，别具一格。去世后其墨宝成为人们争相收购的珍品；阐发《礼记》中早已失传的"九声四气歌法"，舒芬因服膺其精到的音乐理论见解而投身门下，著名的戏曲理论家、昆曲始祖魏良辅亦为其弟子，季本、唐顺之等人的音乐理论均受其影响；擅长绘画，曾做《行乐图》，现有一幅山水画藏于台湾故宫博物院，与浙派画家吴伟、吴派画家唐寅均有交谊。

阳明先生是活得很丰富多彩的一个人，但是综观其一生，遍览其言论就会发现，他很少以诗书画之乐为乐。他早年的确比较喜欢吟诗作乐、书艺绘画，但是在立志寻求圣人之道之后便不再沉溺于此。《传习录》中还记载了海宁六十八岁的董萝石，起初以写诗结社为乐，见阳明之后弃诗从道的事情。无疑王阳明对董萝石的此番决定是比较赞赏的，由此也可见他把艺置于道之下，以寻道为至乐的态度。王阳明曾对沉溺于佛老、诗书等事有过悔意，却毫不讳言他对山水的喜好：

守仁性僻而野，尝思鹿豕木石之群。贻教与明甫，虽各惟利器处剧任，而飘然每有烟霞林壑之想。（《对菊联句序》）

淡我平生无一好，独于泉石尚求多。（《复用杜韵一首》）

平生山水已成癖，历深探隐忘饥疲。（《江施二生与医官陶野冒雨登山人多笑之戏作歌》）

可以说对于山水之乐的寻求贯穿了王阳明的一生，当然这并不代表他对山水的体悟一直不变。这些体悟恰恰是他一生的痕迹，展现着不同阶段的心境和

① 《祭文》，《王阳明全集》卷三十八，上海古籍出版社 1992 年版，第 1438 页。

审美诉求的变化。

据邹守益《王阳明先生图谱》记载："成化十九年癸卯，龙山公命就塾师，督责过严，先生郁郁不欢，伺塾师出，率同学旷游，体甚轻捷，穷崖乔木攀援，如履平地。"① 成化十九年（1483），王阳明12岁，在私塾读书。虽然在成化十八年他已经说过读书学圣贤应为第一等事的话，但是对于一个孩子来说，圣贤理义离他还十分遥远。王阳明性格豪放，自幼不喜约束，对他的学业督责稍微严厉，他就有了逃学的举动。在一个12岁的孩子眼中，穷崖乔木的大自然就是自由的代表，这应该是山水给人生初期的王阳明留下的最深刻的印象。这种自由是一种单纯的快乐，一种全身心的放松，一种毫无羁绊的享受，这也应该是一种最纯粹的审美。

在迈出无知懵懂的孩童时代之后，王阳明并未直接踏上立志成贤的大路，他曾一度任侠使气，也曾流连于佛、道。此时的王阳明已经开始在山水之中寻找所谓的真意。束景南先生在《阳明佚文辑考编年》中收录了王阳明作于弘治九年（1496）的一首诗：

> 闲观物态皆生意，静悟天机入穸冥。道在险夷随地乐，心忘鱼鸟自流行。②

《口诀》乃是明代论内丹修炼的名著《性命圭旨》中的一篇。王阳明此处所指的"道在险夷随地乐"，所乐的并非是对于美景的欣赏，而是在闲观物态之时对于道家修炼的天机的参透。王阳明一直在儒、释、道之间徘徊，直到他与湛若水定交，才共倡圣学。可以说，王阳明从28岁初登政坛到正德元年（1506）之时，生活一直比较平静。这段时间他的山水诗呈现出一种明快的色调：

> 画舫西湖载酒行，藕花风渡管弦声。余情未尽归来晚，杨柳池台月

---

① 《王阳明先生图谱》，四库未收书辑刊编纂委员会编《四库未收书辑刊》肆集17，北京出版社2000年版。

② 束景南：《阳明佚文辑考编年》，上海古籍出版社2012年版，第32页。

又生。(《西湖诗》)

> 十里湖光放小舟,谩寻春事及西畴。江鸥意到忽飞去,野老情深只自留。日暮草香含雨气,九峰晴色散溪流。吾侪是处皆行乐,何必兰亭说旧游?(《寻春》)

> 湖光潋滟暗偏好,此语相传信不诬。景中况有佳宾主,世上更无真画图。溪风欲雨吟堤树,春水新添没渚蒲。南北双峰引高兴,醉携青竹不须扶。(《西湖醉中谩书》)

湖光山色,美酒歌舞,这是人生的一大享受。湖光、溪风、渚蒲、青峰、翠竹宛如一幅图画。"吾侪是处皆行乐",所乐之处即是湖中泛舟,随意寻春。这三首诗中无一首与所谓的"道"、"天机"、"义理"相联系,也并无一个晦暗的意象,它们共同传达的是一个醉心于湖光山色之中的青年的一种单纯、明快、足以感染他人的愉悦自适。

武宗正德元年是王阳明人生中的重要转折。他因戴铣入狱之事上书弹劾刘瑾,结果却被廷杖下狱,其后又被刘瑾追杀。王阳明怀着一腔热血,自认所作所为有理有据,却得到如此的羞辱,其愤懑可想而知。他在狱中作诗:

> 囚居亦何事?省愆惧安饱。瞑坐玩义易,洗心见微奥。乃知先天翁,画画有至教。包蒙戒为寇,童牿事宜早;蹇蹇匪为节,虩虩未违道。遁四获我心,蛊上庸自保。俯仰天地间,触目俱浩浩。箪瓢有余乐,此意良匪矫。幽哉阳明麓,可以忘吾老。

《易》是指《周易》,乃文王被纣王拘禁之时所作,此时王阳明亦被囚居,因此借周易与古人进行精神交流,反省自己的所作所为。一个"遁"字正是全诗的核心所在。此处的"箪瓢有余乐"所用的乃是颜回身处陋巷,一箪食,一瓢饮人皆不堪其忧而他不改其乐的事例。而颜回之乐在这首诗中却与天道义理并无关涉。此诗表现的是他对政坛的失望,意欲归隐"阳明麓"

以图终老的情怀。经过这次打击，王阳明对于政治已显现出心灰意冷之意。从此之后，每当政坛失意之时，他的山水诗中便会流露出退隐之意。即便是没有遇到挫折，回归山林的念头也会时不时地显露出来。在江西平定宁王反叛，反被宦官诬陷与宁王私通，这是王阳明所遇到的第二次直接的人生危难。在江西所作的一百二十首诗中，大多数的山水诗都和他的隐逸情结有关。

> 百战归来一病身，可看时事更愁人。道人莫问行藏计，已买桃花洞里春。（《宿清寺四首》）

> 茅茨松菊别多年，底事寒江尚客船？强所不能儒作将，付之无奈数由天。徒闻诸葛能兴汉，未必田单解误燕。最羡渔翁闲事业，一竿明月一蓑烟。（《即事漫述四首》）

> 烟霞有本性，山水乞归骸。崎岖羊肠坂，车轮几倾摧。萧散麋鹿伴，涧谷终追陪。恬愉返真澹，闃寂辞喧豗。至乐发天籁，丝竹谢淫哇。千古自同调，岂必时代偕！珍重二三子，兹游非偶来。且从山叟宿，勿受役夫催。东峰上烟月，夜景方徘徊。（《青原山次黄山谷韵》）

王阳明面对病体堪忧、时事愁人的境况只想如陶渊明一样隐居。经历了无数次征战，在宦海中沉浮了多年的他已对功名利禄看淡了很多。即便是有诸葛亮、田单那样的丰功伟绩又如何？还不如渔翁"一竿明月一蓑烟"来得自在。"山水乞归骸"并不是他的突发奇想，而是其平生夙愿。《宿净寺》一诗载："山僧对我笑，长见说归山。如何十年别，依旧不曾闲？"归山之念何止只是十年？山僧笑他有归山之念却一直被尘网羁绊，其实这又何尝不是王阳明的自嘲？直至嘉靖七年（1528）卒于南安，他也终未归隐山林。对于山水之乐的眷念只能成为王阳明毕生的情结。

在对王阳明的山水之乐的阶段性特征进行了阐释之后，也许我们就能够明白为何他如此钟爱游山玩水，寻幽探奇。毋庸置疑，首先是大自然所展现的魅力足以吸引他。或宁静优美或雄齐磅礴的自然景象，都能给人以美的享受。王阳明曾在对黄楼夜涛的悲壮之声进行了传神的描写之后总结道：

> 盖吾俯而听之，则若奏箫咸于洞庭，仰而闻焉，又若张钧天于广野，是盖有无之相激，其殆造物者将以写千古之不平，而用以荡吾胸中之壹郁者乎？而吾亦胡为而不乐也？（《黄楼夜涛赋》）

夜涛悲壮之声所营造出来的宏阔气势足以荡平胸中的郁结之气，让人心胸开阔，这是一种切身的审美感受。他有闲情雅致独自携酒观赏岩下盛开的桃花，也乐于和三五好友登奇峰峻岭，观览大好河山。正因为王阳明具有极强的审美能力，能够领悟到大自然的美，所以也就更愿意流连于山水之间。

此外，山水已经成为一个与庙堂相对立的意象，沉淀在他的意识之中。王阳明不但把这种山水之乐写进诗里，还画进画里。在他遭遇挫折时期的诗歌之中，山水所营造的是一种宁静、洒脱、闲旷的意境。如果说，在江西之时沉浸于山水之间可以让他忘怀世俗的烦恼，那么童年和少年时期那些悠游于山水之间的日子则是他一生中最值得怀念的幸福时光。在他的意识中，山水之乐代表的是一种毫无负累的人生，一种自由自在的境界，这也是他终其一生努力寻求的东西。

二 理义之乐——入世情怀

王阳明不但喜欢一个人闲观山水，赏玩风月，更喜欢与人相伴游览山川。据《年谱》载，正德八年（1513）王阳明回绍兴"即与徐爱同游台、荡，宗族亲友绊不能行。五月终，与徐爱数友期候黄绾不至，乃从上虞入四明，观白水，寻龙溪之源；登杖锡，至雪窦，上千丈岩，以望天姥、华顶"①。王阳明一向反对对于自然情感的过分执着，以防对心之本体造成障碍，但是他却不止一次地承认对山水的眷恋之情，甚至明确表示自己已经达到了痴狂的地步。那么该如何看待其言论与他热衷于在山水之间流连忘返的

---

① 《年谱一》，《王阳明全集》卷三十三，上海古籍出版社 1992 年版，第 1235 页。

行为之间的矛盾呢？钱德洪的一句话道破天机："盖先生点化同志，多得之登游山水间也。"① 王阳明也曾在《与黄宗贤》一文中提到："滁阳之行，相从者亦二三子；兼复山水清远，胜事闲旷，诚有足乐者。"② 此乐自然少不了对滁阳山水清远的欣赏，但是也少不了"二三子"的相伴相随。"二三子"乃是与其志同道合之人，游山玩水实际上已经成为他们聚会讲学的形式之一。《传习录》中多次提到与友人集会讲习之乐：

> 甘泉近有书来，已卜居萧山之湘湖，去阳明洞方数十里耳。书屋亦将落成，闻之喜极。诚得良友相聚会，共进此道，人间更复有何乐！区区在外之荣辱得丧，又足挂之齿牙间哉？
>
> 会稽素号山水之区，深林长谷，信步皆是，寒暑晦明，无时不宜，安居饱食，尘嚣无扰，良朋四集，道义日新。优哉游哉！天地之间，宁复有乐于是者？③
>
> 予有归隐之图，方将与三子就云霞，依泉石，追濂、洛之遗风，求孔、颜之真趣，洒然而乐，超然而游，忽焉而忘吾之老也。④

良友相会，共倡圣学，这种讲习聚会之乐是个人的名利荣辱远远不及的。天地之间的至乐乃是在山清水秀之地，良朋四集，道义日新。王阳明常有归隐之念，并寄托于山水之间，那么他在隐居之后干什么呢？不是从此不闻世间事，而是和友人、弟子谈书论道。

写于正德丁丑四月三十日的一封家书提到：

> 读书讲学，此最吾所宿好，今虽干戈扰攘中，四方有来学者，吾未尝拒之。所恨牢落尘网，未能脱身而归。今幸盗贼稍平，以塞责求退，

① 《年谱一》，《王阳明全集》卷三十三，上海古籍出版社 1992 年版，第 1236 页。
② 《与黄宗贤》，《王阳明全集》卷四，上海古籍出版社 1992 年版，第 150 页。
③ 《答聂文蔚》，《王阳明全集》卷二，上海古籍出版社 1992 年版，第 81—82 页。
④ 《别三子序》，《王阳明全集》卷七，上海古籍出版社 1992 年版，第 226—227 页。

归卧林间，携尔尊朝夕切劘砥砺，吾何乐如之！偶便先示尔等，尔等勉焉，毋虚吾望。①

此封家书应是在王阳明巡抚南赣汀漳之时所写。即使是在戎马倥偬之间，他仍然不忘读书讲学之事。众所周知，家书一般是写给亲人的，比较私密，也比较真诚。因此这封信中流露出的强烈的归隐山林、读书讲学的念头并非惺惺作态，也并非是向朝廷表明自己的心迹，而是向家人坦诚自己的想法。经历了宦海沉浮之后，王阳明不再执着于建功立业的外王之道，个人的荣辱得失也看得比较淡了。在龙场大悟之后，王阳明对于天道义理有了自己的理解，随着他不断地传播自己的思想，门人益进。在平定宁王叛乱这件事情上，正德与嘉靖两朝的皇帝都未给他以公正的待遇，以至于在很长时间都未被起用，他的兴趣重心也越来越向论道讲学的内圣方面发展。

如果说山水之乐承载着王阳明的隐逸情结，那么对于读书讲学的爱好则是他强烈的入世情怀的表现。山水之乐属于悦耳悦目的审美形态，但是王阳明所乐并非只是美景，不单纯是一种感官享受。在观赏山水之际，他体悟的是天理。这种乐是超越了山水之乐的理义之乐，更是一种精神上的追求、心灵上的安适，更符合李泽厚先生所说的悦心悦意。所谓的"乐为心之本体"也正是在这个层面上而言的。毋庸置疑，体道之乐可以在山水之乐中体现，儒家山水比德的说法就是这个意思。王阳明在大自然中闲观物态能够体悟天理，游览文人遗迹更能发怀古之忧思，慕圣人之高节。他还曾画过一幅山水画《行乐图》。其弟子邹守益还写过《题阳明夫子行乐图》，对此画进行了解读：

此阳明夫子行乐而徐曰仁、季惟乾从游图也。青阳施友宗道，宝而藏之。其子良臣携观于化成。敬为之赞曰：郁郁者松，漇漇者水。风乎舞雩，从者二子。吾崇吾德，吾修吾愿，吾辨吾惑，庶无负致良知宗旨。②

① 《赣州书示四侄正思等》，《王阳明全集》卷二十六，上海古籍出版社1992年版，第987页。
② 《题阳明夫子行乐图》，《邹东廓先生遗稿》卷十，光绪三十年刻本。

　　邹守益能够从《行乐图》中窥见致良知的宗旨并不是自己的臆测。王阳明的确奉行的是"寓教于游"的策略，把山水之乐和理义之乐紧密地联系在了一起。但是理义之乐并不必然建立在山水之乐之上，恰恰是理义之乐的寻求成为山水之乐不至于成为心之本体的障碍的关键所在。体道，在王阳明的思想中即是对良知的体悟，而体悟良知并不必然要借助山水，因为"致良知"本身就是一种快乐：

　　　　尔那一点良知，是尔自家底准则。尔意念着处，他是便知是，非便知非，更瞒他一些不得。尔只不要欺他，实实落落依着他做去，善变存，恶便去。他这里何等稳当快乐。①

致良知即是要存善去恶，这种稳当快乐来自于对天理道义的切实遵从。理义之乐才是真正的至乐。体道的悦心悦意与山水之乐的悦耳悦目有很多区别。
　　首先，它不仅仅是愉快，更确切地说它源自于对身体感官的快感所进行的节制——"悦而贞"：

　　　　目而色也，耳而声也，口而味也，四肢而安逸也，悦也，有贞焉，君子不敢以或过也，贞而已矣。仁而父子也，义而君臣也，礼而夫妇也，信而朋友也，说也，有贞焉，君子不敢以不致也，贞而已矣。故贞者，说之干也；说者，贞之枝也。故贞以养心则心说，贞以齐家则家说，贞以治国平天下则国天下说。②

"悦"为愉快之意，贞为正之意。耳目口鼻四肢所追求的感官享受可以称之为"悦"，但是这种感觉不能过分，需要进行节制。君臣父子夫妇之间的仁义礼信这种道德伦理之间也有快乐，君子不敢不去践行。贞是悦的骨干，悦是贞的枝干。一切的快乐都要符合正道。以这种"悦而贞"的情感来养心、齐家、治国平天下才能事半功倍。也即是说，只有

---

　　①　《传习录下》，《王阳明全集》卷三，上海古籍出版社 1992 年版，第 92 页。
　　②　《白悦字贞夫说》，《王阳明全集》卷二十四，上海古籍出版社 1992 年版，第 907 页。

符合正道的悦才具有存在的合理性。正因为王阳明把理义之乐看作是真乐，所以他在《自劾不职以明圣治事疏》中对皇上进行劝谏："夫日近儒臣，讲论道德，涵泳义理，以培养本原，开发志意。则耳目日以聪明，血气日以和畅，穷天地之化，尽万物之情，忧游泮涣，以与古先神圣为伍，此亦天下之至乐矣。"①武宗贪杯、好色、尚兵。王阳明劝诫他理义能使人耳目聪明、血气和畅，与古代的先贤圣人为伍才能获得真正的快乐。那些游玩之乐只不过能满足人一时的感官需要而已，并不能持续。王阳明试图以理义之乐感化皇帝，阻止他的荒谬行为，进而使天下大治，可谓用心良苦。

其次，良知本体的复归过程并不像对山水的欣赏那样悠闲安适，它甚至充满了各种痛苦，最终才达到"乐"的境界：

> 人生之乐所幸天理之在人心，终有所不可泯，而良知之明万古一日，则其闻吾拔本塞源之论，必有恻然而悲，戚然而痛，愤然而起，沛然若决江河有所不可御者矣。

如果说山水之乐是个人之乐，那么体道则是人生之乐，它是全体的生命存在回复澄明之境的希望所在。心之本体本来如明镜一般，但是因为外界的各种侵染，变得斑垢驳杂。良知学说给人以醍醐灌顶般的警醒，初闻之时给人带来的是对以往麻木状态的悲与痛式的悔悟，进而激励起勇往直前的成圣的念头。寻求理义之乐就是不断去除外界的蒙蔽，逐渐恢复本心良知的过程。这个过程不是安闲自在的享受，而是痛加刮磨的努力，伴随着痛苦、徘徊、迷茫，不过只要最终致得良知便可获得莫大的快乐。

最后，山水给人的是一种单纯的快乐，而理义之乐则能使人获得一种内心的安宁：

> 问：乐是心之本体。不知遇大故于哀哭时，此乐还在否？先生曰：须是大哭一番方乐，不哭便不乐矣。虽哭，此心安处，即是乐也，本体

---

① 《自劾不职以明圣治事疏》，《王阳明全集》卷二十八，上海古籍出版社1992年版，第1017页。

未尝有动。①

王阳明的弟子把哭与乐看作是对立的存在，所以有"当痛哭流涕之时，乐是否还在"的疑惑。王阳明则说，乐是心之本体的乐，不是单纯意义上的快乐，而是心安。此乐乃是真乐，并不与自然情感的七情之乐形成对立关系。它们之间是不离不滞的，如果对七情有所执着，便会变成对良知的遮蔽，也就得不到真乐。所以如果遭遇重大变故，大哭才是人之常情。否则愁苦的情绪就会郁结，相反，如果哭出来，情绪才能得到宣泄，心也才会重新得到安宁。同时，在哭的时候也不能一味地宣泄，如果陷入悲苦之中，仍然得不到安宁，这就是"本体未尝动"的真意所在。由此可见，理义之乐已与山水之乐有了相当大的差别，它是依靠对道德伦理的遵从而超脱了纯粹的感官快乐的一种内心的安宁，属于更高一层的人生境界。

三　天地万物一体之乐——审美情怀

无论是属于悦耳悦目的满足身体感官需要的山水之乐，还是属于悦心悦意的遵从天理良知而获得的内心安宁理义之乐，都还是个体所体验到的乐。作为一个现实的具体的人，王阳明所要面对的问题的确是如何在险恶的环境中保持个人的独立、获得内心的安宁。但是作为一个儒者，他还必须承担起济世救民的职责，这也是良知的实践性品格的内在要求。因此良知学说的最终指归乃是对个体的自得与融入整体的和谐两者兼备的更高人生境界的追寻。这种人生境界即是天地万物一体的圣境，而天地万物一体之乐则是属于最高层次的审美形态——悦神悦志。

有学者把王阳明的心学发展历程分为龙场悟道、平藩明道、天泉证道三个阶段，认为从心与物的关系进行考察，这三个阶段正是其万物一体说形成和演变的过程。② 暂且不论这个划分是否合理，可以肯定的是，王阳明"万

---

① 《传习录下》，《王阳明全集》卷三，上海古籍出版社1992年版，第112页。
② 张辑、李冬妮：《王阳明"万物一体"说及其对当代美学的启示》，《郑州大学学报》2001年第1期。

物一体"的思想的确是在明确提出良知之后才更加成熟的。也即是说,良知乃是万物一体说的理论基础,良知的特性也就决定了万物一体之乐的特性。

首先,天地万物一体之乐的一个显著特点即是"无待性":

> 世之高抗通脱之士,捐富贵,轻利害,弃爵禄,决然长往而不顾者,亦皆有之。彼其或从好于外道诡异之说,投情于诗酒山水技艺之乐,又或奋发于意气,感激于愤悱,牵溺于嗜好,有待于物以相胜,是以去彼取此而后能。及其所之既倦,意衡心郁,情随事移,则忧愁悲苦随之而作。果能捐富贵,轻利害,弃爵禄,快然终身,无入而不自得已乎?夫惟有道之士,真有以见其良知之昭明灵觉,圆融洞澈,廓然与太虚而同体。①

面对挫折,的确有人能够毅然放弃财富、利益、爵位,然而还有很多人或沉溺于佛老之说以求避世良方,或流连于山水之乐酌酒吟诗、耽于某种技艺以求独善其身,或一时意气风发、感激愤悱,力图有所改变。这几种都是依靠对一事的执着去逃避另一事的做法,因此是有待于物的快乐。一旦对当前所眷念的事物失去了兴趣,忧愁悲苦的情绪就会随之而来,因此这种快乐只是暂时的,并不可取。只有有道之士体悟到良知的妙处,才能真正超脱一己的私念,放弃功名利禄,而能与太虚同体获得永恒的快乐。这种乐因其并不依靠任何外在因素,所以具有"无待性"。天地万物一体之乐之所以是无待的、永恒的,正是因为良知本身就是一种与物无对的存在:

> 良知是造化的精灵。这些精灵,生天生地,成鬼成帝,皆从此出,真是与物无对。人若复得他完完全全,无少亏欠,自不觉手舞足蹈,不知天地间更有何乐可代。②

---

① 《答南元善》,《王阳明全集》卷六,上海古籍出版社 1992 年版,第 210 页。
② 《传习录下》,《王阳明全集》卷三,上海古籍出版社 1992 年版,第 104 页。

良知本身就是完完全全的，于物无对，天地万物皆是由它生出的，因此只要复归良知本体，便能达到万物一体的境界。致得良知便能实现个体与宇宙的合一，这便是至乐所在。如果说理义之乐需要依靠对道德伦理的依从才能获得，仍然属于一种有待的乐，那么万物一体则是无待的乐，它属于一种基于道德而又超越道德最高层次的人生境界所特有的。

其次，万物一体不仅仅意味着人与自然的合而为一，还是个人与社会的融合。它是一种济世之乐，是对大同世界的向往：

> 夫圣人之心以天地万物为一体，其视天下之人，无外内远近，凡有血气，皆其昆弟赤子之亲，莫不欲安全而教养之，以遂其万物一体之念。①

圣人的万物一体之念并不是哲学上的悬空论说，落实到实践之中，便是要使天下人相亲相爱。王阳明在《为善最乐文》中说："明无人非，幽无鬼责；优优荡荡，心逸日休；宗族称其孝，乡党称其悌，言而人莫不信，行而人莫不悦，所谓无入而不自得也，亦何乐如之。"② 行善的快乐不仅能够使人做到人鬼均不责备，论其是非。如果仅仅停留在这个层面，只能说良知能够成就一个坦荡的人，使其具有磊落的大丈夫气概。对于行善来说，更重要的是能够用自己的行为和人格魅力去感染身边的人，进而影响到整个社会。在这个层面上来说，万物一体的实现是一种融入社会的快乐。王阳明在《答聂文蔚》一文中提到：

> 此非诚以天地万物为一体者，孰能以知夫子之心乎？若其遁世无闷，乐天知命者，则固无入而不自得道，并行而不相悖也。仆之不肖，何敢以夫子之道为己任？顾其心亦已稍知疾痛之在身，是以彷徨四顾，将求其有助于我者，相与讲去其病耳。今诚得豪杰同志之士扶持匡翼，共明良知之学于天下，使天下之人皆知自致其良知，以相安相养，去其

① 《答顾东桥书》，《王阳明全集》卷二，上海古籍出版社1992年版，第54页。
② 《为善最乐文》，《王阳明全集》卷二十四，上海古籍出版社1992年版，第925页。

自私自利之蔽，一洗谗妒胜忿之习，以济于大同，则仆之狂病，固将脱
然以愈，而终免于丧心之患矣，岂不快哉！①

这段话是王阳明的大声疾呼，其渴求志同道合之士的迫切心情昭然若示。天地
万物一体之乐有赖于致良知的切实落实。本来若是面对艰难的处境急流勇退，
逃避世俗，乐天知命也能有自得之乐，但是他偏偏以圣人的天地万物一体之心
为心，扛起了通过致良知以济大同的重任。由此可见，王阳明的万物一体之乐
虽然有其超脱性，颇有庄子的味道，但是它又和佛、道的虚无并不同：

> 仙家说到虚，圣人岂能虚上加得一毫实？佛氏说到无，圣人岂能无
> 上加得一毫有？但仙家说虚，从养生上来；佛氏说无，从出离生死苦海
> 上来，却于本体上加却这些子意思在，便不是他虚无的本色了，便于本
> 体有障碍。圣人只是还他良知的本色，更不著些子意在。良知之虚，便
> 是天之太虚；良知之无，便是太虚之无形。日月、风雷、山川、民物，
> 凡有貌象形色，皆在太虚无形中发用流行，未尝作得天的障碍。圣人只
> 是顺其良知之发用，天地万物，俱在我良知的发用流行中，何尝又有一
> 物超于良知之外，能作得障碍？②

道家讲"虚"，佛家讲"无"，因此也都相当超脱。但是道家的"虚"是以
养生为目的，佛家的"无"是以脱离世间的苦为目的。他们的出发点很世
俗化，本来本体便是虚无，又执着于目的的实现，因此便失去了虚无的本
色，成为本体的障碍。但是儒家不同，致良知不是为了另外一个目的，而是
还原其本来面貌。宇宙间的万事万物无不是良知的流行发用，圣人只不过是
顺良知发用而行便是合理合道的，无半分牵强的意思。相比佛道来说，儒家
的超脱才是真正的超脱。

达到与天地万物一体的境界之后，其超然之乐表现为对功名利禄的漠

---

① 《答聂文蔚》，《王阳明全集》卷二，上海古籍出版社 1992 年版，第 81 页。
② 《传习录下》，《王阳明全集》卷三，上海古籍出版社 1992 年版，第 106 页。

视。"吾道有至乐，富贵真浮埃！若时乘大化，无愧点与回。"① 王阳明在《碧霞池夜坐》这首诗中写道："一雨秋凉入夜新，池边孤月倍精神。潜鱼水底传心诀，栖鸟枝头说道真。莫谓天机非嗜欲，须知万物是吾身。无端礼乐纷纷起，谁与青天扫宿尘？"大礼义是嘉靖朝的一件大事。正德十六年，武宗去世，因其无子，故立兴献王之子为帝，是为明世宗。世宗即位之后即要立自己的亲生父母为帝后，不肯依附世宗之下，故引起对兴献王夫妇的尊崇典礼的意见分歧。在这场斗争中，支持皇帝的多为阳明弟子，持反对意见的多为程朱学派，因此这场争论不但被看作是朝廷势力的角力，也被认为是心学与理学的对抗。但是实际上王阳明对这件事保持着更为超然的态度。与万物一体，体验良知之后，世间这些纷纷扰扰的争端都已经不值一提了。

　　以复归良知为最终目的的天地万物一体之乐包含着两个层面的诉求：对于个体来说，良知能带给他完完全全的快乐，但是良知的最高境界不但是个人的也是全体的，不但是哲学的也是社会的。无论在哪个层面都将达到个体融入整体，获得优游自在的品格。正如邹其昌先生所言，王阳明的良知具有伦理意味，更具有生命意味，它是关于人的生存的学问。正是在这个层面上，个人的自得其乐与社会的责任意识才能得到统一。

　　李泽厚先生把审美形态分为悦耳悦目、悦心悦意、悦神悦志三种。悦耳悦目是指源自耳目等身体的感官愉快，属于比较低级的审美形态。在悦耳悦目的基础之上，超越了单纯的生理愉悦而走向心灵，这便是悦心悦意。而悦神悦志是一种在道德的基础之上又超越道德的最高的审美境界。"乐"在王阳明的学说中具有不同的境界层次，它既是优游于明媚山水之间的适情惬意，也是体道悟道的豁然开朗，更是与万物融为一体的审美情怀。这种山水之乐、义理之乐、万物一体之乐，正好对应着李泽厚先生所划分的悦耳悦目、悦心悦意、悦神悦志三个审美层次，但是三者并非泾渭分明，而是互相涵容，共同体现着王阳明丰富的审美情怀。

① 《涉湘于迈岳麓是尊仰止先哲因怀友生丽泽兴感伐木寄言二首》之二。

在人生逆旅中瞭望远方
——牛汉诗歌创作略论

李文钢*

牛汉是中国现代诗歌史上的一位重要诗人，他出生于 1923 年 10 月，15岁时，受胡风和田间诗歌的感染开始写诗，至今仍时有新作献诸世人。作为一位跨世纪的诗人，他先是被视为"七月派"的核心成员，后又被看作"归来诗人群"中的一个突出代表，在时代的巨流中沉沉浮浮，多舛的命运在他的诗歌创作中留下了不同的底色。透过牛汉的诗，我们可以清晰地看到一个不断倔强地奋争、痛苦地思索的灵魂。

一　苦难中形成的反抗诗学

1938 年，正值国难当头、形势危急的时代，正在读初中二年级的牛汉已不安于整天坐在书斋里当一名书生，而是热切地渴望着能投入到战斗生活中去。于是，他秘密加入了中国共产党的地下组织，开始了隐蔽而危险的"地下工作"。1946 年春，牛汉因组织西北大学"反美、反内战"的民主学生运动而被捕。在被捕的过程中，牛汉被青年军特务殴打得昏死了过去，由于脑内瘀血未得到及时治疗，他从此留下了颅内瘀血压迫神经的后遗症，常在深夜梦游。在汉中第二监狱被囚禁期间，牛汉抱着必死的决心写下了一首题为《死》的诗："假如/死，/带着人类底/最后一次灾难//假如/我一个人/可以同垂死的敌人同归于尽，/让千万

---

* 李文钢，首都师范大学文艺学 2009 级博士生，指导教师：王光明。

人/踩着我的尸体前进；//假如/死了，/是倒在胜利的/群众底狂欢的怀抱里，/倒在一片崭新的土地上；//那么，/让我去死！我有/新世纪诞生时的/最初的喜悦。"① 从这些气魄豪迈的诗句中，我们可以真切地感受到主人公那一份坚定的革命信念：他怀着推翻黑暗的旧政权、追求一个更光明的世界的理想，而做好了牺牲自己的一切心理准备。幸运的是，入狱不久，牛汉就在党组织的营救下以"因病保释"的名义平安出狱。在后来的"地下工作"中，他虽又遭遇了数次出生入死的严峻考验，所幸均有惊无险。在那一特殊年代的艰险斗争环境里，他的灵魂也"在地狱的火焰中得到了冶炼和净化"②。他不止一次地饱含着热情写下了这样的诗句："祖国呵，/你是不是也寒冷？//我可以为你的温暖，/将自己当做一束木炭，/燃烧起来……"③ 一个勇敢地追求光明，无畏地反抗黑暗社会压迫的战士形象在他此时的诗行中清晰可见。

在那些满怀激情的战斗岁月里，牛汉写得最多的，也是此类关于战斗生活的诗："在北方/我的心/我的歌/拥抱着人民/我的足迹/在九月的黄色的山野/画出了战斗的图"④。这些以诗描摹出的战斗图景，常常将反抗黑暗现实的激情和悲壮的情怀交相叠印，既充溢着革命浪漫主义色彩，也在印证着作者战斗的热情。牛汉在回忆他这阶段的诗歌创作时曾这样说道："1940 年到1942 年，我完完全全被诗迷住了，不写诗就闷得活不下去。也就是这两年，整个大后方笼罩着白色恐怖，我和几个朋友陷入了苦恼与烦躁之中……生活境遇的危难和心灵的抑郁不舒，更能激发一个人对命运抗争的力量，而诗就是在这种抗争中萌生的。"⑤ 在民族危难之际，牛汉不仅走向了反抗的道路，亦将其笔下的诗视为"反叛的匕首和旗帜"，在对黑暗社会现实的揭露和反叛中体现了鲜明的意识形态性。

新中国成立后不久，牛汉又抱着同样的战斗热情报名参加了抗美援朝志

---

① 牛汉：《死》，《爱与歌》，作家出版社 1954 年版，第 83 页。

② 牛汉口述，何启治、李晋西编撰：《我仍在苦苦跋涉——牛汉自述》，生活·读书·新知三联书店 2008 年版，第 80 页。

③ 牛汉：《落雪的夜》，《牛汉诗文集（诗歌卷）》，人民文学出版社 2010 年版，第 223 页。

④ 牛汉：《九月的歌弦——梦幻曲》，《牛汉诗文集（诗歌卷）》，人民文学出版社 2010 年版，第 61 页。

⑤ 牛汉：《对于人生和诗的点滴回顾和断想》，《随笔》1986 年第 2 期。

愿军部队，一心只想着去"做一个毛泽东底好战士"①。如他本人所说："我们为祖国几乎献出了一生的生命，为的就是祖国与人民的幸福。我们其实单纯得很。"② 然而，与很多"归来诗人"的遭遇一样，单纯的牛汉也遭遇了极为荒谬的现实。1955 年 5 月，刚由志愿军部队调到人民文学出版社不久，牛汉就因"胡风事件"而被捕。在经历了长达两年的"隔离审查"后，他才重回出版社继续从事编辑工作，但已被开除党籍，属于"降级使用"。"文革"开始后，他又被关进"牛棚"，屡遭批斗。继而，1969—1974 年，他被下放到位于湖北咸宁的文化部"五七干校"，先后从事多种重体力劳动。直到 1975 年初，他才重新回到人民文学出版社，被分配在资料室里抄卡片。

一个曾经甘愿为了祖国和人民而牺牲自己一切的战士却被视作人民的敌人，在这段人生中最为屈辱最为痛苦的日子里，牛汉遭遇了最严酷的生命考验。伤痕既留在了他的身体上，也烙印在了他的心上。自 1955 年被捕后，牛汉就被迫停止了诗歌创作。1970 年他在干校劳动期间奇迹般地恢复了写作，一系列的人生遭遇使他的诗呈现出了和以前截然不同的面貌。他在此期间创作的诗，大多属于咏物诗，如：1970 年的《鹰的诞生》，1971 年的《毛竹的根》，1972 年的《半棵树》，1973 年的《华南虎》、《悼念一棵枫树》、《巨大的根块》，1974 年的《麂子》、《蚯蚓的血》等。在他笔下的这些意象中，我们可以发现一个规律：它们虽然都处于"被禁锢"乃至"被砍伐"的不利地位，却都有着坚忍的意志和不屈的灵魂。鹰蛋虽然在暴雨雷电的危险环境中催化，但雏鹰却只在高空密云里学飞；毛竹的根虽然被砍断，却能绕过潜伏的岩石，穿透坚硬的黄土，迂回曲折地探索到远远的山冈下面的小湖；被雷电劈掉了半边的树，仍然直直地挺立着，还是一整棵树那样伟岸；被囚在笼中的老虎，用它破碎的趾爪在铁笼的墙壁上留下了一道道鲜血淋漓的沟壑，显示着它不羁的抗争；被伐倒的枫树，即便被分解成宽阔的木板，也仍旧散发着浓郁的芬芳；年年被斫，无论如何挣扎也长不成大树

---

① 牛汉：《塔——当我从苏联红军烈士纪念塔前走过的时候》，《在祖国的面前》，天下出版社 1951 年版，第 29 页。

② 牛汉 1982 年 3 月 31 日致梅志信，见《命运的档案》，武汉出版社 2000 年版，第 60 页。

的灌木丛，却以其顽强的生命在地下凝聚成一个个巨大的根块……从这些有着相似的精神蕴含的意象中我们可以看出，牛汉几乎无时不是在以这些意象借喻自我人生，是他在那个扭曲的时代里痛苦挣扎的心灵与搏斗意志的折射。这些诗，是他意欲摆脱现实世界的控制和迫害，想象性地反抗不自由的现实的精神武器。

牛汉曾将 20 世纪 40 年代和 20 世纪 70 年代称为他的诗歌创作的两个高峰期。这两个高峰期间隔了近三十年，虽属同一个诗人的创作，却有着各自的鲜明特点。何言宏曾在《严酷年代的精神证词——"文革"时期牛汉的诗歌写作》一文中，将这种不同概括为"由在四十年代的'为祖国而歌'转而为'文革'时期的'为生命而歌'"。何言宏还指出，在 70 年代的创作中，"牛汉的切身体验使得他的话语言说不再轻率地指向某种意识形态及其许诺的未来图景，而是从自己独特的生命体验出发，将其最大的精神关切置放于'生命'本身，伤痛于生命的受戮并且为生命的尊严而呐喊"①，这一分析是深中肯綮的。在经历了一系列的政治迫害和人生苦难后，牛汉开始不断反思自己曾经的政治乌托邦梦想，逐渐摆脱了工具化了的意识形态话语体系，将思考的基点重新落在了真切的个人生命体验上。由"为祖国而歌"，到"为生命而歌"，这一看似简单的变化，却隐含着他本人的无尽血泪。

然而，表面看来虽然差异明显，但如果我们把牛汉的这两个创作高峰期放在一起考察，仍会发现其内在的相通之处。可以说，牛汉在这两个阶段创作的诗，为其"反抗诗学"的典型体现，即：这些创作都是出于对黑暗现实的反抗和对美好理想的向往，都有其明确的现实针对性，都暗含着以语言的力量改变现实困境的憧憬。40 年代黑暗社会的严酷压迫，70 年代个人生命所遭遇的屈辱经历，是其"反抗诗学"得以萌芽的土壤。

这两个不同阶段的深层相通之处还在于：它们都是源自诗人在遭遇到现实生活中的痛苦之后的一种反应，而通过这些脱胎于现实并且反抗现实

---

① 何言宏：《严酷年代的精神证词——"文革"时期牛汉的诗歌写作》，《当代作家评论》2000 年第 2 期。

的诗歌世界的营建，又缓解了诗人的现实痛苦。正如黑格尔早就指出的那样："艺术家常遇到这样情形：他感到苦痛，但是由于把苦痛表现为形象，他的情绪的强度就缓和了，减弱了。甚至在眼泪里也藏着一种安慰；当事人原来沉没在苦痛里，苦痛完全占领了他，现在他至少可以把原来只在内心里直接感受的情感表现出来。如果用文字、图画、声音和形象把内心的感受表达出来，缓和的作用就会更大。"① 在牛汉最感痛苦的这两个生命阶段，他也通过这些反抗现实、借以励志的诗，缓解了自己内心的苦闷。正因如此，他才如是说道："幸亏世界上有神圣的诗，使我的命运才出现了生机，消解了心中的一些晦气和块垒。如果没有碰到诗，或者说，诗没有寻到我，我多半早已被厄运吞没，不在这个世界上了。诗在拯救我的同时，也找到了它自己的一个真身（诗至少有一千个自己）。于是，我与我的诗相依为命。"②

　　牛汉的"反抗诗学"从根本上说是他对现实矛盾的反应，是他企图克服现实困难、解决现实问题的观念的产物。因而，这两个不同阶段的诗都直接对应着作者本人的生活经历，带有他自己强烈的主观色彩，是直接与他特定生命阶段的生活经验相合一的诗。如谢冕先生曾经指出的那样："和许多诗人一样，牛汉先生写的诗很多，好像都在写作自己。不论是想象的飞扬还是意象的熔铸，都可以溯源到与他血肉相连的独特的经历和生命的极限体验上面去。"③ 在这些诗中，我们可以读出他的生活的本来气息，可以看到他顽强、不羁的性格，也明显感觉到了他类型化的表达模式的单一。正如已有论者指出的："牛汉这类主/客同构的诗，不断重复的物/我对应的直线，只能是同一生命平面的延展。"④ 牛汉的此类诗歌创作，既因其经验与情感的真切鲜活而显示了其感染力，也因其不断重复的抒情模式和情感结构而暴露了其局限。一个人的经历即便再丰富，毕竟也是有限的。连诗人自己也清醒地认识到："那些诗，只有在当时那种特殊的主客观情境里才能写出来，不

---

① ［德］黑格尔：《美学》（第一卷），朱光潜译，商务印书馆1996年版，第60—61页。
② 牛汉：《谈谈我这个人，以及我的诗》，《中华散文珍藏本·牛汉卷》，人民文学出版社1997年版，第171页。
③ 谢冕：《牛汉先生诗中的树、头发及骨头》，《文艺争鸣》2003年第6期。
④ 任洪渊：《"白色花"：情韵·智慧·生命力——读曾卓、绿原、牛汉》，《诗刊》1997年第7期。

可能重复第二回。"①

德国诗人歌德在谈及艺术创作时曾指出："一个人如果想学歌唱，他的自然音域以内的一切音对他是容易的，至于他的音域以外的那些音，起初对他却是非常困难的。但是他既想成为一个歌手，他就必须克服那些困难的音，因为他必须能够驾驭它们。就诗人来说，也是如此。要是他只能表达他自己的那一点主观情绪，他还算不上什么，但是一旦能掌握住世界而且能把它表达出来，他就是一个诗人了。此后他就有写不尽的材料，而且能写出经常是新鲜的东西，至于主观诗人，却很快就把他的内心生活的那一点材料用完，而且终于陷入习套作风了。"② 诗人牛汉要想摆脱如歌德所说的习套作风，成为一个"真正的"诗人，就必须走出自己主观情绪的牢笼，去学唱他本来音域以外的那些音，并在此基础上开拓出新的境界。而他自己也已经清醒地意识到了这一点。

二　走向混沌般的空旷

面对着在诗歌创作中形成的定型化风格，牛汉也表达了自己的不满和对新的诗学追求的向往。他说："而我最不喜欢的也就是这个诗的定型……我自己觉得，近几年来每写一首诗，都像是第一次写诗。过去几十年的创作历史与正在写作的诗几乎毫无关系，我压根儿想不起自己已有什么创作技巧与经验，常常是怀着初学写作时的不安宁的躁动情绪，还带有一些对陌生事物探索时的神秘感。创作中的诗，是我从来没有感知过的情境，它对于我是必须经一番拼搏才能显现出来的心中的幻景与欲望，写一首诗就是一次艰难而欢乐的创造。"③ 在这段文字中，我们可以清晰地看到牛汉对以前的"定型化"写作的不满，和对"近几年来"的写作所带给他的全新创作体验的欣喜。牛汉写出如上这番话的时间是1985年8月，如果我们对他1985年前后的诗歌写作进行一番考察，也

---

① 牛汉口述，何启治、李晋西编撰：《我仍在苦苦跋涉——牛汉自述》，生活·读书·新知三联书店2008年版，第187页。

② ［德］爱克曼辑录：《歌德谈话录》，朱光潜译，人民文学出版社2000年版，第96页。

③ 牛汉：《对于人生和诗的点滴回顾和断想（续）》，《随笔》1986年第3期。

许就可以窥见牛汉所言的"从来没有感知过的情境"的具体内涵。

　　阅读牛汉 1983 年至 1985 年间的诗，除了很多延续他过去一贯风格的作品外，有如下几首令人印象深刻：《细雨静静地落着……》，描写在透明的细雨中飞翔的蜜蜂和蝴蝶、在云雾缭绕的荔枝林中歌唱的小鹧鸪，有着难得一见的柔和与清新；《奔马》，描写一匹早已忘记了返回草原的路，而只能吼啸着狂奔在狭窄的小街、熙攘的闹市的奔马，传递着令人不安的感觉；《呐喊》，描写一个瘦骨嶙峋的人靠着桥栏杆痛苦地发出不要命的呐喊，却激不起从他身边慢悠悠经过的绅士的一点感觉和回响，扭曲的形象中带着凄厉；《里尔克的豹》，将里尔克诗中那只巴黎著名的豹视为会吼叫的植物，明显反映了作者的荒诞意识。其中尤其具有代表性的一首诗是作于 1983 年冬的《奥弗的教堂》，全诗如下：

　　　　奥弗教堂修盖在高坡上
　　　　让人们仰望它
　　　　让钟声飘荡到远方

　　　　里里外外装饰得像梦境
　　　　窗玻璃涂遍了彩丽的颜色
　　　　凡是走进去的人
　　　　苍白的面孔
　　　　会突然镀一层光亮

　　　　但天空阴沉沉
　　　　乌云翻滚
　　　　通向奥弗教堂的道路弯曲而泥泞
　　　　人们只能仰望它
　　　　不停地跋涉
　　　　不停地喘息和祈祷①

---

① 牛汉：《奥弗的教堂》，《蚯蚓和羽毛》，人民文学出版社 1986 年版，第 236 页。

如果说，在这首诗中出现的那个高坡上的教堂，还如他以前的很多诗中的意象一样，是一个光明的理想的象征的话，诗人也已经不再像过去那样简单地歌颂它、赞美它，而是真实地表现出了它的可望而不可即。通往这个光明理想的道路只能是弯曲而泥泞的，人们只能在这条路上不停地跋涉并喘息。而此前的牛汉笔下的那个诗歌艺术世界，则常常是他为了反抗现实的苦难而营建出的一个纯粹的理想世界，那个世界就像他笔下的鹰群一样，因不愿坠死在地上而永远是在"云层上面飞翔"，总是被赋予了一种"超人"的力量。在那个世界里，被囚禁在两道铁栅栏中的老虎，也能获得在"石破天惊的咆哮"声中"腾空而去"的姿态，① 主观理想主义色彩十分明显。但在 80 年代中期以后，牛汉逐渐开始更多地如他《奥弗的教堂》一诗中所呈现的那样去直面现实的泥泞了，也许是他已经深刻地意识到：理想虽然存在，但只是一种召唤，每个生命都要真实面对的，是眼前弯曲而泥泞的道路，是不停地挣扎与喘息。

当他以新的眼光瞩目于现实生活时，他将会发现，日常生活并非如他过去的"反抗诗学"所描绘的那般，是是非明确的善与恶的角逐，或者是清晰可辨的二元对立，在更多的情况下，我们的生活是混沌不清的，甚至是荒诞的，并没有多少明晰的意义摆在眼前。正如耿占春曾经指出的那样："一切明晰化也都是僵化，这是趋近于明晰的一个危险。保持理解力或认识能力，可能更多地意指着对未知的、含混的、变动的、混杂因素的洞察。……理解还应保持事物本来的不透明。"② 牛汉所言的那一写作的新境界，也许正源自他对于本来就不透明的生活和世界的新的理解角度，对未知、含混、变动、混杂因素的敏感。

歌德曾这样谈过自己的创作经验："一般来说，我总是先对描绘我的内心世界感到喜悦，然后才认识到外在世界。但是到了我在实际生活中发现世界确实就像我原来所想象的，我就不免生厌，再没有兴致去描绘它了。我可以说，如果我要等到我认识了世界才去描绘它，我的描绘就会变成开玩笑了。"③ 艺

① 牛汉：《华南虎》，《诗刊》1982 年第 3 期。

② 耿占春：《改变世界与改变语言》，《改变世界与改变语言》，社会科学文献出版社 2000 年版，第 372 页。

③ ［德］爱克曼辑录：《歌德谈话录》，朱光潜译，人民文学出版社 2000 年版，第 34 页。

术自觉走在理性认识的前面，正是古今中外很多艺术家成功进行艺术创作的普遍规律。要避免对生活的僵化认识，就要求作家保持对生活的敏感，并忠实于个人的真实生命体验和艺术直觉，而不是简单地以对抗的模式赋予生活以意义。这也就是牛汉自己所说的："我不是返回到孤独的内心世界，而是异常坚定地进入了世界的内心。"①

不是返回孤独的内心，而是要坚定地走向世界的牛汉，由此获得了观察人生、感悟生命的新视角。他不再是根据自己内心的需要去简单地"将主观突入客观"，而是以其敏锐的艺术感觉去真实地感知客观生活。他由此渐渐摆脱了过去过于强烈的主观视野和直接的情感投射，把目光投向了更为广阔的客观世界，这样，他也就超越了如歌德所说的主观诗人局限于内心材料的习套。从创作回应现实生活中的创伤和苦难经验的诗，到倾听这个世界的真实声音，这显示了作者超越个人局限的努力。从此，那些过于外露的现实指涉功能在他的诗中不见了，他的诗也渐渐摆脱了明确的意义指向，而表述了某些难以明晰言说的生命体验。这些作品逐渐远离个人具体的生活经验，但更贴近了真实的心灵和生命感觉。正是因为有了这一新的创作视角，他才终于创作出了《三危山下一片梦境》、《空旷在远方》等诗篇，展开了对壮丽而神秘的生命、空茫而浩大的宇宙的追问与探询。

在牛汉笔下诞生的这个新的意象世界，是一个混沌的世界。正如作者所说："三危山不是一脉供人攀登游览的驯服的山/它是一个不朽的对心灵的诱惑"，他笔下的三危山，是一个"美丽而苦恼的诱惑"，有着他本人所驯服不了的意义，虽然那里有他"从少年起就苦苦跋涉幻想进入的梦境"。牛汉笔下的那个"空旷的远方"对于他自己来说，也同样是一个尚未清楚把握它的全部意义的"恼人的诱惑"，那里没有语言和歌，没有轮廓和边界，只有纯净的自由的空白，虽然那个世界的诞生源自他自己的真实生命体验。

无论是牛汉笔下的三危山，还是空旷的远方，其实都已经成为他笔下的一个象征，在这个幻景中表征着他自己的客观心灵世界。而这个心灵世界实

---

① 牛汉口述，何启治、李晋西编撰：《我仍在苦苦跋涉——牛汉自述》，生活·读书·新知三联书店 2008 年版，第 187 页。

际上连他自己也无法做到完全了解，它只是一个需要与之不断展开对话交流并不断重新认识的客观对象，而不是一个已经被完全把握了的主观世界。牛汉的这一创作特点与李欧梵先生眼中的西方现代主义文学的中期阶段十分相似，在这一阶段里："自我开始从外部退回来，并且把自己几乎像是当作世界本身那样投到对自身的内心动力——自由，强迫，突变——做的一种精细考查中。"① 当他把自己的内心世界也当作一个需要进一步研究认识的客观对象来进行考察，他也更深一层地意识到了生命感受的丰富与复杂。

由二元对立般的反抗，走向混沌般的空旷，牛汉经历了一个由反抗诗学、历史诗学到生命诗学的重大转变。由高高在上的理想的天空，落在真实生活的地面，他真切地感受了生命的世俗性本质。如他所言："世俗的东西非常必要，世界本来就是荒诞的……"② 在世俗的真实生活中，他对自己所遭受的苦难有了更清醒的认识：变形为飞翔的大鹰只是自己的一个幻想，那颗受难的心脏不但变不成飞翔的大鹰，甚至发不出呼救的声响，等待着它的将是无底的深渊。在《三危山下一片梦境》一诗中，他将自己在这深渊之中的孤独的疑惑和苦恼的憧憬展露无遗，深切地融入了自己"世俗"的真实生命体验，并因此而更为切近人类生存的本来面目。三危山虽然近在眼前，却间隔着一片亘古的梦境。他陷溺在三危山下那条没有岸没有水的命运的河道里，艰难地苦苦跋涉着，却永远也无法接近无法攀登上那座缥缈的三危山。这里有的，是他生命的颤抖和喘息，是对生命痛苦体验的审视和咀嚼，而不再是像过去那样呈现出可以条分缕析的理性意识、意图明确的清晰反抗。牛汉，这个斗士般的英雄，此时终于将自己还原为了芸芸众生中的一员，开始关注自己作为一个普通人的那种混沌而又有些尴尬、复杂难言的生存状态。这种复杂难言的状态和感悟，无法被简单地抽象和阐释为 A、B、C，其感觉正如同他的一句诗："命运失去了门/有个活东西/闯进了生命深处/看不见它的面目与形状/只听到一阵阵尖厉的呼吼"③。但在这混沌之中，

① 李欧梵：《文学潮流（一）：追求现代性（1895—1927）》，费正清主编《剑桥中华民国史（1912—1949）·第一部》，上海人民出版社 1991 年版，第 541 页。

② 牛汉、刘湛秋：《裂变·超越·生命的形态》，《人民文学》1989 年第 1 期。

③ 牛汉：《幻听》，《中国作家》1989 年第 3 期。

却有他真实的痛楚和清醒的生命意识。

三　"瞭望着冥茫的远方"

前文谈及，在世俗的真实生活中，牛汉对自己所遭受的苦难和现实命运有了更清醒的认识。而清醒地认识到自己的苦难，则是超越苦难的一个前提。正如耿占春曾经指出的："拯救与解脱并非要消除苦难这一事实，而是要消除苦难的无意义。"① 苦难的事实无法撤销，但却并非所有的苦难都能获得意义。只有当事人清醒地意识到了曾经遭受的苦难带给他的意义，他才能在苦难所带来的创伤中获得拯救和解脱。也就是说，他要在接受人生既有不公平现实的前提下，"重建一个使其无妄的苦难变得有意义的信念系统"②。对于牛汉来说，他在自己的苦难中走出了理想主义的限阈，获得了人生的清醒，这就是他的苦难带给他的意义，也是他超越自己的创伤和苦难的方式。

关于这一点，他曾多次谈及。1998 年，牛汉在致友人的一封信中这样写道："我这个人本来也是很左的，如果不是经受了这么多的灾难痛苦，我也许不会最终清醒过来。因此，我感谢苦难的人生。我的诗，说到底，是从苦难中获得清醒的人性的经历。这正是历史的也是个人的真情。"③ 在牛汉看来，如果自己没有遭遇这些苦难，他也许将陷溺在"左"的思维中不能自拔，甚至有可能永久埋没了清醒的人性。这一说法虽然带有假设的性质，但并非没有可能。因而，清醒的获得在牛汉自己看来显得尤为可贵。于同年出版的诗集《牛汉诗选》自序中，他又说道："我和我的诗所以这么顽强地活着，绝不是为了咀嚼痛苦，更不是为了对历史进行报复。我的诗只是让历史清醒地从灾难中走出来"④，"清醒"在这里再次成了关键词，在获得清醒

---

① 耿占春：《苦难的释义学》，《改变世界与改变语言》，社会科学文献出版社 2000 年版，第 261 页。

② ［美］朱蒂斯·赫曼：《创伤与复原》，杨大和译，（台北）时报文化出版企业有限公司 1995 年版，第 232 页。

③ 牛汉：《致吕剑》，《诗刊》1999 年第 3 期。

④ 牛汉：《谈谈我这个人，以及我的诗（代自序）》，《牛汉诗选》，人民文学出版社 1998 年版，第 3 页。

之后更要保持清醒，唯其如此，才有可能从灾难中走出来。在他自述的回忆录中，他再次表达过类似的意思："经过三十年的苦练，对人生、历史、世界以及诗，有了比较透彻的理解和感悟，获得净化之后的透明般的单纯。如果回避人生苦难，不是经过人生，绝达不到这个境界。"①

清醒之后的牛汉，理想主义的基调渐渐减少，生命的真实色彩越来越突出。如果说在过去，他常常是由内向外地抒发自己对抗现实苦难的理想憧憬和主观意愿，那么，80年代中期以后，他更多的是自外向内去观察自己的内心，从生活本身出发去解释生活，他的创作因此经历了写作视角的明显转变。呈示自己的真实苦痛和人生噩梦，而不是刻意拔高自己的姿态，是他的诗在19世纪80年代中期以后的一个突出特点。他自己也曾这样表示："最近有人问我现在创作上最苦恼的是什么，我回答他说是如何直面人生而不是回避人生，把此时此刻的生动而复杂的现实真实地写出来。"② 最终，他所苦恼着的那些复杂的心理内容，多在他的笔下以并不表明明确意义内涵的诗歌情境呈现了出来。

最为典型的，是他的《空旷在远方》一诗。表面看起来，这首诗在对远方的憧憬中表现出了一种旷达而又超脱的心态，实际上，正是在其中显露了他最深刻的孤独意识。因为那个空旷的远方虽然是"最美的"，却也是"最陌生的"。"那里没有语言和歌/没有边界和轮廓"，只是一个"恼人的诱惑"。正像他在创作于2001年的《彼岸花》一诗中所说："我一生在诗中执着地追求着远方，/但我从没有到达过梦境般的彼岸。"那个魅惑人的幻梦般的空旷的远方，虽然为他所憧憬，却是他永远无法到达的。这是他所遭受的苦难带给他的命运，他既清醒地领悟了这一命运，又在这命运面前清醒地意识到了自己的无助和孤独。在下面这一段创作谈中，他将这一心态表露无遗："我真正伤心地明白，一百年前惠特曼自信已到达的那个没有被人发现、没有被人航行过、连人迹都没有的海和岸，我并没有与之相遇和相融合。我其实仅仅是一直瞭望着冥茫的远方而已。"③

① 牛汉口述，何启治、李晋西编撰：《我仍在苦苦跋涉——牛汉自述》，生活·读书·新知三联书店2008年版，第187页。
② 牛汉：《后记》，《海上蝴蝶》，四川文艺出版社1985年版，第3页。
③ 牛汉：《后记》，《牛汉抒情诗选》，青海人民出版社1989年版，第302页。

　　这一"心虽向往之而不能至"的主题,在他80年代中期以后的创作中得到了反复书写。在《三危山下一片梦境》一诗中,"我""陷溺在深深的难以渡出的命运的河水中",虽然不停地苦苦跋涉着,却永远也无法攀登上梦境般的三危山,尽管三危山就在他的眼前。在《蒙田和我》一诗中,"我"虽然"总想远行/却只知道要寻求什么/并不晓得躲避什么",因而,"只走出很短的一段路/就坠入了无底的深渊"。在《一生的困惑》一诗中,他这样问自己:"有人断言:/面孔朝向天堂,/脚步总走进地狱。/我始终不相信。让我不解的是:/我的面孔一直朝向地狱,/而脚步为什么迈不进天堂。"在《梦游(第三稿)》一诗中,"我""执迷地向远远的黑夜游走",坚信着"前面一定有一片开阔的平原/有一个港口/一个光的湖泊//可我从来没有走到过尽头"。无论三危山、远方、天堂,还是梦中的那个光的湖泊,都是他可望而不可即的,这就是他真实的命运,也是他所遭受的种种创伤和苦难给他所带来的痛苦负担。对于自身命运的限度的认识,牛汉是非常清醒的,如他所说:"是不幸还是幸运,我在严酷的人生旅程中,由于种种沉重的负担,每跨进一步都必须战胜使生命陷落的危险,事实上我已很难从命运的底层升上来了。"①

　　一个身在黑夜中的人,只有清醒地意识到自己是在黑夜中,才能在心中生出对黎明的期盼。如果失去了这一清醒,或将不可避免地走向对黑夜的麻痹,甚至在黑夜中寻求苟安。牛汉在对自己的苦难命运有了清醒的认识之后,反而获得了进一步升华的契机。他曾这样说:"正因为沉重地被深深陷入人生,我反而练出了一身特异功能,能以承受住埋没的重压,并从中领悟到伟大的智慧和灵感。"② 身处噩梦般的黑夜之中,他所发展出的"特异功能"之一,就是对黑夜本身的清醒认识和观察。就像他笔下那个因没钱雇模特而只能画自己的梵·高,他也"让自己坐到自己的对面/冷冷地去观察自己",去感受自己在这黑夜中的真实苦痛,因而,"画一次自己/就经受一次自焚"。③ 梵·高为自己画像,牛汉写关于自己的命运的诗,"苦痛把梵·高

---

① 牛汉:《〈三危山下一片梦境〉的附语》,《萤火集》,中国华侨出版社1994年版,第156页。
② 同上。
③ 牛汉:《最后的形象》,《中国作家》1989年第3期。

鞭笞到爆炸点"，牛汉则在清醒的痛苦中得到了升华。他们的相通之处，就在于这对镜自照，牛汉也是自己坐到了自己的对面，去冷静地观察、审视、思考着自己的心灵和命运。如法国诗人兰波所说："想当诗人，首先需要研究关于他自身的全部知识；寻找其灵魂，并加以审视、体察、探究。"① 唯其如此，才会有清醒地耕耘。

在清醒地承受着现实命运的撕裂般痛苦中，牛汉孕育出了一系列现实生活中不可能出现的诗歌情境。这些情境的内涵是复杂的，已经无法用他过去的诗中那"单向度"的反抗所能阐释。其中，既没有对苦难往事的简单形容，没有对心中哀怨的倾泻与哭诉，也没有对自己的理想的激动宣示，而是深入了生命体验的无意识领域，是对自己全部生命体验的象征。他所有想说的话，都已蕴含在那些富有质感的诗歌形象与情境之中，可供读者去感悟与领会，却无法进行简单的归纳与概括。然而，在这噩梦般的黑夜中，他在清醒地期待着一个黎明。如他的诗所说："黑暗并不能孕育永远的黑暗，／而黎明必将从黑夜的腹腔中诞生。"②

饶有意味的是，在80年代中期以后，当牛汉的诗逐渐走向混沌初开般的空旷之际，他在实际生活中仍保持着铁骨铮铮的战斗性格。他敢于公开表达自己的不满，甚至不惜与文坛的"领导"人物公开抗辩，这一毫不掩饰自己的性格，不仅在"归来诗人"中，在整个当代文坛都是极为少见的。这样大胆的"反叛行为"有两次最具代表性。一次是1985年秋，中国作协在北京建外俱乐部为"1983—1984年优秀新诗集奖"颁奖时，牛汉作为获奖者之一上台领奖。③ 因授奖人是胡乔木，牛汉拒不与胡握手，态度十分强硬。④ 另一次是在1998年《小说选刊》的一个座谈会上，当一位发言人谈到《中国》的被迫停刊时，"唐达成隔着老远说：'牛汉哪，《中国》停刊你还耿耿于怀啊。'"牛汉则毫不含糊地大声回答说："你知道《中

　① ［法］阿尔蒂尔·兰波：《致保罗·德梅尼》，《兰波作品全集》，王以培译，东方出版社2000年版，第330页。
　② 牛汉：《黎明》，《人民文学》2001年第5期。
　③ 牛汉的获奖诗集为《温泉》。
　④ 牛汉口述，何启治、李晋西编撰：《我仍在苦苦跋涉——牛汉自述》，生活·读书·新知三联书店2008年版，第245页。

国》是被迫停刊的，我永远不会原谅你，绝不会原谅你。"① 现实生活中的
此类抗辩行为的发生，也正源于他在自己的创伤苦痛中终于体悟到自己过去
甘做政治工具的愚昧。在忆及新中国成立初期创作的多首政治颂歌时，他曾
这样说："1949 年前后全身心为革命，这不是真正的单纯，而是个性没有解
脱，是宗教献身式的，是作为工具出现的。当时没有意识到，现在回过头来
看，真是愚昧。"② 清醒之后的他，再也不会违心地去做一个"愚昧"的
"顺民"了。

　　牛汉在现实生活中表现出的激烈个性与他的诗中对内心生命体验的
细腻关注恰好形成了鲜明对比。或许正是因为牛汉已经清醒地意识到了
诗歌写作伦理与社会伦理的不能混同，对现实社会不公的批判只能由实
际行动来完成，诗歌作为一种艺术不可能起到如实际行动般的作用。因
此，他在自己的诗中对自己的本体性的生命体验完全敞开，而对更多的
现实社会伦理内容保持了沉默。这正应和了艾略特的一句名言："艺术
家越是完美，承受痛苦的自我和进行创作的自我就越是分开；思想就越
能完美地消化和转化作为其材料的激情。"③ 但尽管牛汉在诗中对其现实
痛苦保持着沉默的风度，他的艺术世界还是埋藏着深沉的冲动，在期待
着现实世界的理解。如他的诗中所写："沉默不是没有声音/沉默只是声
音一时的昏厥和梗塞/声音并没有寂灭/它闷在一个胸腔里/还会雷一般醒
过来"④。在他诗歌世界的沉默之处，也有可能深埋着这样的惊雷。牛汉
曾经明确地说："我的每首诗都体现了中国人——普通人内心的感受。
后人研究我的诗，也认清了这一段历史。不仅仅是诗，而是历史的悲
剧，诗所反映的时代。"⑤ 他清醒地奋力书写着关于自己命运的诗，更期
望着后人能在自己的诗中清醒地认识一段历史，并借此实现对于过去那

---

　　① 牛汉口述，何启治、李晋西编撰：《我仍在苦苦跋涉——牛汉自述》，生活·读书·新知三联书
店 2008 年版，第 217 页。

　　② 同上书，第 182 页。

　　③ ［英］艾略特：《传统与个人才能》，吴文安、张敏译，朱刚编著《二十世纪西方文论》，北京大
学出版社 2006 年版，第 62 页。

　　④ 牛汉：《沉默》，《中国作家》1989 年第 3 期。

　　⑤ 牛汉口述，何启治、李晋西编撰：《我仍在苦苦跋涉——牛汉自述》，生活·读书·新知三联书
店 2008 年版，第 278 页。

段历史的反击,① 这或许就是牛汉在噩梦般的黑夜的感觉中对于那个遥远的黎明的真实期待吧。他的一首题为《夜》的诗,清楚地显示了他对于自己的诗的所有寄寓:

>关死门窗
>觉得黑暗不会再进来
>我点起了灯
>但黑暗是一群狼
>还伏在我的门口
>听见有千万只爪子
>不停地撕裂着我的窗户
>灯在颤抖
>在不安的灯光下我写诗
>诗不颤抖!

1997 年 1 月,添末一行②

---

① 牛汉在 1986 年 2 月 2 日致艾青的信中写道:"我没有放松自己,我要努力写,多少还有点对那段历史的反击的心理。"牛汉:《命运的档案》,武汉出版社 2000 年版,第 98 页。
② 牛汉:《夜》,《空旷在远方》,时代文艺出版社 2005 年版,第 122 页。

汉语新诗的小逻辑
——重思《野草》的位置和潜能

张光昕[*]

对诗歌的判断比诗歌本身更有价值。

——洛特雷阿蒙

不同于人们想象中的学位论文应该呈现出来的样子，这项研究能够谈论的东西少之又少。或者说，本文是一种层层悬置的产物。面对人类支离破碎的世界散文之际，20 世纪的人们仿佛迷途于一座走不出去的文本水族馆：历史的句号、社会的分号、作家传记的冒号、先知或领袖的双引号、时代的感叹号以及意识形态的省略号，犹如五彩缤纷的游鱼、珊瑚和水草组成的动态乐园，令我们流连忘返、眼花缭乱。在本文中，它们都统统被分门别类地放进事先预备好的括弧里，犹如将它们打进一个包裹，寄到河对岸那个陌生的邻国。我们故意对它们视而不见，反而冒险地去追求那个歧义丛生的零度，学习汉语诗歌里独坐千年的"蓑笠翁"，将钓钩深深地埋入平静的江中。在战无不胜的现代性拆迁队横行肆虐之际，无论再壮观的文化拱廊街都将无可避免地沦为一座废墟的陈列馆，一具脆弱而精致的骨架，一阵迷人的硝烟。与其被看不见的手白白断送，倒不如自毁前程。我们有必要将写作的指针调回零度，有必要伸手关上那扇风雨中的门扉。在这支叱咤风云的标点符号家族中，本文唯独余留下了逗号，它是写作的脚印，是"屈原遗落在沙

---

* 张光昕，首都师范大学文艺学博士后，指导教师：王光明。

滩上的白鞋子"（海子《亚洲铜》）①，是探出水面急促喘息的钓钩。逗号是词语的水龙头，负责调理和配置我们的基本呼吸，管理我们的书写形式，为生命体维持起码的换气本能。它在沉默中精熟于打断的技艺，却几乎不被人注意。若非病人和弥留者，谁会在意自己的呼吸呢？或许只有诗人。

　　诗人依旧紧盯着水面，而诗歌犹如白色菌类从世界散文的横断面上钻了出来。在这座异彩纷呈、五光十色的文本水族馆里，我们在每一种颜色中提取了白色，一种颜色中的颜色，这种不易感知的颜色被诗人稳稳钓起。白色像蘑菇般开启了一种余外的立场和视野，它近乎无色，让人忽然念起每种颜色、每种世界观里隐秘的呼吸，那是在纸、笔和墨之间融贯游走的气息，是力道十足的风格学。白色的索要之物少之又少，正如它能表达之物多之又多。白色比其他每种颜色都少了很多，几乎沽清自身，唯独比无色多出一点点，只有那么一点点。这一点点余留之物，乃是我们作为幸存者所不易察觉的呼吸，是我们艰难出生和轻易抹去的生命。生命具有白色的调子，它仰仗一阵内部的春风。呼吸需要保存，我们有责任为它加上一对隐形的括弧，配上一对汉语的肺叶，那莫非是两片染上血气的蘑菇？如同那些林林总总的扰乱视听之物被放进前一类括弧一样，我们也学着珀尔修斯（Perseus）的姿势——他倾尽全身之轻逸，将美杜莎（Medusa）的头颅置于树叶铺成的软垫上②——把如此鲜嫩的生命盛放在这个柔软的括弧里，生怕扰乱了它的气息，我们索性也屏住了呼吸。如果本文作为一个生命已经在这对隐形的括弧中出生，已经讲出了那么一点点弧中物语，那么它将从那浩瀚的白色中获得文本的氧气，练习自身的第一口呼吸，咽下第一口奶，获取它的生命之源……它拉开了一帘白色的序幕，点出了世界散文中第一个逗号。这个销魂的停顿，貌似一柄杠杆将整个宇宙撬起，我们掀开雪的开场白，一双眼睛已经睁开，整篇世界散文倒立着咬钩，诗歌的一页随即也跟着到来。

---

① 海子：《海子的诗》，人民文学出版社1995年版，第1页。
② ［意］伊塔洛·卡尔维诺：《新千年文学备忘录》，黄灿然译，译林出版社2009年版，第4—5页。

第一节 《雪》,或《野草》的小逻辑

处女,新娘

在 20 世纪汉语新诗的哺乳期,我们愿意从雪开始谈起,为中国文学的现代性寻找一个白色的源头。在这种意愿的提示下,鲁迅先生的名篇《雪》是无论如何不能被忽略的。以本文的基本立场和论述范围为前提,类似于柳宗元的《江雪》在唐诗史乃至整个中国古典诗歌史上的关键地位,在鲁迅的整部《野草》中,《雪》也占有一个相当独特的位置。与《野草》中的其他篇目乃至当时与日俱增的汉语新诗作品相比,《雪》在鲁迅天才般的妙笔之下,首次以一种"心性自然主义"的态度,[①] 用绝对诗性的语言,较为成功地描绘出一幅中国的世界图像,筹建出别有洞天的雪的临时政府。鲁迅敏锐地辨别出"江南的雪"和"朔方的雪"之间的惊愕差异,这一差异来自共享一片壮丽河山的南方人和北方人对天下"物象"迥然有别的捕捉和刻画,也顺理成章地养成了南北方文化在"意象"表达上的不同方式。我们力图通过鲁迅在《雪》中的追问,来展开对汉语新诗句法转换的深入探寻。

"江南的雪"可谓"滋润美艳之至",在"极壮健的处子的皮肤"之上,装点着斑斓的花草和飞舞的蜜蜂,它们"很洁白,很明艳,以自身的滋润相粘连,整个地闪闪地生光"。[②] 诗人对"江南的雪"此番心旷神怡的盛赞,

---

① 哲学家夏可君是"心性自然主义"重要的发明者和阐释者。他认为,"心性自然主义"倡导的是一种面对艺术的全新态度。中国 20 世纪艺术在总体上并没有提供出一种新的面对世界的态度,现实主义与浪漫主义都是舶来品,并且在接受中被扭曲了,而现代主义主要是被复制的产物,或后殖民式的挪用,它们都无法最终表达当代中国思想文化独特的复杂性。这种重新唤起的"心性化自然",是一种与现代性的消费或"废墟"意象相关的精神,不再是单纯地唤醒那些传统已有的意境和意象,而是一种与生命呼吸,与身体触感相关的全新感受。望帝春心托杜鹃,"心性"与"自然"之间存在着自然感发的情愫,以"心"为轴心来感知世界,无所依托的"心"如今必须有所寄托,原初的寄托就是远处不可及的天空与大地的深渊(这是"及远"),同时还需要让这个去远的虚空可以得到接纳与安顿(形成了"切近")。为了实现这种远与近的接洽,夏可君提出,"心性自然主义"可以通过"淡然"与"余让"的姿势来保持这个张力。参见夏可君《"心性自然主义"论纲》,未刊稿。

② 鲁迅:《雪》,《野草》,《鲁迅全集》第 2 卷,人民文学出版社 2005 年版,第 185 页。

呈现出中国传统诗学里肉的姿态，那是青春、贞洁、簇新的雪肤，仿佛艳若桃花的少女，"丰腴的皮肤光润了；青白的两颊泛出轻红，如铅上涂了胭脂水"①，流连于一座肉的桃花源。与之大相径庭的是"朔方的雪"：冰冷，坚硬，灿烂，"永远如粉、如沙，他们决不粘连，撒在屋上，地上，枯草上"②，断无暖国那种孤芳自赏的青春美艳和娇羞绵软。它们延续了汉语诗歌中骨的姿态：在晴天的旋风里，在无边的旷野上，在凛冽的天宇下，这些坚硬的雪粒蓬勃地奋飞，旋转着升腾，呼啸着气吞万里、直冲云霄的豪情和意志。鲁迅把这些席卷天地的雪的积极分子称之为"雨的精魂"。至此，在领略了"江南的雪"和"朔方的雪"各自的风姿之后，我们在《雪》这个文本的开头和末尾分别摘取了如下两个句子，它们现已成为鲁迅作品中耳熟能详的名句，放在一起，几乎可以连缀为一首现代诗：

　　a. 暖国的雨，向来没有变过冰冷的坚硬的灿烂的雪花。
　　b. 在无边的旷野上，在凛冽的天宇下，闪闪地旋转升腾着的是雨的精魂……

如果我们跳出《雪》这个文本直接营造的通常化语境，将这两个句子放到一个更加广阔的诗意场域里重新阅读，那么它们已经浑成一首成熟的现代诗了。这种简化和重组的办法，也使我们发现和放大了鲁迅创作《雪》这个文本时怀揣的一个内在秘密：诗人其实是从"死掉的雨"的角度来写雪的。从第一句即提起的"暖国的雨"，到末尾掷地有声的"雨的精魂"，鲁迅的写物视角始终是从雨那里发出的，他的描述姿态也由雨的意象而塑造出来，《雪》中所刻画出的世界图像，正是诗人将"心性自然主义"的光束，穿过隐蔽的"雨的精魂"，投射在异彩纷呈、蓬勃飞舞的雪景上。这种异样的描述角度不容小觑，具体来说，a 句是对"暖国的雨"所下的一个事实判断，它是求真的。"冰冷的坚硬的灿烂的雪花"是"暖国的雨"在自然界的对立

---

　　① 鲁迅：《颓败线的颤动》，《野草》，《鲁迅全集》第 2 卷，人民文学出版社 2005 年版，第209 页。
　　② 鲁迅：《雪》，《野草》，《鲁迅全集》第 2 卷，人民文学出版社 2005 年版，第 186 页。

面，以这种转换为禁忌，a 句设置了一道边界，指明了一层神圣不可侵犯的薄膜，以此维持着南方"意象"的纯洁性和封闭之美。"博识的人们觉得他单调，他自己也以为不幸否耶？"① 这种单调的禁忌保证了一个田园般的古典诗意世界的显现，通过鲁迅对江南雪景无与伦比的描绘，"滋润美艳之至"的江南之雪非但没有带来一个萧索凋敝的冬季，反而布置了一座花团锦簇、妙趣横生的人间百草园，绘制出一卷绿肥红瘦的工笔画。诗人由此赞美一片拒绝侵扰和流逝的自然主义的大地，一方青春的乐土。"江南的雪"保持为一种自然主义的雪，这种"滋润美艳"的奇观正是"暖国的雨"的日常功课。作为一个事实判断，a 句实际上宣称了一种处女逻辑，它恪守古老的规则，维持着一种原始统一性和完整性。这也构成了中国古典诗歌的美学信念和快感来源，它的秘诀是拒绝变化，保持现状，以一种温和、羞涩的保守面孔在纸卷上呵护一个长达千年的桃源梦。

与 a 句相比，b 句则是诗人对"朔方的雪"所形成的一种价值判断。在辽远荒芜的北国旷野，苍劲有力的旋风早已结束雪花在南国沁甜的春梦，北方不再有良辰美景，只有简约而写意的无穷开放性，这里的雪已经从大地上飞升起来，它们告别南方式的安逸和宁静，重新占领它们天空中的故乡，在那里制造一场永久的风暴。"朔方的雪"冰冷、坚硬、灿烂，因而正是"暖国的雨"的对立物，是它的禁忌游戏，也是它的极乐狂欢。"江南的雪"所布置和维护的那个纯洁美丽的桃花源被这北方的风暴所席卷、颠覆，在雪花旋转升腾的瞬间，处女逻辑被新娘逻辑彻底地震怖、刺穿和置换。自然主义的雪切换成了人类学的雪。此刻，一度安宁的大地在这无边的惊扰和吹旋中惊醒了，它仿佛要跟随那纷飞的雪花一同向太空升腾。鲁迅在整个文本的最后再次强调，"那是孤独的雪，是死掉的雨，是雨的精魂"②。作为全篇的收束和"诗眼"，"雨的精魂"最终点破了诗人以雪写雨的深邃用心，也为我们深入阐释新娘逻辑起到画龙点睛的作用。这里出现的一个悖论是，由于"暖国的雨"拒绝转化为"朔方的雪"，即便它持守处女逻辑，陶醉于风华绝代的江南奇景，也无法在"滋润美艳"的家园里与"雨的精魂"相遇；

---

① 鲁迅：《雪》，《野草》，《鲁迅全集》第 2 卷，人民文学出版社 2005 年版，第 185 页。
② 同上书，第 186 页。

反而，"暖国的雨"必须要积攒力量，去破除掉那层禁忌的薄膜，在生命直觉和想象力的指引下，克服自身的局限，穿越那道不可能的边界，它必须奉献出自身所没有的东西，开发出自己不曾觉察的潜能，将自身转化为那个不可能的对立面——"如粉"、"如沙"、"决不粘连"的"朔方的雪"——它便完成了从处女到新娘的过渡。

新娘逻辑就是依靠一种外在的、他者的冲击力，在瞬间的超越中绽放出自身内部潜在的、最令人眩晕的活力，从而在破碎中得到灵魂的修炼，以达到一种崭新的统一性和价值上的完整性，最终抵达自由的理想境界："在晴天之下，旋风忽来，便蓬勃地奋飞，在日光中灿灿地生光，如包藏火焰的大雾，旋转而且升腾，弥漫太空，使太空旋转而且升腾地闪烁。"① 北方旷野长驱的雪风吹开了新娘的盖头，却织成了更加宽广、致密而耀眼的雪的盖头。它在空中飞舞旋转，既不向大地落定，完好地遮盖住新娘倾国倾城的容颜，也不径直飞向太空，从而彻底敞开世界的清晰面孔。雪的盖头就这样在大地之上、天空之下不停地转动、翻飞，保持着恒久的活力，仿佛一直在等待着那个自己被掀开的时刻。只有在那一刹那，雨才在一个陌异的他乡、在一种善的价值判断的帮助下、于自己身上发现了"雨的精魂"。推而广之，在理想情况下，任一物也能够通过这种方式寻找到那最终的真理。这种新娘逻辑，也是一向惯于揽镜自照的汉语诗歌，在西方翻译语体的逼视下，面临现代性转换时遭遇到的核心问题。至此，对 a、b 两句诗的内部句法和语义逻辑的分析可表示为下面的形式：

    a. "暖国的雨" ≠ "朔方的雪"（事实判断，真，处女逻辑）

    b. "朔方的雪" = "雨的精魂"（价值判断，善，新娘逻辑）

然而，是什么条件助成了"暖国的雨"成功穿越那道禁忌的薄膜和边界，转化成为自己的对立面？是什么因素启迪了如"暖国的雨"这样的任一物重新认识自身的不可能性，从而给出了自己所没有的东西？是什么媒介搭建了一条从处女向新娘过渡的意义通道？真与善的元争执如何在这套程序里实

---

① 鲁迅：《雪》，《野草》，《鲁迅全集》第 2 卷，人民文学出版社 2005 年版，第 186 页。

现对话？在鲁迅的《雪》中，这一系列问题的答案或许就藏在一个起过渡作用的段落中，藏在描述"江南的雪"和"朔方的雪"之间的那部分内容里。诗人在这一部分细致地叙述和刻画了一群孩子堆雪人（原文中叫作"塑雪罗汉"）的情景。我们发现，在这段对一项常见游戏颇为生动的描述中，鲁迅收起了展现南北雪景时切换自如的蒙太奇手法，代之以执着而耐心的长镜头，来详细记录一个"雪罗汉"的袖珍兴衰史。

"雪罗汉"，"生命的泥"

　　这是一段既活泼又温暖的描写：七八个孩子伸出他们"冻得通红，像紫芽姜一般的小手"，在一个怀有童心的父亲的帮忙下，用黏性十足的"江南的雪"塑成了"上小下大的一堆"，在雪地里"闪闪地生光"。当"孩子们用龙眼核给他做眼珠"，用胭脂为它涂了嘴唇之后，这个"雪罗汉"仿佛活了起来，"目光灼灼地嘴唇通红地坐在雪地里"。[①] 这是一场从天而降的奇迹，一件活灵活现的艺术作品诞生了。然而，从先验的角度来看，它更是一件突如其来的礼物，一个崭新的生命就这样在世界上拥有了属于自己的位置。作为一处雪地里的凸起和褶皱，一个最直观的自然物，刚刚塑成的"雪罗汉"就在这个位置上被一群小小的天才转换为艺术作品，再进一步地追认它为礼物，交代了自己的前尘、今生和来世。鲁迅的长镜头寸步不离地对准着"雪罗汉"，鞭辟入里地揭开了它的三重物性，也记录着它带给人们的惊喜和留给自己的孤独。接下去的一段描写堪称全篇最重要的关节点，不但隐约地透露了以上有关转化和通道的问题，而且也呈现出整部《野草》为汉语新诗轻轻叩开的一扇曲径通幽的门扉。它构成《野草》的脾脏和丹田，掌控着中国文学在现代性情境里血与气的发源和调配。在这里，本文尝试将这段描写与庄子《齐物论》中那段著名的开头放在一起进行对比分析：

　　　　南郭子綦隐机而坐，仰天而嘘，荅焉似丧其耦。颜成子游立侍乎
　　前，曰："何居乎？形固可使如槁木，而心固可使如死灰乎？今之隐机

---

　　① 鲁迅：《雪》，《野草》，《鲁迅全集》第 2 卷，人民文学出版社 2005 年版，第 185 页。

者，非昔之隐机者也？"子綦曰："偃，不亦善乎而问之也！今者吾丧我，汝知之乎？女闻人籁而未闻地籁，女闻地籁而未闻天籁夫！"（《庄子·齐物论》）

　　第二天还有几个孩子来访问他；对了他拍手，点头，嬉笑。但他终于独自坐着了。晴天又来消释他的皮肤，寒夜又使他结一层冰，化作不透明的水晶模样；连续的晴天又使他成为不知道算什么，而嘴上的胭脂也褪尽了。（鲁迅《雪》）

这两个文本存在着内在的遥感和相通之处。我们发现，鲁迅颠倒了庄子的寓比秩序：庄子采用的是传统的借物（"槁木""死灰"）喻人（南郭子綦）的手法，而鲁迅则反过来把物（雪人）当作人（"他"）来写。这是一处微妙而自觉的写法转换，让汉语文学的表意功能从间接性重新回归到具体性上来，而并非那种在中学教员级别上强调的"比喻"和"拟人"的修辞手段。被孩子们亲手塑造出来并赋予生命的"雪罗汉"，如今也必须像人一样承受那种如影随形的寂寞。像"隐机而坐"、"仰天而嘘"的南郭子綦那样，"他终于独自坐着了"，"形固可使如槁木，而心固可使如死灰乎？"晴天促他消融，寒夜又为它披覆一层新的冰甲，至关重要的变化发生在下一句："连续的晴天又使他成为不知道算什么，而嘴上的胭脂也褪尽了。"以南郭子綦为榜样，这个急匆匆来到世上的"雪罗汉"又急匆匆地失却了它原本清晰的容颜和有形的躯体，进入了"丧其耦"或"吾丧我"的非常情境，变成"不知道算什么"的样子。按照《野草》的《题辞》中的说法，它变成了一堆"委弃在地面上"的"生命的泥"，[①] 进入一种物与人的临界状态。但他独坐的姿势却未曾变化，尽管只拥有短暂的尘世寿限，这条降临于雪中的生命，这件闪闪发光的艺术品，依然牢牢镇守着自己出生的位置：一个新世界跃出和隐遁的地洞和闸门。

　　在自然法则的灼灼目光之下，"目光灼灼"的雪人终于"成为不知道算什么"的不速之客，成为一件怪异的、不再散发亲和力的艺术品。它开始放

---

① 鲁迅：《野草·题辞》，《鲁迅全集》第 2 卷，人民文学出版社 2005 年版，第 163 页。

射出黯淡、触目、刺眼和令人腻烦的不谐之光，变成一件不讨人喜欢的礼物，变成真正的"槁木"和"死灰"，衰落为废弃的、泥态的垃圾生命。在鲁迅简约至极的笔调中，我们能够遥感到它在生命的不断丧失过程中那种刻骨铭心的痛苦。作为一场从天而降的馈赠之物，"江南的雪"一边哀悼着曾经那些"滋润美艳"的生命经历，一边在挣扎中经受着大地上的句法转换。尽管春寒料峭，但大地已然回暖，这是颠扑不破的自然法则，雪还来不及收拾它的临时政府和桃源 I 梦，就无可避免地迎来了一次全面彻底的融化，走进一场注定失败的人生戏剧。洁白、滋润和美艳的雪无可避免地要蜕变成它的对立面，必然要眼睁睁地目睹着自身泛出的污浊、泥泞和丑陋。在大地上的句法转换中，天使般的雪人邂逅了自己撒旦的面孔。现代诗歌就诞生于这个关节点上，在融化、泥态的自然中制造出了一个"心性化自然"，并身体力行地传递出在转换中的惊诧：旧的形式委弃了，新的形式将会诞生出来。

鲁迅在"雪罗汉"这一形象上寄寓着他对即将发生句法转换的隐秘期待和敏锐洞见。这一立场与庄子的"物化"思想保持一致，他也深刻认同"庄周梦蝶"的道理，在《雪》中描画出了这样一个时刻："不知周之梦为胡蝶与？胡蝶之梦为周与？"这正是那只无辜的雪人"成为不知道算什么"的时候。鲁迅在通过对"雪罗汉"袖珍兴衰史的长镜头描写，也在试图取消一切差异和对立，勾勒出一种无以名状的状态，度量着一块非比寻常的空间。这种状态和空间既挥别了"江南的雪"布置的"滋润美艳"的桃花源，又期备着"朔方的雪"在旋转和升腾中修炼而成的"雨的精魂"。如同《雪》在篇章结构上所呈现的那样，这只来去匆匆的"雪罗汉"，成为架设和横亘在南北方之间的、似有似无的秦岭和淮河，充当了一道疑窦丛生的边界和阶梯。作为大地上的句法转换的亲历者和活教材，在出生于文本中的这只"雪罗汉"的体内，鲁迅用心调配好了现代诗歌的血和气，并运用这股神奇的能量打通了一条从处女向新娘过渡的通道。在这个饱受争议的关节点上，一句"不知道算什么"的话语仪式刺破了那道禁忌的薄膜。在那个不变的位置上，随着"雪罗汉"不断地消融、变形和泥化，大地上的句法转换在它体内进行着沉默的现场直播，炖煮着肉与骨风格鲜明的姿势，直到界线模糊，浓缩成酷烈中的寡淡；杂糅着庄周和蝴蝶相互冲锋的梦境，直到抵达新的平衡，令物我相忘于江湖。

"不知道算什么"的事实道出这一刻最大的现实，揭示了一个最精确的"心性化自然"，打开了一个最真实的关系世界，也调和成了汉语新诗中血与气的最佳比例。生命化泥之际，便是精魂逸出之时（在《野草》的《死后》一篇里，鲁迅微妙地打开了这两个几乎重合的时间点之间的缝隙，生动地描述了一个人"死后"的怪异体验，尽管丧失了行动能力，却残余着敏感的知觉）。"雪罗汉"的诞生和衰败，构成了从"暖国的雨"向着"朔方的雪"这个不可能的转化的中介和条件，这一过程颠覆了鲁迅在《雪》的第一句中所宣布的铁律，实现了一种不可能的可能性。在它的保障之下，雨才能穿越禁忌的边界，在久别重逢的空中故乡，真正地与自己的灵魂相遇，与"雨的精魂"合一。在此，让我们不厌其烦地对《齐物论》和《雪》中两个更加著名的结尾段再做一番比较，最终的秘密便会更为明朗地显现出来：

> 昔者庄周梦为胡蝶，栩栩然胡蝶也。自喻适志与！不知周也。俄然觉，则蘧蘧然周也。不知周之梦为胡蝶与？胡蝶之梦为周与？周与胡蝶则必有分矣。此之谓物化。（《庄子·齐物论》）

> 是的，那是孤独的雪，是死掉的雨，是雨的精魂。（鲁迅《雪》）

庄周与蝴蝶之间的梦幻游戏也暗示着雨和雪的生死轮替。在两个文本最后的高潮时刻，发生了令人兴奋不已的思想共振：庄子和鲁迅借助各自的征象（庄周梦蝶、雨的精魂）为我们敞开了存在的最高境界——自由。在《雪》中，鲁迅以在"雪罗汉"身上演绎的自然法则为转渡的杠杆，铺就了一道迈向自由的云梯。顺着这座"不知道算什么"的通天塔，雷厉风行的"朔方的雪"寄托了独坐的"雪罗汉"内心里关于自由的梦想："在晴天之下，旋风忽来，便蓬勃地奋飞，在日光中灿灿地生光，如包藏火焰的大雾，旋转而且升腾，弥漫太空，使太空旋转而且升腾地闪烁。"[1] 这段引人入胜的描

---

[1]　鲁迅：《雪》，《野草》，《鲁迅全集》第 2 卷，人民文学出版社 2005 年版，第 186 页。

述令全篇主旨得到整体的震撼和升华，这是人对自由的经验，便是在观看迎风飞舞的漫天雪花时所带来的心驰神往。在"心性自然主义"的态度下，人们把身心的自由投射在物的自由形式和它们纵横捭阖、无拘无束的运动形态上，庄子在《逍遥游》中借鲲鹏之大而开创的自由境界是汉语文学中最具影响的例子。鲁迅笔下的"雪罗汉"在表面上成了自由精神的反面形象，是无法行动的静处者，是"孤独的雪"；它在晴日里迎来消融的命运，重新融化为水，为泥，为"不知道算什么"的一堆废墟，因而是"死掉的雪"，也是"死掉的雨"；作为一种不可能的可能性，死的出现同时终结了雨和雪的现世存在，它代替"雪罗汉"给出了自己没有的礼物，"雨的精魂"随即成为死后的雨雪涅槃的精灵，它惜别大地，重返天空，以"朔方的雪"的升腾为灵魂的形式，布置出一个"心性化自然"，并抵达了最终的自由。对于整日枯坐的"雪罗汉"，自由是一种不可能性，但它终究在大地上的句法转换中把这种不可能变成可能。在张枣的一首诗歌中，鲁迅的"雪罗汉"或许会这样想："枯坐的时候，我想，那好吧，就让我和我/像一对陌生人那样搬到海南岛/去住吧，去住到一个新奇的节奏里——"（张枣《枯坐》）①

　　张枣这样解释这首诗："从枯坐开始，到悠远里结尾。"② 这想必也是一种关乎自由的智慧吧！枯坐的"雪罗汉"，在自由的指引下，逐渐走向它矛盾的对立面，成为"生命的泥"，并超越了这种对立：处女逻辑最终败给时间，"江南的雪"固然姣好，却叹息妙龄难再；新娘逻辑最终败给空间，"朔方的雪"升腾长驱，却奈何宇宙无边。作为一种物，无论认定其为自然物、艺术作品或者礼物，雪都难以在南方或北方的任何一极上适得其所。鲁迅的描述给我们带来了启示，雪（或任一物），必须在大地上的句法转换中与自己的对立面和解，并且提供自己所没有的东西，进入所谓的"不知道算什么"的状态，进入被庄周和蝴蝶遗忘了的梦境的缝隙，修炼成"雨的精魂"（或万物的精魂），才能实现从"江南"向"朔方"的齐一，打开从处女向新娘的通道，才能在真与善的争执中发挥美的调停作用，达成自然与自由的结盟。

---

① 张枣：《张枣的诗》，人民文学出版社 2010 年版，第 289 页。
② 张枣：《枯坐》，《张枣随笔选》，人民文学出版社 2012 年版，第 6 页。

0 = 1，新天使

　　鲁迅在《野草》中《希望》一篇里提出的核心命题，刚好可以帮助我们理解《雪》中的语义逻辑——"绝望之为虚妄，正与希望相同"① ——我们要想保持希望，必先体验绝望，在与这种希望的对立面的遭遇中，我们进入了虚妄，一种"不知道算什么"的状态，一旦进入这种泥化状态，希望便会自行显现；同理，我们要想实现善所宣扬的肯定，必先撞见真所提出的否定，在与善的肯定的对立面的遭遇中，我们进入了美所统治的一片眩晕的领地，在这个自足的乐园里，任何人都"不知周之梦为蝴蝶与"，或"蝴蝶之梦为周与"，一旦进入这种境界，善的肯定便会最终出现；再有，我们要想达到自由，必先经受不自由，在与这种枯坐般的监禁感的搏斗中——正如鲁迅所谓的"肉薄这空虚中的暗夜"② ——我们即进入了一个"心性化自然"，服膺着它提出的转换命题，一旦进入这个法则，让我们模仿《国际歌》的乐观主义口吻，那让人朝思暮想的自由就一定会实现。自由，一个神圣的概念，在古典语境里，它接近"庄周梦蝶"的境界，在现代语境中，它呈现为"不知道算什么"的状态，说到底，它就是人类的精魂，犹如一个理念的圆球，其圆心无处不在，而圆周却不在任何地方。

　　经过以上一番山重水复又柳暗花明的论证，本文试图将《雪》中提出的逻辑命题进一步抽象为一种数学的推理形式。以"暖国的雨"为代表的原始、自然的统一性可以标记为数字"0"，以"朔方的雪"为象征的行动原则和自由理想可以标记为数字"1"，以这两个数字为两种极限，我们圈定了一片既使人"知止不殆"又无限开放的区域。这两条边界，也在最低和最高的两个维度上定义了人：正像布罗茨基（Joseph Brodsky）所说的那

---

① 鲁迅：《希望》，《野草》，《鲁迅全集》第 2 卷，人民文学出版社 2005 年版，第 182 页。
② 同上书，第 181 页。

样，人或许就是一种"小于一"的存在。① 按照每一个向死而在的生命的成长序列，人是跋涉于从"0"到"1"这个区间的、头顶小数点的渺小物种。在求真的事实判断中，"0"绝不等于"1"，它表达为处女逻辑，在艺术创作上坚持"怎么做都不可以"的原则；在残酷的真理面前，这个世界更需要建立仁慈的价值体系，一旦我们将视野投向求善的价值判断中，处女逻辑便过渡、转化为新娘逻辑，在仁慈的作用下，此时的"1"是可以等于"0"的，这里的艺术创作原则是"怎么做都可以"。

　　关键的问题是，如何完成两种逻辑之间的过渡和转化？正如《雪》这个文本所安排的那样，我们需要在一个特殊的美学场域里找到完成这个论证的中介和条件，这个至关重要的环节，就是濒临融化的"雪罗汉"所体现的大地上的句法转换。在数学上，这种转换特征表示为一套人类生命成长序列的逆运动，如同雪的融化所带来的启示那样，这是一个从"1"向"0"逐渐递减的过程，是逐渐迈向仁慈之境的自我教育过程，是从自由理想向着自然、原始的统一性回归的悠远召唤，对那些漫游于时间旅途上的人们来说，这声召唤成为一句振聋发聩的提示和微言大义的智慧，它就是艺术或诗歌在这个世界上存在的意义，是时间送给我们漫长享用的礼物。在这种意义上，对召唤的传达和谛听以及对仁慈的修习和实践，就直接在艺术上营建出一种自由风格，达到血与气的最佳调和状态。在"1"与"0"之间，填满的是诗意。那无限朝向自然的、充满毅力和梦想的小碎步，就几乎等同于自由理想本身了。在美学现代性里，这种"不知道算什么"的转换努力，就是最有效的救赎途径和超越契机，它直接等于"1"。结合以上诸种阐释，这种数学上的论证可以表达为如下形式：

---

①　布罗茨基在一篇著名的自传性文章中写道："我猜想，在那个起初很小、后来变大的躯壳里总有一个'我'，而在它的四周发生着'一切'。那躯壳之中被称之为'我'的整体从不变化，也从不停止观察外面发生的一切。我并不试图暗示，那躯壳中有的是珍珠。我想说的是，时间的流逝对那一整体并无多大影响。考试得了低分，操作铣床，审讯时遭到毒打，在课堂上讲解卡利马科斯，这一切实质上并无差异。正是这一点，使得一个人在他长大时，在他发现自己面临一个成年人面对责任的恐慌具有同样的性质。一个人既不是孩子也不是成人；一个人也许是小于'一'的。"［美］布罗茨基：《小于一》，《文明的孩子——布罗茨基论诗和诗人》，刘文飞等译，中央编译出版社 2007 年版，第 13 页。

∵ 0≠1（事实判断，真，处女逻辑）

1＝0.9 或 0.8 或 0.7 或……（中介条件，美，大地上的句法转换）

∴ 0＝1（价值判断，善，新娘逻辑）

以《雪》这个独特的篇章所进行的文本分析为切入点，本文愿意把上面这种提纲挈领的推理形式进一步猜想为一种《野草》的小逻辑。这里并不是在用一种黑格尔式的口吻来重复着"否定之否定"的陈词滥调，而是在试图通过《雪》的艺术特征来证明，鲁迅在《野草》中阐发的一套史无前例的美学原则，开辟出一块"不知道算什么"的写作疆域，为汉语文学推动了自身内部革命性的句法转换，贡献了一种具有美学现代性的认识论。整部《野草》正是在这样一个莫可名状的维度里度量着人与世界的关系，在这种大地上的句法转换之中逐渐形成诗歌对物的新式书写框架和对话格局。《雪》几乎完美地体现了《野草》的这种小逻辑，以雨的角度在写雪，以"0"的角度在写"1"，以自然的角度在写自由。这种小逻辑强调了在现代情境之下句法转换的重要性，它促发了极具穿透力的美学变革，达成了从处女逻辑向新娘逻辑的凌厉跃迁。在这种现代视野里，求真的处女逻辑彰显着一种自然美，求善的新娘逻辑则代表着一种自由美，实现两者之间转换的，是一种尽管"不知道算什么"却姑妄言之的中介美，这种全新的美学来源于我们每一个普通人每天顶着小数点度过的日常生活，来源于日益遭受损伤和灾变的现实世界。现代诗歌就在这种全面融化的惊惧中，在真与善喋喋不休的争执中，在人们倍加珍惜的仁慈中，以一种"不知道算什么"的姿态亮相了。瓦莱里（Paul Valery）深刻地指出过"美"在现代世界的极端重要性：

　　这个时代，人们在谈论着科学的破产和哲学的破产。一部分人追随摧毁了一切形而上学的康德学说；另一部分人则谴责科学没有信守自己的诺言，实际科学根本没许下什么诺言。在这种情况下，在这样一种没有任何信仰能使他们满意的缺乏信仰的时代，对某些人来说，他们似乎把确信放到了一种"美"成为唯一的理想的追求上去，只有在"美"上，他们才可以休息。因此，人们怎么会不以为自己是在欣赏——而当人们欣赏时，什么东西又能毁坏我们找到美时的一时的激动呢？这一切足以说明一位具有难以理解、完美和纯粹特点的诗人在一小部分人中产生巨大影响的原因了，——在这位诗人身上，我们找到了艺术信条的极大的生力，和真正至上智慧的甘甜。人们感到他展现了某种"相当积极"的东西。①

作为鲁迅写成的一本精致的美学手册，《野草》的潜能中包含的正是这种"生力"、"甘甜"和"积极的东西"，它开辟了一个"小于一"的诗学场域。在"0"与"1"组成的括弧中，我们渐渐辨析出横空出世的现代诗歌余留下的、疾走不息的脚步。在这串悠远的回声里，我们侧耳倾听到更多括弧内的对诘："江南的雪"与"朔方的雪"、处女与新娘、庄周与蝴蝶、天使与撒旦、绝望与希望、事实与价值、圆心与圆周、肉与骨、血与气、真与善、自然与自由……在这层层括弧和丛丛碎语之中，我们看到了这场对诘的风暴最终的余留物，一朵历史的精魂——那是一只正在融化成"不知道算什么"的"雪罗汉"——这个似人非人、似雪非雪的刺眼形象，这堆"生命的泥"，以自己速朽的生命历程，实践着大地上的句法转换，以现代的诗意方式，暗示着《野草》的小逻辑。在《题辞》中，鲁迅这样交代这本小册子的核心意象——野草——所跃出的位置："生命的泥委弃在地面上，不生乔木，只生野草，这是我的罪过。"② 在废墟化、泥化的大地之上，在死亡的生命行将腐朽的那一刻，野草诞生了，携带着新的处女逻辑来到这个糟糕无比的世界，这是否定中的肯定。鲁迅接着说："我自爱我的野草，但我憎恶这以野草作装饰的地面。"③ 这是肯定中的否定，野草的出生同时为这片大地带来了句法转换的信号，它用短暂、卑微的生命召唤着大变革，召唤着新娘逻辑："地火在地下运行，奔突；熔岩一旦喷出，将烧尽一切野草，以及乔木，于是并且无可朽腐。"④ 这是一次彻底的否定："我希望这野草的

① ［法］瓦雷里（又译瓦莱里）：《论纯诗（之二）》，《瓦雷里诗歌全集》，葛雷、梁栋译，中国文学出版社1996年版，第312页。

② 鲁迅：《野草·题辞》，《鲁迅全集》第2卷，人民文学出版社2005年版，第163页。

③ 同上。

④ 同上。

死亡与朽腐，火速到来。"① 同时也是彻底的肯定，野草在这"地火"中迎接死亡，在死亡中化身为文本的精魂，完成了从处女逻辑向新娘逻辑的转换："我以这一丛野草，在明与暗，生与死，过去与未来之际，献于友与仇，人与兽，爱者与不爱者之前作证。"② 作为一件证物，《野草》罗列了一连串的括弧，而在这些括弧中即将赴死的野草，牢记着"雪罗汉"的遗愿，在它们共同枯坐的位置上划定了《野草》这个文本的位置，这也是汉语新诗出生的位置。

枯坐于大地之上的"雪罗汉"就是一位汉语新诗谱系里的新天使，与本雅明（Walter Benjamin）珍爱的那个新天使形象不同，③ 尽管它们同样拥有一副狰狞怪异的面孔，但鲁迅塑造的"雪罗汉"——一位《野草》小逻辑的代言人，汉语新诗的新天使——并没有被一阵从天堂吹来的飓风裹挟进它背对着的未来（虽然他在写到"朔方的雪"时，赞美了它的旋转和升腾，但两者具有截然不同的意指），而是沉默地枯坐在它的大地之上，在自然法则的侵蚀下，承受着痛苦不堪和难以言传的融化和蜕变。在一场即将"火速到来"的"地火"中，野草化为乌有，而汉语新诗的新天使正从现代生活中这种废墟般的心境中升起，在灵魂的涅槃中酝酿着一场"小于一"的内心风暴，它携带着《野草》的小逻辑，以别具一格的美学形式，以汉语的

① 鲁迅：《野草·题辞》，《鲁迅全集》第 2 卷，人民文学出版社 2005 年版，第 164 页。

② 同上。

③ 本雅明十分钟情于一个"新天使"形象，他在《历史哲学论纲》中写道："克利有一幅画作，叫作《新天使》。画的是一个天使似乎正要从他所凝视之物转身离去。天使双眼圆睁，张着嘴，翅膀已展开。这正是历史天使的模样。他的脸扭向过去。在我们看来是一连串事件发生的地方，他看到的只是一场灾难，这场灾难不断把新的废墟堆积到旧的废墟上，并将它们抛弃到他的脚下。天使本想留下来，唤醒死者，弥合破碎。然而一阵飓风从天堂吹来，击打着他的翅膀；大风如此猛烈，以至于天使无法将翅膀收拢。大风势不可挡，将其裹挟至他背对着的未来，与此同时，他面前的残骸废墟却层层叠积，直逼云天。"［德］瓦尔特·本雅明：《历史哲学论纲》，《写作与救赎——本雅明文选》，李增茂、苏仲乐译，东方出版中心 2009 年版，第 43—44 页。本雅明著作中闻名遐迩的"新天使"形象来源于瑞士画家保罗·克利（Paul Klee，1879—1940）的小幅水彩画《新天使》（Angelus Novus）。本雅明曾掷重金买下这幅画，成为他至为珍爱的收藏品，无论走到哪里，始终挂在他的房间里。他的好友朔勒姆也曾以这幅画为题赋诗一首。据朔勒姆解释，本雅明之所以倍加珍视这幅画，原因在于他的父母给他取的一个神秘的名字：Agesilaus Santander。正是这个古怪的名字让本雅明把"新天使"当作自己的命运之神。朔勒姆认为，这个名字是 Der Angelus Satanas（撒旦天使）的变形。撒旦天使典出希伯来经文，也见于《新约·哥林多后书》，意思是把人身上的天使力量和魔鬼力量结合在一起。有关"新天使"的介绍可参阅刘北成《本雅明思想肖像》，上海人民出版社 1998 年版，第 72—76 页。

方式，讲述着中国人的世界观，努力开创出一片"心性化自然"。汉语新诗就在这里准备着它的起跳，从枯坐开始，到悠远里结尾，而"我们所谓的进步正是这样一场风暴"①。

第二节 《野草》的潜能，或汉语新诗的小逻辑

"混搭"中的起跳

在汉语新诗的大地和天空之间，升起于这场进步风暴中的新天使，以自己混沌缭乱的面孔，精确地诠释了现代中国人的陌异表情和无法描述的心态。这张狰狞而模糊的脸在日光下旋转、升腾，"不知其几千里也"，又仿佛长出翅膀，东飘西荡，"其翼若垂天之云"。它一边遮天蔽日，给大地投下一片阴霾和黑暗，一边又偷天换日，为万物点亮幽独的微光。与 20 世纪西半球的情形类似，汉语文学也慢慢驶入了一个"世界黑夜"（海德格尔语），承受着断裂中饥寒交迫的贫困。

这种贫困具有中国的特殊性，它主要来自两方面的因素：一方面，作为中国现代史上的一个关键性事件，"文学革命"终结了传统的"文言分离"状态，鼓励"我手写我口"，全面废黜了文言文的垄断特权，奠定了白话文在新文学中当家做主的地位。面临前所未有的生存境遇和风云突变的天下大势，汉语诗歌被迫制造了自身与母体的断裂，不得不含泪放弃坚守千年的处女逻辑，不得不迎接无可挽回的破碎和惊惧中的紊乱失调，古典式的抒情节奏被打散了，白话汉语自身还难以建立起新的节奏。另一方面，破坏力大于建设力的"文学革命"，导致了中国文学的现代化进程呈现出"混搭"的局面，走向前台的现代汉语，正是传统白话、现代口语和欧化书面语的混合形态。这其中，借由翻译而强势涌入汉语诗歌现场的西方现代性带来一股魔鬼般的能量，为20 世纪的中国文学施加了一道长效的咒语。诗人陷入了"鬼谷乱谈"② 的话

---

① ［德］瓦尔特·本雅明：《历史哲学论纲》，《写作与救赎——本雅明文选》，李增茂、苏仲乐译，东方出版中心 2009 年版，第 44 页。

② 陕北方言。形容一个人讲话极尽夸张、不知所云、爱讲大话。

语迷魂阵，急于寻求通道和出口，西方现代性的陌生原则为我们架设起诱人的路标，从处女逻辑向新娘逻辑的过渡和转换，成为那些激进文人们在"混搭"时期的必然选择，这也是中国文学拥抱现代性的必经之途。

这种双重的贫困状况，让汉语新诗对物的把握更加扑朔迷离，如同面对那只慢慢融化的"雪罗汉"，"混搭"的现代汉语似乎也无能为力了，变动中的词与变动中的物之间难以建立起稳定的联系，两者都惶恐不安地注视着对方，那最为关键的联结点上，只能打上了词语的马赛克。在大地上的句法转换中，现代汉语提供了它不曾拥有的表达方式，提供了从未写出的词句，它们都"不知道算什么"。在即将思考汉语新诗对物的筹划之前，我们似乎有必要重新回到汉语新诗的开端。尽管在爱德华·萨义德（Edward Said）看来，开端"在历史语境中就是所有那些材料，它们进入到了思考一种既定的过程、它的确立与体制、生命、规划等等如何得以开始之中……心灵在某些时候有必要回顾性地把起源的问题本身，定位于事物在诞生的最为初步的意义上如何开始。在历史和文化研究那样的领域里，记忆与回想把我们引向了各种重要事情的肇始"①，饶是如此，但这个"不知道算什么"的开端的意义依然不容忽视。一旦确定了开端，我们便可以穿越那个"混搭"的历史现场，摸清中国文学现代性的内在理路，点中汉语新诗向其存在自身回归的那道暗穴，整个汉语新诗的体系便由此进入它原始本质的保存之中。

按照海德格尔（Martin Heidegger）的解释："作为创建着的保存，艺术是使存在者之真理在作品中一跃而出的源泉。使某物凭一跃而源出，在出自本质渊源的创建着的跳跃中把某物带入存在之中，这就是本源（Urspung）一词的意思。"② 一个体系的本源，正是开端处那原初的起跳，犹如鲁迅笔下那只枯坐的"雪罗汉"掀起了内心的风暴一样，起跳时的历史性瞬间贡献出一个开端性的文本，汉语新诗的命运就维系在这个开端性的文本之上。回到那个开端，回到那个荒草丛生的起点，我们即有望走出一条朝向"存在者之真

---

① ［美］爱德华·萨义德：《论晚期风格——反本质的音乐与文学》，阎嘉译，生活·读书·新知三联书店 2009 年版，第 2 页。

② ［德］马丁·海德格尔：《艺术作品的本源》，孙周兴编译，《林中路》（修订本），上海世纪出版社 2008 年版，第 66 页。

理"的林间小路。这个开端性的文本最重要的贡献，并不在于它提供了多么闪亮的思想或成熟的语言，也不在于它为后世的写作打造了多么颠扑不破的法则或辉煌的样本，而在于它在这个世界上天命般地占据着一个无可取代、无法复制的位置，一个似乎早已存在在那里的泉眼，等待着那第一股原浆兴奋地在这个世界里的首度喷涌。这个位置像"雪罗汉"那样铭记着自己内心的风暴和使命，镌刻着变革和转化的逻辑，它直接赋予了那个悬而未决的开端性文本的存在价值，而那个等待确定的本质还一直处于寻觅和争辩的噪声之中。

在此，本文愿意分享这样一个令人振聋发聩的观点："我们新诗的第一个伟大诗人，我们诗歌现代性的源头的奠基人，是鲁迅。鲁迅以他无与伦比的象征主义的小册子《野草》奠基了现代汉语诗的开始。"① 这一说法来自中国当代的杰出诗人张枣，他果断地取缔了宗师级的胡适及其《尝试集》在汉语新诗史上的开端地位。与胡适相比，鲁迅的写作真正触摸到了中国诗歌的现代性质地。张枣为他的观点配备了雄辩的理由：

> 中国自 1917 年以来的白话新诗，是现代诗，其现代性就是现代主义性，其传统就是几代人自觉地连贯地对这种现代性的追求。白话汉语作为现代诗的写作载体，其唯一合理的意义就在于，它有着容纳和承载这种现代性的潜能。而这种现代性，又是现代中国人唯一能展示自己主体和心智的途径……文学史是个人才能缔造的，中国 1917 年以来在诗领域呈现的个人才能，都是美学和生存意义上现代主义写作的实践者，也是从这个趣味来判断。作为新诗现代性的写作者，胡适毫无意义，也无须被重写的文学史提及。我们新诗之父是鲁迅，新诗的现代性，其实有着深远的鲁迅精神，认识到这一点，我想不是没有意义的。②

张枣以传统与个人才能之间微妙的关系为着眼点，将汉语新诗的开端性文本视为一个礼物，犹如"友人带来雪意和五点钟"（卞之琳语），中国的天才作家鲁迅为我们带来了《野草》和它起跳的位置。这一观点必将有力

---

① 张枣：《文学史……现代性……秋夜》，《张枣随笔选》，人民文学出版社 2012 年版，第 196 页。
② 同上书，第 197—198 页。

地撼动中国新诗史上过早埋下的根基，而同样天赋甚高的张枣似乎希望借助一册《野草》，掀翻文学史果园里早已种好的"西红柿地"。①

　　尽管张枣的这番语气凌人的立论听上去颇有些刺耳，但却为我们呈现了一条较为纯粹的汉诗现代性的创作谱系。以今人的眼光回望过去，在鲁迅所开辟的这条追求写作现代性的传统里，我们看到了一种崇高而可贵的趣味在20世纪20年代的闻一多、梁宗岱、李金发等诗人那里，在30年代的卞之琳、戴望舒、废名等诗人那里，在40年代的穆旦所代表的"九叶派"诗人那里，都得到了卓越的体现和适时的推进，他们在这一体系里的创作实践，均达到了各阶段新诗写作的最高成就。"九叶派"一度被阻断的诗学追求秘密地影响了"文革"时期的地下写作，食指等诗人也因此成为备受争议的"朦胧诗"写作的先驱，在现代中国最寒冷的季节里，在最贫瘠的心灵土壤之上，现代性写作的微弱火种被有良心的汉语诗人艰难而幸运地保存了下来，其中包藏了无数血泪和叹息的代价。1949年后文化领域的极"左"思维和"文革"岁月的疯狂和暴力是对健康文学的毁灭性打击，它们为现代汉语注入了盲目和粗鄙的毒素，这也使它们那些挺身而出的反对者沾染了相同的思维逻辑和语言腔调。"第三代诗人"力图超越以北岛为代表的"朦胧诗"群体，在现代性意识全面复苏的80年代开创了新诗写作更加辉煌的格局。受难的啼哭声渐渐湮灭于词语的狂欢游戏，政治意识形态的群体表达让位于纯粹自主的个体言说，理想主义迎来了短暂的春天，几经磨砺的现代汉语在这批诗人手中几近圆熟。② 1989

---

　　① 此处化用了一句张枣在《边缘》中的一个诗句："像一头息怒的狮子/卧到这只西红柿的身边。"参见张枣《张枣的诗》，人民文学出版社2010年版，第266页。

　　② 图宾根大学的汉学家苏珊·格塞（Susanne Goesse）对"朦胧诗人"和"后朦胧诗人"（第三代诗人）之间的志趣差异做过精彩和确切的剖析，她认为："朦胧诗人将自己看作编年史作者和中介者。中心题目是清算过去，寻求一种本己的、个体的同一性，异化。这种抒情诗现在又可以专注于自我，而自我产生于诗人的中介角色，常常被理解为在其存在处境中的人或整个一代之超个体的代表，这堪称纲领。个体的自我时常扩展为集体的'我们'，此者作为一种悲剧性的、被拔高的代言人——自我，便是英雄、见证人、先知和殉道士……后朦胧诗人设计了相反的纲领——一种以'纯诗'（poesie pure）为理想的抒情诗，其语言应该在一个非意识形态的空间里发展为自主抒情语言。因此，他们放弃传达政治信息或道德要求，其抒情之'我'只还原为自己言说，描述自身的存在处境，代表一种纯主观的世界认识。他们面对的现实是社会已不再统一，自我中心主义渐渐抬头，这些有利于个体化和精神发展的多样化。"［德］苏珊·格塞：《四川五君子与后朦胧诗》，林克译，余虹、徐行言主编《立场》，人民文学出版社2006年版，第308—309页。

年的分水岭使得 20 世纪 90 年代以后的汉语文学再次改头换面，诗人们不得不面临着严酷的选择，在生存的大考验和大诱惑面前，诗人必须首先要做一个强人，新的战国时代开始了，诗歌被放逐在一个遥远的边缘，等待着风尘仆仆的知音。按照当代诗人赵野——他是"第三代诗歌运动"的发起者之一——的判断，张枣病故的 2010 年，或许意味着作为整体代群的"第三代诗人"的彻底退场，而这距离玛雅人预言中的世界末日也只有两年。

《野草》的位置

本文愿意认同张枣梳理的这个汉语新诗的精英写作传统，并把鲁迅的《野草》确认为这一传统的开端性文本。《野草》所领航的这个文本至上的汉诗现代性的书写谱系，不但酝酿、迢递着古典汉语里的朦胧"雪意"和西方现代观念中精确的"五点钟"，而且它牢记着《野草》跃出的位置，在大地上划出了一道"不知道算什么"的踪迹，沿着汉语的彩虹桥，行走出一根心性自然主义的琴弦。如同波德莱尔（Charles Baudelaire）的《恶之花》标的出了现代性在西方文学中的滥觞，一本薄薄的《野草》也实现了一次中国文学现代性的起跳，它同前者一样，在汉语中召唤出一个现代心智（the modern mind）。在这个现代心智的作用下，我们在《野草》中辨认出一个踟蹰于言说之途上的消极主体，一个文本中的"抒情我"。他是碎语的制造者，也被各种碎语包围。张枣指出："对主体消极性的误察，使得文学史止步于描叙性（descriptive）的现象罗列，对趣味上的价值判断望而生畏，当然也就未能辨认出一个明显的事实：中国现代诗之父其实是鲁迅，而不是胡适。"重新确立鲁迅和《野草》在新诗史上的起跳性地位，这是张枣在不同场合反复申说的一个重要观点。如果模仿怀特海（Whitehead）的说法，即两千余年的西方哲学史不过是柏拉图（Plato）思想的一个注脚，那么从某种意义上来说，本文亦可看作张枣观点的一个烦冗的注释。

现代性情境里支离破碎的生路，决定了"抒情我"被迫采取支离破碎的言路。鲁迅率先听到了那句从远方传来的厄言，敏锐地嗅出了"恶之花"在黑暗时代里散发的迷迭香，那是混合着腐朽和极乐气息的绝望余味。于是，我们听到了《野草》中的"抒情我"发出的这种声音："过去的生命已经死亡。我对于这死亡有大欢喜，因为我借此知道它曾经存活。死亡的生命已经朽腐。我对于这朽腐有大欢喜，因为我借此知道它还非空虚。"① 生命、死亡、存活、朽腐、空虚，大欢喜……诸如此类的字眼如同咒语，汇成一卷支离破碎的现代经文。与其认为，鲁迅说出了这些狰狞怪异、不置可否的概念，不如说，他在用自己装备一新的现代牙齿和舌头，反复咀嚼和品鉴着这些深不可测、混沌无定的言辞。

夏可君指出，"作为现代汉语最为绝对的文本，《野草》体现了鲁迅以其独特的新的书写性，创造性转换了古代汉语，生成出一门他所渴望的新的白话文的新文字"②。在《野草》诞生的年代，一个现代中国面临双重贫困的时代，古汉语携同它背后的古典世界已然寿终正寝，这为一向以激进姿态著称的鲁迅带来了大欢喜，但他依旧牢记它们曾经的存活；西方翻译语体向华夏神州长驱直入，如同新鲜氧气加速了文言尸首的腐朽，这也为鲁迅带来大欢喜，为了反抗那必然的绝望、空虚和死亡，他在这腐朽面前献上了极乐的哀悼。在双重的大欢喜之下，文本中的消极主体及其现代心智横空出世了，它们呼唤出鲁迅作为一个现代作家的自我意识，将他点化为一个开端性的、划时代的艺术家。鲁迅借此在汉语写作里开创了一种空前的美学原则，在他对现代经文的叨念和维护中，有望为中国人发明出最具现代品格的白话汉语。

支离破碎的生活形式和"世界黑夜"的绝望气息，刺激着鲁迅果断地分泌出了高贵而忧郁的文本津液。这种危险液体的产生，既源于中国文学驶入 20 世纪以来因承受"传统断奶"而饥肠辘辘的躯体，又来自西风东渐的大势下因瞥见"异邦尤物"而骚动不宁的心神。它既保存着中国文化中"视万物如生命"的剩余关怀，也彰显着兴起于现代西方思想舌尖上的诠释与解构的气质。自产自销的文本津液为现代诗歌的写作提供了普适的共溶剂，为液体诗歌在汉语世界中的首度喷跃布置了湿润和舒畅的环境。本文津液是一类特殊的水，在罗兰·巴尔特（Roland Barthes）的提示下，我们发

---

① 鲁迅：《野草·题辞》，《鲁迅全集》第 2 卷，人民文学出版社 2005 年版，第 163 页。
② 夏可君：《〈野草〉与现代文学的草写性》，《书写的逸乐》，昆仑出版社 2013 年版，第 269 页。

现，它"能够承受质料的无数中间状态：清澈、晶莹、透亮、流逝、胶质、黏性、泛白、浮动、圆润、弹性；在水与人之间，一切辩证的变化都是可能的"①。在聆听和探嗅过那些悼文般的咒语之后，煎熬于双重贫困中的汉语诗歌，万分渴望逃出这间令人窒息的铁屋子，企盼着与"过去的生命"做个了结，从而重新做一次原初的起跳，跳入能够"大笑和歌唱"的生命里。在这一点上，《野草》与《恶之花》处于中西现代文学史上几乎同等的位置，按照胡戈·弗里德里希（Hugo Friedrich）的判断，波德莱尔的抒情诗追求的不是复制，而是转化。②《野草》正发挥着与《恶之花》同样的转化功能，在无休止的争议中暗地掀起了一个新纪元的序幕。鲁迅的文本津液提供了这种嬗变的可能因子，它提供了大地上的句法转换所需要的形式指引和液态情境。在它无孔不入的意志下，这种神秘的授精元素认领了自己任重道远的使命，它期备着一种等候，寻觅着一次良机，时刻准备着重新制造一个开端性的文本，开启一个汉语新诗的"创世纪"。

除了缘于双重贫困的消极条件所作出的必要反应之外，鲁迅的文本津液具有更为深层的本源，它深埋于文本内部，具有成熟的生产机制和动力系统。我们可以在《野草》这本玄奥无比的小册子里，探测那些直抵源头、广为分布的细小孔洞。作为暗示给那些有心的读者的阅读征候，它们营造着一种雾气氤氲的文本质地，却蕴涵着无穷的喷射力。我们有望在这里揭开汉语诗歌现代性的秘密，在此，有必要再次重复张枣的观点："白话汉语作为现代诗的写作载体，其唯一合理的意义就在于，它有着容纳和承载这种现代性的潜能。"这里提到的"潜能"，是一个耐人寻味的词汇。鲁迅之所以能够在中国现代诗歌史上分泌出它独一无二的文本津液，让它的作品焕发出异乎寻常的美学色泽，最根本的原因就是，他在《野草》中发明了一种极具潜能的白话汉语，这种不容小觑的潜能，充任了容纳和承载现代性的摇篮和舟楫，它源源不断供给出的指引和力量，足以被确认为汉语诗歌现代性的源头，并实现了白话新诗在这个源头处最初的起跳。《野草》具有的这种根深

---

① ［法］罗兰·巴尔特：《米什莱》，张祖建译，中国人民大学出版社 2008 年版，第 32 页。

② ［德］胡戈·弗里德里希：《现代诗歌的结构——19 世纪中期至 20 世纪中期的抒情诗》，李双志译，译林出版社 2010 年版，第 39 页。

蒂固的潜能，也为它与《尝试集》的比较积累了足以胜算的筹码。

在中国新诗史上，作为"文学革命"的头号人物，胡适的领袖地位是毋庸置疑的。他与自己的同仁们不但在理论上大力推行那些文学改良的新思维，并且亲力亲为地投入到大量白话新诗的创作当中，这一系列令人侧目的活动和实践，让胡适成为一个集统帅、理论家和创作者三面合一的、"卡里斯马式"（马克斯·韦伯语）的、温文尔雅的文学超人。在这种意义上，胡适历史性地占据着一个举足轻重的位置，由于人们头脑中长久遵循的"交感巫术"的思维习惯，胡适为"文学革命"躬身垂范的、被半推半就地称为《尝试集》的白话诗练习本，也自然地被误认性地奉为一个开端性的文本，长期享受着这个位置所带来的福荫和光环。然而，随着现代性观念在中国诗歌实践上逐渐从陌生沉淀为一种自觉，经过汉语新诗的写作者近一百年来的探索和反思，我们如今有充足的理由断定，从个人才能对新诗现代性传统的塑造上来看，胡适的《尝试集》是一个平庸的文本，远不能胜任中国现代性诗歌传统的开端性角色，它的意义被高估了。这种貌似合理的失察令批评界对鲁迅的诗歌（或散文诗）创作一直处于被耽搁和延迟的状态，《野草》的潜能也长期得不到正确、合理的认识和开掘。

在中国现代文学史上，就精神气质和书写脾性而言，超人般的胡适与天才般的鲁迅经常被习惯性地描述为两种互补的文人形象，这方面的讨论很多也比较充分。然而，同样身为白话汉语的操纵者，与鲁迅的《野草》相比，胡适的新诗写作几乎谈不上具备何种潜能。《尝试集》中收录了一首在当时影响极大的作品《关不住了！》，是胡适对美国女诗人莎拉·蒂斯黛尔（Sara Teasdale）的作品 Over the Roofs 的汉译。这首诗也基本代表了《尝试集》的整体格调，从象征意义上来解释，胡适一代新诗写作者对现代汉语的渴望之心，也同样"关不住了"。一切的改良念头恐怕不会有足够的耐心浇灌出持久芬芳的文本之花，《尝试集》的绽放和热捧是时局催熟的结果。胡适像一位刚刚取得执照的"文白翻译家"，《尝试集》中的大多数不尽成熟的新诗作品，似乎都像刚刚从它们的文言前身那里翻译过来的样子，带着通俗、浅白和寡淡的气息，就仿佛它们都是现代西洋诗急匆匆的蹩脚汉译。胡适在新诗上的贡献和功绩就是这种所谓的"文白翻译"，该项工作的目的和使命在于，让刚刚诞生的白话汉语具有一副合法化、光明化的面孔，因而，胡适开创的写作传统保持着美国实用主义的底色，十分注重一个理念的现实化过程。与之相反，鲁迅的《野草》正因为在地位和价值认定上一直被耽搁和延迟，所以一直处于文学史的黑暗地带，尽管不乏优秀的研究著作在努力谛听那传自黑暗中的声音，①但对于广大普通的汉语新诗的读者们来说，《野草》的思想和艺术奥秘始终未曾大白于天下，它永远有那么一部分待在黑暗里，浸泡在"不知道算什么"的文本津液中。正因如此，《野草》的魅力也是不可穷尽的，它制造了一个"延异"的阅读过程，暗示了汉语文学现代性的玄机，这也正是《野草》的潜能给予白话新诗的一件珍贵而诱人的礼物。

从不可能性开始

以下引用的两段理论名言将有助于我们接下去的论证。前者是亚里士多德（Aristotle）在《诗学》一书中知名度和引用率都最高的一段话，后者出自当代西方日益崛起的意大利思想家阿甘本（Giorgio Agamben）之口，它在一定程度上拓展了亚里士多德划定的经典视阈，就像弗洛伊德（Sigmund Freud）发现了一个被称为"无意识"的广袤领域那样，阿甘本也带领我们重新思考那个过去未曾深思熟虑之物：

> 诗人的职责不在于描述已发生的事，而在于描述可能发生的事，即按照可然律或必然律可能发生的事……因此，写诗这种活动比写历史更富于哲学意味，更受到严肃的对待；因为诗所描述的事带有普遍性，历史则叙述个别的事……可能的事是可信的；未曾发生的事，我们还难以相信是可能的，但已发生的事，我们却相信显然是可能的；因为不可能的事不会发生。②

> 每一种人类潜能都与自身缺失相关联。这便是人类力量的起源（也

---

① 这里指中国著名的文化学者张闳的研究著作《黑暗中的声音——鲁迅〈野草〉的诗学与精神密码》，上海文艺出版社 2007 年版。

② ［古希腊］亚里士多德：《诗学》，罗念生译，人民文学出版社 1962 年版，第28—29 页。

是其无底深渊）。和其他生物比较起来，它是如此猛烈，如此没有止境。其他活着的生物只能够具有它们特定的潜能；它们只能做这件事或那件事。但是人类是能够拥有自身的不可能的动物。人类潜能有多伟大，其不可能的空间便有多么深不可测。①

与自己的老师柏拉图对诗人的轻慢态度截然不同，亚里士多德在西方诗学中开创了一个"为诗一辩"的传统。他在诗歌与可能性问题之间建立起一种联系，认为诗歌有能力描述可能发生的事情，诗人的职责也在于对可能世界和可能生活进行探索。亚氏对可能性的肯定让"诗比历史更真实"这一论断成为一个诗学常识，也将诗歌与可能性问题捆绑成一对历经磨难而相濡以沫的恩爱夫妻。诗歌在汉语世界似乎并没有经历它在西半球引发的那些争议和辩诘，而是一直与统治阶级和意识形态保持着亲密友好的关系。对于这个缺乏宗教的国家，历史和汉语充当了中国人的准宗教。古典的汉语诗歌一边发挥着历史学家小秘书的功能，为历史事件的书写提供了血肉丰满的细节描述和感性材料，一边成为那些在进取途中遭遇挫败的文人和创伤性个体进行宣泄和疗伤的虚构乐园，他们依靠想象力编织了若干以现实性为根据的可能世界，绘制了烦恼尘世之外的山水乌托邦。李白所代言的万古愁传统和杜甫挂帅的沧桑感脉系，以骨与肉的互补姿态浇筑了中国诗歌的完整轮廓，让诗人们借助词语的感通和意象的共享往返于现实性与可能性之间。可能性问题是传统的中西诗歌共同守望的灵魂解放区，诗人的任务就是扮演现实世界与可能世界的使者和调度员：他们在词语里祈愿美好、积极的可能性能够变成现实性（所谓梦想成真），警惕丑恶、消极的可能性最好不要变成现实（所谓引以为戒）；如果这种祈愿或警惕失败了，诗人就告诉大家，让现实的归现实，可能的归可能（所谓是非分明）。

现代性的降临让这种诗歌的内在生产机制发生了变化，随着人类对自身认知能力的进一步开掘和拓展，在可能性问题的疆域里，人们对潜能问题的讨论开始向之前不曾关注的边界发起了冲锋。阿甘本的思考令人瞩目。他在

---

① ［意］吉奥乔·阿甘本：《论潜能》，邱瑾译，汪民安主编《生产》（第二辑），广西师范大学出版社 2005 年版，第 276 页。

亚里士多德对潜能问题的论说基础上给出了自己独到的理解和阐释，扭转了人们对潜能这一概念的通常化的平庸理解。一般人都将潜能直接认同为可能性，某人（物）具有某种潜能，就意味着他（他、它）具备将某种可能性转化为现实性的能力。在针对光明与黑暗的例子中，阿甘本质疑了这种常识："如果潜能只是看得见的潜能（举个例子的话），如果它像这样仅仅存在于光明的现实之中，那么我们将永远无法体验黑暗（或者永远无法听到沉默，倘若论及听觉潜能的话）。但是人类却能够见到阴影（to skotos），能够体验黑暗：他们具有不去看的潜能，具有缺失的可能性。"① 阿甘本发现了把握潜能这一概念的核心要素，即不可能性。这里才是人类潜能的伟大之所在，也是其无底深渊，是鲁迅的文本津液的正宗来源。所谓潜能，首先并不是采取行动的潜能，而恰恰是不采取行动的潜能，是黑暗的潜能，是意识到"不知道算什么"的潜能，那不是关乎存在的潜能，而是关乎不存在的潜能。亚里士多德在其著作《论灵魂》中对潜能问题已经做出过许多充满见地的谈论，对于这种让人重新打量的不可能性，他就提出"一切潜能皆不可能"。在一段被阿甘本称为"关于潜能本原形态的最明确的描述"中，他提出："所有潜在的东西能够不实现。潜在的东西可以存在，也可以不存在。所以，同一个东西，既可能存在，也可能不存在。"② 阿甘本对此的解读是："潜在的事物欢迎不存在，这种对不存在的欢迎正是潜能，是根本的被动。它是被动的潜能，但不是经历自身以外的他物的被动的潜能；相反，它所经历和承受的是自身的不存在。"③ 同一个事物，如果从平常的、显现的视角去观察它，我们得到的是关于这个事物的现实性描述和可能性想象；如果从反常的、隐藏的视角去注视它，我们便会发现它的潜能，我们在那一刻抓住了这个事物身上的不可能性，并且通过书写来挖掘出不可能性向可能性转换的地道：

---

① ［意］吉奥乔·阿甘本：《论潜能》，邱瑾译，汪民安主编《生产》（第二辑），广西师范大学出版社 2005 年版，第 274 页。

② 同上书，第 275—276 页。

③ 同上书，第 276 页。

从死亡的方向看总会看到

一生不应见到的人

总会随便地埋到一个地点

（多多《从死亡的方向看》）①

依照阿甘本对潜能问题醍醐灌顶般的提示，我们具备了足够的底气和理由来重新思考《野草》这个现代文本中所包含的潜能，这种尚未得到足够勘测的潜能将成为它作为汉语新诗开端性文本的充要条件，相形之下，《尝试集》的现代性书写逻辑就自然显得肤浅而平庸了。在《野草·题辞》中，第一句话即标明了这个文本起跳的位置："当我沉默着的时候，我觉得充实；我将开口，同时感到空虚。"② 鲁迅用这种悖论式的口吻揭开了《野草》的序幕，也奠定了整个文本的总体语调，他几乎在这一句话里把内心里的一切想法都表达了出来，试图讲出一种"充实"的"沉默"，又面临着"空虚"的"开口"，但又好像什么都没有说，留给我们一片"不知道算什么"的、空荡荡的阅读体验。然而鲁迅还是挣扎着说出了一些内容，这些内容就存在于"沉默"和"开口"、"充实"和"空虚"之间那个模糊的、令人眩晕的交界处，那是一个无法度量的边缘，一个无限狭小的缝隙，那里正是我们正常的人类经验把捉和拿捏不到的乌有之地。那里躲藏的便是一种不可能性，它始终将自己深锁在一种绝对的黑暗里面，拒绝亮相、招安和转化。

面对这种不可能性，鲁迅重复着自己意愿中的心声："但我坦然，欣然。我将大笑，我将歌唱"，这也是诗歌天然的职能，在语言世界里，诗人可以自信地向着全世界喊出："我能够……"然而在这篇《题辞》接近结尾处，我们读到这样的一句话："天地有如此静穆，我不能大笑而且歌唱。天地即不如此静穆，我或者也将不能。"鲁迅马上否定了他对"大笑"和"歌唱"的可能性猜想，从而走进了不可能性，走进了现代诗人的两难：即便天地是否静穆，我都不能大笑和歌唱。汉语新诗在它的起跳期与西方现代诗歌一同遭遇了这种不可能性，诗歌首先给出的不是"我能……"，而是"我不能……"，

---

① 多多：《多多的诗》，花城出版社 2005 年版，第 77 页。

② 鲁迅：《野草·题辞》，《鲁迅全集》第 2 卷，人民文学出版社 2005 年版，第 163 页。

是对自身可能性的一道迎面而来的涂抹。这种对不可能性的体察和认知，对黑暗和虚无的存在感的肯定，才是诗歌真正的潜能所在。在白话新诗的发生阶段，鲁迅用《野草》带领我们穿过了《尝试集》所能发挥的极限，最终来到了一个"不知道算什么"的荒芜之地，一个陌生而静穆的"远日点"，那里是胡适的《尝试集》所没有能力达到、也不曾在想象中到达的地方。归根到底，诗歌始终是一种不断向不可能性飞跃的矢量。

汉语新诗的小逻辑

阅读一个文本，应先从它的标题开始。对于《野草》和《尝试集》这两个均被认定具有开端性意义的诗歌（或散文诗）作品集，本文愿意从它们的标题着眼，考察它们的作者是如何界定和解释它们的。以下罗列的两段话分别来自《野草·题辞》和胡适为《尝试集》撰写的自序，借此我们可以分析出两个所谓的开端性文本对各自起跳位置的不同期待，并进一步综合思考这两种态度对汉语新诗的逻辑学意义：

> 野草，根本不深，花叶不美，然而吸取露，吸取水，吸取陈死人的血和肉，各各夺取它的生存。当生存时，还是将遭践踏，将遭删刈，直至于死亡而朽腐。（鲁迅《野草·题辞》）①

> 我们认定白话实在有文学的可能，实在是新文学的唯一利器……我这本集子里的诗，不问诗的价值如何，总都可以代表这点实验的精神……所以我大胆把这本《尝试集》印出来，要想把这本集子所代表的"实验的精神"贡献给全国的文人，请他们大家都来尝试尝试。（胡适《〈尝试集〉自序》）②

在《野草·题辞》中，野草起源于"生命的泥"，是大地上的句法转换的物

---

① 鲁迅：《野草·题辞》，《鲁迅全集》第 2 卷，人民文学出版社 2005 年版，第 163 页。
② 胡适：《尝试集》，人民文学出版社 2000 年版，第 148—149 页。

证，是诗人缔造"心性化自然"的一个短暂的余存。野草的出生就暗示了一种不可能性，它"根本不深"、"花叶不美"，对于这个强者时代的世界法则来讲，野草在形态上是多余的，是遭到淘汰的对象，这是对它生存的一次否定；为了生存，野草进行了各式的吸取，它的生存是从"露"、"水"和"陈死人的血和肉"那里夺来的，并不是它自己本有的，它只是对他者生存的一个卑微的代替物，这是对它生存的又一次否定；而一当野草夺来了所谓的"生存"，还是即刻被"践踏"和"删刈"，被宣判了死刑，并最终朽腐，这是第三次否定。野草的命运就在"方生方死"、"方死方生"的缝隙中，那里宣告生存的不可能性，同样也是死亡的不可能性，野草暗喻的就是不可能性本身，这正是现代诗歌的起点。难怪鲁迅把野草的出生称为他的"罪过"，因为他是中国现代文学史上最早体验并试图把握不可能性的诗人，他在《野草》中塑造的"抒情我"正是以不同的方式来描述这种不可能性，他在文本中营造的所有的消极性，他对"死亡"和"朽腐"的"大欢喜"，他对"地火"和"熔岩"热烈的召唤，以及他对"大笑"和"歌唱"的两难，都来源于他对不可能性这种无法言说之物的极端言说和勉强命名。这种对不可言说之物的言说，同样是不可能的，因而鲁迅从一开始就预知了自己的失败，这种不可能性只能寄托于野草这个特别的物象，让它在"明与暗"、"生与死"、"过去与未来"之际余留为一个物证或礼物，献于"仇与友"、"人与兽"、"爱者与不爱者"，献于一道"不知道算什么"的边缘。

　　相比之下，胡适在《〈尝试集〉自序》中所表达的意思再明白不过了，他所谓的"尝试"，实际上就是杜威（John Dewey）宣扬的那种美国式的"实用主义"方法在"白话文运动"中的直接应用。在这里，鲁迅与胡适对新诗问题的出发点有着明显的不同：前者的逻辑起点是不可能性，进而可以寻觅它与可能性问题的边界；后者则一开始就是从现实性出发，去考虑文学的可能性问题。胡适认为："我们认定白话实在有文学的可能，实在是新文学的唯一利器"，故而提出他"大胆设想、小心求证"的"实验的精神"。这一套对"尝试"颇受人欢迎的解释，刚好搭上了五四时代的贵宾"赛先生"（即科学）的顺风车，而在那个风云际会的年月里，人人似乎都宁愿相信，举凡一件事是符合科学精神的，那么它便可以为我们铺就一条通往真理的道路。胡适本着这种科学精神，大胆猜想、认定了白话汉语具备作诗作文的可能性，并号召他的同道们与自己小心翼翼地进行白话新诗的写作试验，将这种可能性转化为现实性，这些实践奠定了白话汉语在新文学里的根本性地位，开创了汉语文学的新纪元。这些功绩都是不可抹杀并值得后人铭记的。然而胡适的创作理念和实践都是平庸的，他以可能性为逻辑起点的诗歌写作依然没有跳出亚里士多德的经典诗学传统的藩篱，在 20 世纪西方美学现代性的严厉逼视下，《尝试集》恰恰成了一丛"根本不深"、"花叶不美"的野草，它是没有潜能的文本，只能承担从可能性向现实性的转化任务；而《野草》反而本着对不可能性向可能性转化的言说尝试，本着对失败命运的写作试验，勘探出了它自身的潜能。在这种意义上，汉语新诗真正的开端性文本是《野草》，而不是《尝试集》。这种以不可能性为逻辑起点的虚构性写作，才能真正保持汉语新诗的潜能，才能真正保障 20 世纪汉语新诗的文本津液能够源源不断地分泌出来，为更多后来的优秀文本提供可持续性的生长和发展的条件和空间。将汉语新诗的本源或起跳点认定为不可能性比认定为可能性对于诗歌本身的意义更加悠远。正如鲁迅意识到的那样，这种潜能首先是讲出"我不能……"的能力，是保留黑暗和沉默的能力，也是永远将潜能隐藏于"不知道算什么"的地方的能力。

　　在何者堪称汉语新诗开端性文本的问题上，尽管本文取缔了《尝试集》而匡扶了《野草》，但并非像张枣那样，傲慢地判定了《尝试集》毫无价值可言（它具有另外的贡献）。更为合理的一种解释或许是，鲁迅和胡适分别在《野草》和《尝试集》中的现代性写作实践，在汉语新诗的发生期就延伸出两条经常彼此杂糅的小传统，它们在逻辑上合成了一条从不可能性到可能性，再到现实性的连贯线索。在这里，不可能性才是汉语新诗现代性真正唯一的起点，可能性和现实性问题都应当从这个起点处得到重新思考。在无可挽回的现代性情境中，如果诗歌依旧想把自身保持为一种可能性，那么它就必须接受句法转换。这种转换的讯号和指令，要求诗歌把目光从现实性上收回来，转而投向另一个维度或角度，投向一种不可能性。如果假设不可能性盘踞着一个深不可测的区域的话，那里就必定表现为视觉的黑洞和听觉的深渊。而诗歌必须要忍住自身的盲目和失聪，果断地开启自身内部的潜能，去面对那个不可能的区域，去书写一种不可能性。在 20 世纪，汉语诗歌将与世界诗歌一道处理自身句法转换的问题，汉语新诗将用崭新的现代汉语塑造它的新天使，在中国的大地上，在枯坐的姿态里，在从不可能性到可能性的通道中，营建起一片"心性化自然"，人们需要在这里重新注视周围世界，重新思考现实问题。实现这种大地上的句法转换，将是汉语新诗需要认领和肩负的任务和天职。由此，《野草》和《尝试集》这两个相互搏斗的源头性文本也基本暗示出一种汉语新诗的小逻辑，它表现为两种不同层面的形式指引①：《野草》：从不可能性到可能性的形式指引；《尝试集》：从现实性到可能性的形式指引。

　　从文本可能性空间的构建上来看，《尝试集》是从现实性出发的，而《野草》是从不可能性出发的，两者从截然不同的角度树立它们的指引。以文学史的眼光来看，这两条线索交织于汉语新诗创作实践近一百年的发展过程，分别指引着诗人在复杂变乱的时代气候面前发挥着两种不同的作用。它们有时也会扮演着相互对峙的角色，代表着相互抵触的价值理念，它们所制造出的文学思潮和文本效应也在文学史上拥有了不同的名号和面孔，比如"救亡"与"启蒙"、"为人生"和"为艺术"、"工具性"与"审美性"、"左翼"和"自由主义"、"革命文学"和"纯诗"、"工农兵文艺"和"资产阶级文艺"、"革命现实主义"和"革命浪漫主义"、"官方"与"民间"，等等。这些成对出现并互示敌意的文学史命名，在各自的历史语境里都具有合理性和特殊性，或许并非直接源于《尝试集》和《野草》的影响，但是

---

　　①　我们在海德格尔的意义上使用"形式指引"（又译"形式显示"）这一术语。海德格尔认为："有一种意义对于现象学的阐明具有指导作用，对这种意义的方法运用，我们称之为'形式显示'（formale Anzeige）。形式显示着的意义所包含的东西，将是我们察看现象的依据。我们必须根据方法考察来弄清楚，何以'形式显示'尽管引导着这种考察，但却没有把任何先入之见带入问题之中。"海氏又指出："看一眼整个哲学史就可发现，对对象性之物的形式规定完全支配了哲学。如何可能预防这种偏见、这种先入之见呢？这恰恰就是形式显示要完成的。作为方法环节，形式显示属于现象学的阐明本身。为什么把它叫作'形式的'呢？形式的东西就是某种合乎关联的东西。显示是要先行显示出现象的关联——却是在一种否定意义上，可以说是为了警告！一个现象必须这样被预先给出，以至于它的关联意义被保持在悬而不定中。人们必须防止做出这样的假定：现象的关联意义原始地一种理论意义。现象的关联和实行不能事先规定，而是要保持在悬而不定中。这乃是一种与科学极端对立的态度。不存在一种对某个实事区域的插入，而是相反地：形式显示是一种防御（Abwehr），一种先行的保证（Sicherung），使得实行特征依然保持开放。这种防御措施的必然性是从实际生命经验的沉沦性趋向中得出来的，实际生命经验总是有滑入客观化因素之中的危险，而我们却必须从中把现象提取出来。"［德］马丁·海德格尔：《形式显示的现象学：海德格尔早期弗莱堡文选》，孙周兴编译，同济大学出版社2004年版，第65—75页。

它们在深层上的逻辑指向已经由这两个文本所揭示出来了。这两个文本也基本代表了中国文学被卷入这场全球性的现代性风暴以来,诗歌写作者在 20 世纪中国社会特殊的现实环境里所采取的基本立场和态度。然而,事实上,或许由于《尝试集》所开创的这个小传统距离所谓的现实问题太近了,它深得这个多灾多难的民族的器重,因而十分迫切地想利用文学手段把可能性转化为现实性;又或许由于杜甫所代表的中国诗歌的沧桑感脉系对诗人文学心理的影响过于严重,让他们总是将感时忧国的情绪表达得如此迅疾和老练,将文学的实用性价值开发得充满了美感,从而渐渐偏离了文学本来应当持守的位置,让文学成了现实性的一位贴身小秘书。

与《尝试集》的现实情怀相比,《野草》选择站在虚构这边,它也因而站到了黑暗里。正因为这一事实,《野草》的重要价值被忽略了,它的开端性地位一直被遮盖着,它所包孕的潜能和巨大的形式指引力量一直被文学史写作者置若罔闻,它所反复暗示的那种写作的不可能性几乎从未得到应有的重视。只有重新确立《野草》的开端性地位,重新思考这个文本内部的潜能,汉语诗歌才有望实现大地上的句法转换,才能正确、恰当地认清自己的本源和发展的方向,才能重新与《尝试集》小传统建立接洽和平衡,走出一条可持续发展的现代性写作路径,中国现代文学才能从中修炼出一种健康的视野和精确的见识。我们在汉语新诗与物的关系问题上,才能探测到一个合适的突破口。

地缘政治·公共空间·建筑伦理·诗歌北京

霍俊明[*]

  无论是从地缘政治还是公共空间来看，北京的诗歌场域显然具有强烈的象征意义和国族寓言性。这不仅在于其"中心"的文化主导权的地位，而且还在于不同时期的诗人与场域之间的博弈。从民国到共和国，不同立场的知识分子对文化意义上的北京抱有大体相同的体认。北京古都以特殊的文化况味和历史积淀带给历代的人们以温暖、宽厚而沧桑的记忆。正如林语堂所说，"事实上所有古老的大城市都像宽厚的老祖母，她们向孩子们展示出一个让人难以探寻净尽的大世界，孩子们只是高高兴兴地在她们慈爱的怀抱里成长"①。居于江南的郁达夫更是对北京怀有深厚的感情，"离开北京，又快一年，每想到风雪盈途的午后，围炉煮酒，作无头无尾的闲谈的逸致，只想坐一架飞机，回北京来过冬"②。而此时正忙于创造社诸多事务的郁达夫只能向中原北望，"叹一声命苦而已"。在王德威看来，在一代中国文人的内心深处北京带有神秘的牵引，③ 而在谈论现代文学史时李欧梵对北京的印象则是"唯我独尊式的中心主义太强"④。

  在 20 世纪的历史进程中就文学和文化而言，北京给知识分子带来的既有荣光又有无尽的痛苦与失落。

---

 * 霍俊明，首都师范大学文艺学 2003 级博士生，指导教师：吴思敬。

 ① 林语堂：《大城北京》，陕西师范大学出版社 2008 年版，第 5 页。

 ② 郁达夫：《海大鱼——副刊编辑室座右铭》，《世界日报副刊》1927 年 2 月 6 日。

 ③ 陈平原、王德威编：《北京：都市想像与文化记忆》"序二"，北京大学出版社 2005 年版，第 1—2 页。

 ④ 李欧梵、季进：《李欧梵季进对话录》，苏州大学出版社 2003 年版。

地缘政治与文化想象

北京一度是政治家和农民起义英雄们眼中的权力中心，"北京不会被任何一个有眼光的政治家抛弃，它像一个神秘的光源，在中国北方的要津之地兀自发光，层出不穷的人们，躲在暗中窥视着它。每当一个英雄黯然离去，都会有另一个英雄卷土重来"①。民国时期的北京（北平）和上海作为文化和文学的中心曾吸引着大量的作家群落，甚至还形成了影响日隆又相互攻讦的"京派"与"海派"。而到了新中国成立后北京则成了唯一的政治、文化和文学中心。而这种中心的形成更多是因为地缘政治和主流意识形态的影响。这种以北京为中心的北方文学体系的主导性话语权力甚至一直延续到了19世纪80年代。建立于文化想象基础之上地缘政治显然深刻影响到了不同时期的文学创作。在20世纪60年代到80年代末期的先锋诗歌运动中，北京仍然是牢不可破的中心，只是英雄的角色不再是那些农民和造反英雄，而是那些在私人空间和公共空间上企图再次扮演振臂一呼启蒙角色的精英诗人。

较之北京的权力和文化的核心，那些暂时寄居北京或从外地来北京谋出路的"外省"诗人就成了"边缘知识分子"。在北京这一政治文化形象的巨大影响之下，其他的省份都成了政治和文化上双重失落的"边地"。我们在"乡下人"沈从文那里可以看到这种边缘知识分子的复杂心态，"出门向西走十五分钟，就可到达中国古代文化集中地之一——在世界上十分著名的琉璃厂。那里除了两条十字形街，两旁有几十家大小古董店，小胡同里还有更多不标店名，分门别类包罗万象的古董店，完全是一个中国文化博物馆的模样……使得我这个来自六千里外小小山城的'乡下佬'，觉得无一处不深感兴趣。"② 沈从文成了中国"外省"知识分子心态的一个寓言和切片，尽管他在北平仍然希望保留自己南方的记忆与"湘西人"的身份，"就在这个时

---

① 祝勇：《北京，永恒之城》，任欢迎等主编《读城——当代作家笔下的城市人文》，同心出版社2010年版，第299页。

② 沈从文：《二十年代的中国新文学》，《沈从文文集》，北岳文艺出版社2002年版，第96页。

节，我回到了相去九年的北京。心情和二十五年前初到北京下车时相似而不同。我还保留二十岁青年初入百万市民大城的孤独心情在记忆中，还保留前一日南方夏天光景在感觉中"①。但无论是沈从文几年后不再从事文学写作，还是北京一体化的政治文化的影响，都让我们看到了新中国成立后文学写作的难度和文学空间的极度萎缩。即使到了 21 世纪的今天，尽管城市化的进程中"老北京"已经面目全非，但是在一些身在"外省"，尤其是海外的青年人那里北京仍然带有难以抹去的浓重历史印记，"今天我是城外人，/远离帝乡的逆子，有鸟有鸟丁令威。/不想作法，变一座七层浮屠/叫你们好看。//今年的沙尘暴来了吗？/今年的离魂雨呢？"（廖伟棠：《暮春围城志》）

　　尽管北京曾在现代文学史上同上海一样扮演了文化中心的角色，但是，从新中国成立起北京作为"京都"才在不断强化的政治运动和阶级斗争中成为政治和文化的唯一中心。"北京"成为"新中国"的同义语，与此同时，在这一特殊的政治和文化空间还产生了文学和时代双重进化论的时代心理。"北京"从此作为国家政治和文化的唯一而强大的象征反复出现在此后的文学作品中。在长时期的文学和文化语境中，北京确实已经不再是一个一般意义上的北方区域的城市，而是上升为具有强大的国家话语力量象征的特殊空间。几十年的时间里，收音机和有线广播中时时响起的是高亢而字正腔圆的"现在是北京时间×点整"的声音。"北京时间"如此生动地体现了这一地理景观背后的政治性和不容辩白的意识形态的权威性。

公共空间、建筑伦理与知识分子心态

　　始建于明永乐十五年（1417）的天安门，其"外安内和，长治久安"的政治寓意显然在共和国集体性的时代憧憬和时间神话的进化论中获得了延续与强化。政权交替必然会使得公共空间发生巨大变化，从而创造出富有新时代特征的政治空间。苏联十月革命胜利后列宁在 1918 年 4 月颁发《纪念

---

① 沈从文：《北平的印象和感想》，《沈从文文集》，北岳文艺出版社 2002 年版，第 97 页。

碑宣传法令》，宣布拆除沙皇的雕像并在莫斯科和圣彼得堡的广场以及街道上竖立起新时代的英雄——马克思、恩格斯、马拉和傅立叶的纪念碑和雕像。这与新中国成立后在各大城市的广场以及其他公共空间（尤其是学校、工厂、礼堂、车站）看到的毛泽东等领袖的雕像如出一辙。这显然是在公共空间里树立新时代的政治与文化权威。

明清时期的北京城分为外城、内城、皇城和宫城（紫禁城）。天安门是皇城的正门，形状是一条狭长的"T"形宫廷广场。辛亥革命后国民政府打通东西长安街。为了迎接开国大典，1949 年 8 月底，北平市人民政府、都委会等单位讨论决定修理天安门前一带至东西三座门之间的地段。工程于 9 月 1 日动工，仅仅一个月的时间，军人、工人以及被动员的群众就迅速建成了可以容纳 16 万人的广场。1955 年又拆除了天安门广场中部的东西红墙，广场面积达到 12 万平方米。新中国成立 10 周年之际又继续扩充广场，扩充后的天安门广场东自中国革命博物馆和中国历史博物馆，西到人民大会堂，北从天安门红墙南到前门楼，总面积已达 44 万平方米。至此全世界最大的可容纳百万人的广场建成。而除了北京，其他地方也在兴建广场。此后，由天安门所不断衍生出来的共和国的意识形态色彩浓厚的建筑群体则成为一个国家和政权不可替代又不容置疑的独一无二的公共空间。

公共空间里的建筑在特殊年代甚至可以成为国家主导性意志和文化权力的伦理化象征，这些带有国家意志色彩的建筑在一个个空间里占据着时代主流精神的制高点并成为主导性权力话语的转喻。尤其是对于北京这样的城市而言，其建筑的伦理色彩、美学趣味和权力符码更具代表性和风向性，"从交通部办公楼、全国妇联办公楼、新大都饭店、三里河银行大楼，到现代风格的北京新图书馆和北京西客站，'人字巾'大屋顶和亭阁在高层建筑上四处浮现，宛如国粹主义的海市蜃楼。有些已在施工的重大建筑还要奉旨'加冕'，以汇入这个热烈的美学潮流"①。围绕着北京的公共空间以及建筑伦理所产生的必然是特殊的文人心态和写作心理。在政治年代里公共建筑物的伦理功能必然更为鲜明地体现为意识形态性和不可撼动的文化主导性。这就给公众提供了"一个或多个中心，每个人通过他们的住处与那个中心相联系，

---

① 朱大可：《流氓的盛宴：当代中国的流氓叙事》，新星出版社 2006 年版，第 316 页。

获得他们在历史中及社会中的位置感"①。

人民英雄纪念碑和毛主席纪念堂正好形成了微妙的呼应——一个是纪念"人民"的英雄，一个是纪念"人民"的领袖。毛主席纪念堂位于中轴线中心位置的最南端。而位于中心东西两侧的人民大会堂和中国革命博物馆与中国历史博物馆就只能是作为一种陪衬了。而正如哈里斯所说的人们之所以为死者在那些最为重要的空间里留下位置是为了证明这些死难英雄作为"不可见的事实"的重要性并为当下的人们提供认同感。②

从天安门向南延伸的44万平方米的广场以及具有社会主义特色的建筑群显然体现了新时代的建筑伦理。这些具有强烈的政治文化寓意和象征国家形象的建筑群以及所构成的公共空间在当代文化和文学史上的意义是不可替代的。公共空间和主导性文化的地理必然会对知识分子心态等产生不无重要的影响。

以天安门广场为中心所展开的社会主义时代特色的宏伟建筑不仅在政治年代形成了强力的心理召唤结构，而且在政治年代远去的改革时代也仍然发挥着不可替代的政治、文化、精神和心态的复合性影响。尤其是政治文化的象征性对知识分子心态的影响和濡染仍然挥之不去。对于像余华这样出生于20世纪60年代的先锋作家而言，天安门广场同样具有不可替代的重要位置，"那时候我住在北京东边十里堡的鲁迅文学院，我差不多每天中午骑着一辆各个部分都会发出响声，可是车铃不响的破自行车到天安门广场，在广场待到深夜或者凌晨才骑车回到学校"③。而对天安门广场这种既爱又恨、既疏离又迷恋、既向往又排斥的心理正是20世纪五六十年代出生的这一代人的集体无意识。这与他们的精神成长有着重要关联——"那时候，毛泽东像太阳一样金光闪闪的头像总是在天安门城楼之上，而且毛泽东头像的尺寸明显大于天安门城楼。我几乎天天要看到这样威风凛凛的头像，在我们的小镇的墙上随处可见，我们几乎天天唱着这样的歌：'我爱北京天安门，天安门上太阳升，伟大领袖毛主席，指引我们向前

---

① ［美］卡斯腾·哈里斯：《建筑的伦理功能》，申嘉、陈朝晖译，华夏出版社2001年版，第279页。
② 同上书，第289页。
③ 余华：《十个词汇里的中国》，（台北）麦田出版社2010年版，第24—25页。

进.'我曾经有过一张照片，照片中的我十五岁左右，站在广场中央，背景就是天安门城楼，而且毛泽东的巨幅画像也在照片里隐约可见。这张照片并不是摄于北京的天安门广场，而是摄于千里之外的我们小镇的照相馆里，当时我站着的地方不过十五平方米，天安门广场其实是画在墙上的布景。可是从照片上看，我像是真的站在天安门广场上，唯一的破绽就是我身后的广场上空无一人"①。

纪念碑、广场与政治文化和文学环境

纪念碑、广场与政治文化和文学环境之间形成了互相影响和推动的关系。

广场上高高矗立的人民英雄纪念碑是新时代建筑群的最高点（37.94米，南侧的正阳门高42米），这正是北京高大政治文化形象的最好象征。纪念碑不仅超过了一般建筑物的高度，而且这种物理的高度显然正是国家意志的高度和主导性文化与精神不可逾越的地缘政治的"伦理"性标志。广场上的纪念碑成为带有神圣性和世俗性双重身份的特殊建筑，而它所携带的伦理功能和乌托邦的寓意也必将是唯一而不可撼动的。这一特殊空间的特殊建筑不能不成为中心和"圣地"，"纪念性建筑物通过保存那些甘愿把他们个人幸福放在次要地位、甚至为那些价值观而活着的人们的记忆，使我们回想起那种统辖我们社会的价值观念。记住他们，我们就再次确认了我们的社会成员资格；同时这种记忆转变为要确保那个社会持续下去的决心"②。史景迁曾这样描述天安门在近代中国历史上的变迁和功能，"它静静地矗立在那里，成为矛盾重重的近代中国的见证人。它的后面，是退位皇帝的腐败朝廷，高墙环绕，晨昏不辨，纸醉金迷，在强横的军阀统治下苟延残喘；它的前面，成了政治活动家、学生和工人们集会游行的场所，他们抗议徒有其名的共和政府在外国帝国主义者的侵略面前软弱无能，却每每被棍棒和枪炮所驱散"③。而在新中国成立后历次的

---

① 余华：《十个词汇里的中国》，（台北）麦田出版社2010年版，第47—48页。
② ［美］卡斯腾·哈里斯：《建筑的伦理功能》，申嘉、陈朝晖译，华夏出版社2001年版，第297页。
③ 史景迁：《天安门——知识分子与中国革命》"英文版前言"，尹庆军等译，中央编译出版社1998年版，第3页。

政治运动中，尤其是在天安门诗歌运动以及外省诗人来张贴诗歌大字报的时候，是否还有人记得纪念碑的须弥座的设计者同样来自于一位重要的诗人——林徽因？

　　而新中国成立后，修葺一新的古老建筑群以及城门上方的伟人画像还有新建成的社会主义特色的公共建筑群一起以无上的荣光和权力成为新时代的最为重要的公共空间。天安门广场上居于正中的毛泽东的巨大伟人画像与东侧高大的中国历史博物馆、中国革命博物馆和西侧的人民大会堂以及人民英雄纪念碑和毛主席纪念堂之间形成了政治文化意义上的结构性呼应。而在20世纪80年代的文化热潮和文学热流中天安门广场则成为知识青年温习功课的地方。天安门广场无疑在共和国的公共空间和历史进程中起到了非常重要而特殊的作用。无论是对国家还是个人而言，这一特殊的空间成了政治的晴雨表、文化更迭的绝好平台。公共性的广场在知识分子这里具有强烈的历史和政治的寓言色彩。近现代以来，一代代的知识分子通过语言和想象命名和"再造"了广场，"当知识分子在本世纪初被抛出了传统仕途以后，知识分子一直在寻找着这一个可以取代庙堂的场所，现在他们与其说是找到了，毋宁说是自己营造了一个符合他们理想的广场"[①]。作为一个具有特殊政治和文化意味的天安门广场，见证了半个多世纪命运多舛的新中国的社会巨变，"第二次世界大战结束和1949年全国解放后，紫禁城被辟为博物院，天安门前拥挤的小胡同被夷平了，建起一个巨大而壮观的广场。在广场的正中央，耸立着高耸入云的革命烈士纪念碑。两旁是新成立的共和国的公共建筑，肃穆而庄严，没有任何修饰。1966年'文化大革命'期间，天安门成为一个检阅台，成百万计的红卫兵云集于此。门楼上迄今悬挂着那一代精神领袖的巨大彩色画像"[②]。而一般意义上的广场其设置和规模是按照城市功能要求而定的，"城市广场通常是城市居民社会生活的中心，广场上可以进行集会、交通集散、居民游览休憩、商业服务及文化宣传等。广场旁一般都布置着城市中的重要建筑物，广场上布置设施和绿地，能集中地表现城市空间环境面貌"[③]。而以往的广场所具有的娱乐性、商

---

① 陈思和：《陈思和自选集》，广西师范大学出版社1997年版，第231页。
② 史景迁：《天安门：知识分子与中国革命》，尹庆军等译，中央编译出版社1998年版，第3页。
③ 李德华：《城市规划原理》，中国建筑工业出版社2001年版，第512页。

业性、宗教性等功能在新中国成立后基本上被唯一的政治功能所取代。而毛泽东时代，新中国成立后历次对天安门广场及周边建筑的改造则呈现了这一公共空间最为明显的政治象征性以及相应的政治功能，"和天安门广场的这些富有历史意义、政治意义的内容相适应，人们衷心地希望有一个更为雄伟、壮丽、开阔、可亲的天安门广场出现。它要有足够大的空间，能通过规模宏大的游行检阅，能容纳广大群众的集会狂欢；能反映中国人民英勇不屈的革命斗争精神；能显示出祖国建设战线上的辉煌成就和社会主义无限广阔的前途；使通过在天安门广场上的人们能够感受到深刻的社会主义教育，能更加鼓舞起建设社会主义祖国的勇往直前的斗志"①。这一时期全国各地城市广场的建设显然是按照唯一的社会主义的政治标准来建造的。每逢"五一"、"十一"等重大节日以及国内外的重大活动，天安门广场这一特殊的公共空间就具有不可替代的国家寓意和政治情势风向标的作用。

广场无疑是一个城市的中心和最具象征意义的公共空间。在革命和运动年代里，广场上聚集的是鲜红的旗帜和面目爱憎分明的群众，而在开放的年代，这里又成为市民和"外省人民"乐此不疲的参观和游览之地。天安门广场不仅是北京的象征，更是中国的象征。在那些重大的历史年代和时间节点上我们都能够在这个空间里感受到巨大的时代波澜与政治动荡。而这个巨大的广场曾一度是政治的广场，其上的诗歌运动也不能不沾染上强烈的政治色彩。尤其是在1976年这样一个重大的历史转折点上发生的天安门诗歌运动不仅体现了诗人们巨大的政治热情和诗歌（尤其是古诗词）热情，而且文学与公共空间和建筑之间的紧张程度如此强烈。在广场数以万计的人群中有青年站在高台甚至垃圾箱上朗诵和演讲，有人咬破手指用鲜血书写诗歌，有人用自制的半导体喇叭宣传自己的政见，而人群则如波浪一样一圈一圈地冲涌和激荡着。当警察开始清理广场上纪念总理的花圈、挽联和诗歌的时候，广场开始失控。有人焚烧诗稿和花圈，甚至有激进的青年推倒并点燃了汽车。

---

① 赵冬日：《天安门广场》，《建筑学报（庆祝建国十周年）》1959 年第 9、10 期。

公共空间的诗歌写作与特殊形态

尤其是在北京的公共空间里产生和发展的诗歌写作必然会呈现出带有特殊性质的形态。而写作与空间之间的相互影响甚至博弈成为中国近现代以来文学史、思想史和知识分子心态史的特殊文化景观。

闻一多曾经在20世纪20年代写过一首名为《天安门》的诗。闻一多借车夫天安门遇"鬼"的情形表达对那个年代中国现状的不满与讽喻。新中国成立后在颂歌和政治抒情诗一统天下的文学环境中，众多诗人都写过关于天安门的诗歌，比如郭沫若、胡风、艾青、田间、冯至、臧克家、何其芳、牛汉、绿原、卞之琳、萧三、阮章竞、郑振铎等。胡风的长诗《时间开始了》、卞之琳的《天安门四重奏》、田间的《天安门》、绿原的《沿着中南海的红墙走》、郭小川的《望星空》等最具代表性。甚至在那样一个文化高压的年代，卞之琳的诗歌《天安门四重奏》[①] 还被视为具有种种严重的艺术问题和不良思想倾向而遭到了大规模的批判。[②] 实际上卞之琳的这首关于天安门和新中国的诗歌不仅艺术上直白粗糙，而且抒发的情感基调也是不折不扣的颂歌。新中国成立10周年之际郭小川三易其稿写成了230余行的抒情长诗《望星空》。这是一个充满矛盾、分裂和困惑的文本，体现了一个诗人的主体精神和知识分子话语在历史面前的冲突与困惑。诗人独自一人走在灯火辉煌的长安街，不远处的人民大会堂正在火热的建设当中。在不经意的对浩瀚星空的仰望中，面对永恒而浩瀚的宇宙诗人由衷地对其进行了赞美。与此同时诗人也感到了生命个体的短暂和渺小，流露出惆怅、伤感和无奈的喟叹。这首政治抒情诗体现了诗人的个人话语和国家话语之间的复杂关系。诗人尽管感到了个我的渺小与软弱，但最终仍然是融入到了时代歌唱的巨流中去，但是这种融入和和解对于诗人来讲是充满矛盾和痛苦的。在长诗的后半部分郭小川把视角转入当下，热情和由衷地赞颂正在建设中的伟大的北京，给诗留下了光明的尾巴："在长安街上，╱挂起了长串的星光；╱就在那灯光

---

① 卞之琳：《天安门四重奏》，《新观察》1951年第2卷第1期。
② 比如《文艺报》1951年第3卷第8期、第9期、第12期展开的相关批判活动。

之下，／在北京的中心，／架起了一座银河般的桥梁。"《望星空》受到批判的原因是这首长诗为我们提供了一个复杂的、分裂的文本。这个充满矛盾和困惑的文本体现了一个诗人的主体精神和知识分子话语在历史面前的冲突与犹豫。正是这种矛盾和一定程度的个人话语的出现使《望星空》在当时遭到了"极端荒谬的诗句，这是政治性的错误，是令人不能容忍的"、"小资产阶级的虚无主义"之类的大批判。张光年则认为在《望星空》中"红色首都的沸腾的生活，欢乐的人群，还有那灯火辉煌红光灿烂的夜景，都不曾收入他的眼底。他看到的是：宇宙无穷广大，人间十分渺小。他带着无限惆怅，写出了这样的诗句"①。

北京在当代中国的文学和文化界显然具有绝对中心和权威地位，而北京在当代先锋诗歌运动中成为北方诗歌的中心，显然更大程度上来自于"今天"诗人和那份影响深远的刊物《今天》。北京从20世纪60年代初期开始一直到80年代成为中国"地下"诗人眼中最后的理想和温暖之地，尽管这里也曾有过他们以及上一代人的苦涩记忆。这是他们曾经短暂或长久离开的魂牵梦绕之所，而作为中心的北京仍然给出生于这里的"文革"一代人以精神上的安慰，"从中学时代起，我就喜欢写关于童年的往事；写古老的，建筑学家梁思成试图保存下来的北京，摆着盆景，爬满葡萄藤的四合院，在炎炎的夏日，老槐树下幽深的胡同；写城墙的颓败之美；暮色中的角楼，成群的蝙蝠静静地翱翔，不祥而忧郁；冬天的郊外，裸露的田野上，栖息着大片的乌鸦，翅膀闪着蓝紫色的光"②。

围绕着北京的13路沿线我们能够在一些胡同和大杂院看到当年这些诗人的身影，而东四十四条胡同76号、前拐棒胡同、东堂子胡同等已经成为北京乃至北方诗学版图上不可替代的精神和文学坐标。13路车从西三环的玉渊潭公园出发，终点是东城区和平里北口。其间经过儿童医院、月坛、阜成门、白塔寺、张自忠路（铁狮子胡同）、船板胡同、宫门口横二条、三不老胡同、北海、地安门、锣鼓巷、国子监、雍和宫……这些地点曾经是"今天"诗人们在白天聚集、晚上闲游的场所。而蓝色封面的《今天》已经尘

---

① 华夫（张光年）：《评郭小川的〈望星空〉》，《文艺报》1959年第23期。
② 潘婧：《抒情年代》，作家出版社2005年版，第9页。

封进历史，曾经激情澎湃的理想主义的一代诗歌青年都已步入了老年的开端。很多诗人已经离开北京、离开北方去了遥远的大洋彼岸。当年午夜的诗歌声响已经恍如隔世。"今天"作为北方诗学的象征仍然在延续着它罕见的诗歌传奇和文学史神话，而诗歌的理想时代已经远去了。正如"夜阑人静正是出门访友的好时光，深夜的北京又是另一番景致。有一夜我同于友泽去西单访友，当我们信步在阒无一人的长安街上，忽然听到一大阵扑扑噜噜的响声，就像无数蒙着布的鼓槌敲打着路面"①。这响声正穿过北京那么多相似的十字路口和河流般曲折的小巷。同是"今天"诗人，北岛和江河对于以广场为象征的年代却有着不尽相同的态度。江河在 1977 年完成了他的代表作《纪念碑》。而这首诗歌今天看来尽管诗人也表达了一代人的苦难意识以及对"文革"的"清算"立场，但是其精神趋向仍然是对纪念碑和广场等宏大事物的认同和赞颂。而照之江河，北岛作为"今天"诗群的主将其强烈的对决意识和精英立场、启蒙姿态使得他不断扔下决战的白手套。他不断地在黑暗的现实和想象性的视阈中清洗和擦拭着时代。周恩来总理逝世后，北岛几乎每天下班后都要坐地铁到天安门广场来观望群众活动。尽管混迹于人群中北岛显得兴奋而又紧张，但是"穿行在茫茫人海中，不知何故，浑身直起鸡皮疙瘩。看到那些张贴的诗词，我一度产生冲动，想把自己的诗也贴出来，却感到格格不入"②。北岛已经预感到另一个诗歌时代即将登场。北岛诗歌中的广场成为那一代人在红色年代里狂乱而荒谬的精神"履历"和时代寓言——"我曾正步走过广场/剃光脑袋/为了更好地寻找太阳/却在疯狂的季节/转了向，隔着栅栏/会见那些表情冷漠的山羊"（《履历》）。北岛在关于一代人的精神"履历"中表达了荒诞和沉痛的体验，而且决绝地对极权和偶像崇拜宣战——"我不得不和历史作战/并用刀子与偶像们/结成亲眷"。在北岛这里广场曾代表了一个巨大的消磁器，任何个体的声音都必须被屏蔽，"欲望的广场铺开了/无字的历史/一个盲人摸索着走来/我的手在白纸上/移动，没留下什么/我在移动/我是那盲人"（《期待》）。广场作为政治年代的表征和见证充满了遮蔽和禁锢个体精神的黑暗。诗人要做到的就是穿

---

① 田晓青：《13 路沿线》，《持灯的使者》，广西师范大学出版社 2009 年版，第 43 页。
② 北岛：《断章》，北岛、李陀主编《七十年代》，（香港）牛津大学出版社 2008 年版，第 30 页。

透这黑夜里的迷雾！在对城市有着深切观察和反思的北岛这里，他还对城市空间进行了追问与质询："纪念碑/在一座城市的广场/黑雨/街道空荡荡/下水道通向另一座/城市//我们围坐在/熄灭的火炉旁/不知道上面是什么"（《空间》）。尽管北岛关于广场的诗歌充满了黑夜般浓重的批判意识与对决精神，但是他也希望广场能够成为一个祛除了政治和极权从而还原为日常的甚至诗意的景象以及个人自由的空间。"广场"一词在中国新诗史上早已成为一个内涵丰富的政治寄寓甚至是理想寄托。而欧阳江河的《傍晚穿过广场》则成为"20 世纪 90 年代"诗歌和社会转型的时代证词。英雄主义和理想主义在这一惨淡的空间里宣告结束。这正如黄昏下的广场，昏暗、暧昧、模糊。一个曾经的理想主义时代已经结束了，强硬的政治铁板也已经粉碎。正如"傍晚"来临的时候，一种渐渐阴暗的黑色基调笼罩了这首关于历史、时代、现实和知识分子精神的反讽与自审之作。"还要在夕光中眺望多久才能/闭上眼睛？/当高速行驶的汽车打开刺目的车灯/那些曾在一个明媚早晨穿过广场的人/我从汽车的后视镜看见过他们一闪即逝/的面孔/傍晚他们乘车离去//一个无人离去的地方不是广场/一个无人倒下的地方也不是"。"离去"与"深入"这双向撕扯的力量正是中国诗人和知识分子难以规避的普遍心态。这是一个时代的结束，也是另一个时代的开始。尽管欧阳江河在《傍晚穿过广场》这首诗中设置了城市的意象，但是我们仍可以清晰地看到北岛和欧阳江河他们更多的是强调了内心对宏大的政治历史场景的质问。

到了 20 世纪 90 年代，商业和都市的广场取代了极权年代的唯一政治功能的广场。一块块五彩斑斓的工业瓷砖代替了曾经的墓地、纪念碑和英雄的故居。麦当劳的快餐文化已经取代十字架和鲜血。这成为后社会主义时代新一轮的广场诗学。带有地缘政治和文化想象色彩的公共空间的建筑所体现的宏大性特征、仪式感、伦理功能在任何时代都是存在的，尽管这种存在在特殊的时代会附加额外的政治、历史、文化甚至娱乐的因素。

论 20 世纪 90 年代新诗的国家主题

张立群*

本文以 20 世纪 90 年代新诗为对象，展开"国家主题"的研究。受惠于主题学研究的启示，"国家主题"主要是研究"国家"这一"主题""在不同时代以及不同作家手中的处理，据以了解时代的特征和作家的'意图'（intention）"①。与一般具象式的主题不同的是，"国家"作为一个政治地理学名词，本身就因含义复杂、历史悠久而具有多重解释、包含多方面内容。"国家"的特性使文学层面上"国家主题"只能在具体的语言环境下得到合理的解读，即它不但包括与"国家"相关的题材、主题（此时主题的含义指单个作品）、母题、意象、情节、人物等，还包括与此相关的隐喻、象征以及蕴含其中的创作意图和文人心态。主题学意义上的"国家主题"往往并不针对个别作品的"主题"，它针对的是不同作品中同一题材、母题、意象、情节等的不同表现及相互联系，这种明显带有贯通与整合式的研究常常使其在具体展开的过程中，采用平行研究和影响研究的方法，进而呈现特定语境下"国家主题"的发展、演变及其文化内涵。

随着时间的推移，自然流程意义上的"20 世纪 90 年代新诗"（以下简称"90 年代新诗"）已获得了相应的历史沉积：除了一定数量的研究论文之外，当代新诗史的书写也基本描绘出了 90 年代新诗的基本发展线索。当然，从不同的角度看待这十年新诗的创作历程，往往会得到不一样的诗歌图景。以本文的"国家主题"为例，通过使用主题学的方法探究 90 年代新诗中与

---

* 张立群，首都师范大学文艺学 2003 级博士生，指导教师：吴思敬。

① 陈鹏翔：《主题学研究与中国文学》，陈鹏翔主编《主题学研究论文集》，（台北）东大图书公司 2004 年版，第 26、34 页。

"国家"（具体自然包括"祖国"、"中国"）相关的题材、母题、意象、情景以及修辞策略等，不但可以揭示"90 年代"、"新诗"与"国家"三者之间的互动关系及各自的特点，还可以通过创作意图、诗人心态的剖析深化出一系列问题，从而以主题类型化及动态的视野重绘 90 年代新诗的图谱，丰富其阐释空间，并为不同时期新诗的国家主题研究提供个案参照。

一 "广场"记忆的变迁与文化语境的转换

> 在我的记忆里，"广场"
> 从来是政治集会的地方
> 露天的开阔地，万众狂欢
> 臃肿的集体，满眼标语和旗帜，口号着火

从某种意义上说，杨克在《天河城广场》中的"开场白"已然道出了传统意义上的"广场"与历史、国家之间的关系：往日承担公共活动的广场，一般总会有较大的场地供群众集会、游行、节日庆典、联欢等活动之用；如果广场上还建有重大纪念意义的建筑物，如雕像、纪念碑、纪念堂等，供群众瞻仰、纪念或进行传统教育，那么，"广场"的象征之义无疑会更为明显。

> 我不知道一个过去年代的广场
> 从何而始，从何而终。
> 有的人用一小时穿过广场，
> 有的人用一生——
> 早晨是孩子，傍晚已是垂暮之人。
> ——欧阳江河《傍晚穿过广场》

> 这广场是我祖国的心脏
> 那些广场上走动的人们
> 或自由，或迟疑，像失明的蝙蝠

感知到夜色临降

——西川《广场上的落日》

在欧阳江河和西川各自写于 90 年代、以"广场"为题的诗中，"广场"的比喻义毫无疑问得到了进一步的印证。然而，这种对广场的书写显然是属于过去记忆的——在上述三首诗中，诗人在其后的叙述中都有意无意地提到了广场的"今昔对比"：正如欧阳江河在《傍晚穿过广场》中写道："过去年代的广场从汽车的后视镜消失了。//永远消失了——/一个青春期的、初恋的、布满粉刺的广场/一个从未在账单和死亡通知书上/出现的广场"；西川在《广场上的落日》中一面写广场上的人群，一面"让记忆的姐妹们/恰似向日葵转动她们金黄的面孔"；杨克在《天河城广场》中写道："而溽热多雨的广州，经济植被疯长/这个曾经貌似庄严的词/所命名的只不过是一间挺大的商厦/多层建筑。九点六万平米/进入广场的都是些慵散平和的人/没大出息的人，像我一样/生活惬意或者囊中羞涩/但他（她）的到来不是被动的/渴望与欲念朝着具体的指向/他们眼睛盯着的全是实在的东西/哪怕挑选一枚发夹，也注意细节/……假若脖子再加上一条围巾/就成了五四时候的革命青年/这是今天的广场/与过去和遥远北方的惟一联系"。应当说，"广场"的今昔变化不仅耗尽了一代人的青春与记忆，还充分显示了一种时代语境的变化：从往日纪念性的公共广场到当下的商业广场，市场经济的兴起在改变 20 世纪 90 年代人们现实生活和精神面貌的同时，也改变了诗人与诗歌的位置以及诗歌中的"公共空间"。敏感于这种由时代和社会引起的变化，诗人西川曾在《广场上的落日》中呼唤法国诗人"保罗·克洛岱尔，我要请你/看看这广场上的落日/我要请你做一回中国人/看看落日，看看落日下的山河"，然后，请他"再写一首颂歌"。一向不屑于以诗的形式谈论"国家"话题的诗人，此时似乎已难以摆脱一道"老照片"式的风景，他们以各种方式表达对"广场"的追忆与缅怀，然而，历史却早已不是那些革命的年代或至少是以"告别革命"、"反思历史"为起点的 20 世纪 80 年代，这不免让人们在品读之后，体味到某种沧桑之感。

由"广场"记忆的变迁看待 90 年代新诗的文化语境，欧阳江河著名的"中断"说法，一方面可视为揭示了 80、90 年代新诗之间发生的"断裂"，另一方面，则是 90 年代新诗需要重建自身与时代、语言与现实之间的关系。① 历史地看，90 年代新诗由于人们生存的焦虑、媒介的繁多以及自身体裁上的限制，在消费方面已呈现日减的趋势，与此同时，纯文学发表空间的不断萎缩、诗集出版的"难度"，又使其生产环节逐步丧失往日的活力。在此背景下，诗歌的"边缘化"已不可避免，诗人也很难像 80 年代"朦胧诗群"那样可以再度成为社会文化的代言人，绘制诸如诗人江河笔下广场上的"纪念碑"，或是杨炼笔下那座充满孤独感和英雄意识的"大雁塔"。五四以降始终笼罩在知识分子头上的"广场意识"② 已开始不折不扣地从内部产生松动，而欧阳江河一本"10 页"厚的"关于市场经济的虚构笔记"③ 基本上是以"务虚"的方式道尽了市场经济时代人们对于金钱、权力、道德、名声、家庭、情感的态度，在这些场景的衬托下，那种渴望回归中心的理想往往也只能转化为一缕缕怅惘甚或激愤。"那些曾经托起广场的手臂放了下来。/如今巨人靠一柄短剑来支撑。/它会不会刺破什么呢？比如，曾经有过的/一场在纸上掀起，在墙上张贴的脆弱革命？""是否穿过广场之前必须穿过内心的黑暗？"（欧阳江河《傍晚穿过广场》）这些质问显然是相对于 90 年代文化语境及诗人的真实心态应运而生的。在公共话语空间逐步缩小之后，90 年代新诗在"国家主题"上的表达显然与以往有很大的不同：如果将"国家主题"及其意象隐喻看作诗人使用诗歌方式表达意图、与时代对话的一种方式，那么，穿越"广场"其实和穿越内心、经历蜕变的阵痛会取得一致的结果。在这个同样可以视做诗人、诗歌认识自己现实位置的过程

---

① 关于"中断"，本文主要参考了欧阳江河的文章《1989 后国内诗歌写作：本土气质、中年特征和知识分子身份》（后收入欧阳江河文论集《站在虚构这边》，生活·读书·新知三联书店 2001 年版）的说法："对我们这一代诗人的写作来说，1989 年并非从头开始，但似乎比从头开始还要困难。一个主要的结果是，在我们已经写出和正在写的作品之间产生了一种深刻的中断。诗歌写作的某个阶段已大致结束了。许多作品失效了。就像手中的望远镜被颠倒过来，以往的写作一下子变得格外遥远，几乎成为隔世之作，任何试图重新确立它们的阅读和阐释努力都有可能被引导到一个不复存在的某时某地，成为对阅读和写作的双重消除。"见该书第 49 页。

② 见陈思和《知识分子在现代社会转型期的三种价值取向》，在陈文中，"广场意识"可以总体理解为混合英雄主义和渴望承担社会责任的一种虚拟的自我价值取向。《犬耕集》，上海文艺出版社 1996 年版，第 6—11 页。

③ 指欧阳江河的系列组诗《关于市场经济的虚构笔记》，由 10 节短诗构成。具体可参见程光炜编选《岁月的遗照》，社会科学文献出版社 1998 年版。

中，"广场"形象或曰坐标正伴随着文化语境的转换而发生某种远景式的推移或者是现实的置换，而作为一种"连锁反应"，新的场景必将在历史的边缘上产生。

二　怀旧的母题及讽喻的策略

"怀旧"之所以可以作为一道母题在 20 世纪 90 年代新诗的"国家主题"中加以研讨，首先缘于这里所言的"怀旧"之诗要与国家的历史相连，即它不是一般意义上的"怀旧之作"或曰"怀古诗"；其次，是在于"怀旧"之诗出现的频率以及其作为比"主题"更小的意义单元。尽管，主题学研究中的主题和母题在许多情况下可以混用，但二者还是有区别的——"一般说来，主题是通过人物和情节被具体化了的抽象思想或观念，是作品的主旨和中心思想，往往可以用名词或名词性短语来表达"，而母题"则是较小的、具体的主题性单位。一连串母题的结合就构成了作品内容的框架，从中可以抽象出主题"①。此外，就不同学者的主题学理论而言，母题还有"指的是文学作品中反复出现的人类的基本行为、精神现象以及人类关于周围世界的概念，诸如生、死、离别、爱、时间、空间、季节、海洋、山脉、黑夜，等等"②，以及"是由两个或两个以上不断出现的意象所构成，因为往复出现，故常能当作象征来看待"③ 的说法。但无论怎样，与主题相比，母题是更小的意义单元，一个主题通常是由两个或多个母题组成的，而在此前提下，"怀旧母题"作为"国家主题"的一个有效组成部分，显然也是成立的。

"国家主题"意义上的"怀旧母题"是如何产生的？如果仅仅以"过去的时间是诗的源泉"，"过去"由于诗歌的想象而被理想化、显得美丽，以及中国文人历来有尚古心态、好发古之幽情等来加以解读，自然会显得过于空泛。综观 20 世纪 90 年代新诗中这类"怀旧"的作品，如张曙光的

---

① 陈惇、刘象愚：《比较文学概论》（第 2 版），北京师范大学出版社 2010 年版，第 182 页。

② 乐黛云主编：《中西比较文学教程》，高等教育出版社 1988 年版，第 189 页。

③ 《主题学研究与中国文学》，陈鹏翔主编《主题学研究论文集》，（台北）东大图书公司 2004 年版，第 26、34 页。

《1965 年》、《1966 年初在电影院里》、《岁月的遗照》；西渡的《文化大革命结束的日子》；李亚伟的系列组诗《怀旧的红旗》；杜马兰的"中国往事"系列；叶匡政的《文革邮票》；杨克的《1967 年的自画像》；杨键的《1960 年记事》；甚至还有昌耀的《毛泽东》、《一个中国诗人在俄罗斯》等，我们可以看到所谓"怀旧"大致有如下三方面的特点：其一，题目及叙述往往带有特定的时间指向，而且，这些"时间"基本上与那些可以写进"历史大事记"的年份有关；其二，这种"怀旧"往往与诗人的现在感受有很大关系，它们在具体展开时不像现实题材那样常常不由自主地受到欲望的支配，只强调进入历史那一刻的真实感；其三，在"怀旧"的背后，诗人的年龄、代际、经验也是一个重要因素：普遍于 20 世纪 70 年代之前出生的客观事实，使他们可以写出这份"成长的经历"、获得相对于现实处境的"心理满足"。

> 我们已与父亲和解，或成了父亲或坠入生活更深的陷阱。而那一切真的存在我们向往着的永远逝去的美好时光？或者它们不过是一场幻梦，或我们在痛苦中进行的构想？也许，我们只是些时间的见证，像这些旧照片发黄，变脆，却包容着一些事件，人们一度称之为历史，然而并不真实。

透过张曙光的《岁月的遗照》，我们可以深刻体会到诗人在"怀旧"时内心的沉重与存在的荒谬。对于诗人群体而言，"怀旧"一旦成为一个诗歌时代消失之后的"普遍情绪"，那么，有选择地再现昔日的情感与想象，就很容易成为现实的替代品。即使它不像具体的历史记忆那样带有强烈的反思色彩，但"时间的见证"甚或历史的"真伪难辨"却以最为真实的方式折射出当下的现实（包括生活与诗歌的）处境。至于此刻的写作可以将诗行"黏附"于那些特定的时间之上，无非是表明 90 年代新诗在"国家主题"上已不必过多承担往日的语境压力。

如果说"怀旧"的母题已经与 90 年代新诗的现实语境之间形成一种张力，那么，直接通过历史和现实场景的转换、文化与身份的变迁以及叛逆式的书写，获得讽喻的效果，则在很大程度上进一步明确了新诗创作可以抵达的边界及可以选择的策略。"无疑，在 90 年代以后，'国家'的确已经无力以颁布绝对的标准与禁令的方式来规范所有的创作主体和表达，文化出现了极多的裂隙，各种异质性的表达空间表现得颇为活跃。"① 以伊沙的《最后的长安人》、《跟祖国抒抒情》、《叛国者》、《中国诗歌考察报告》、《中国朋克》、《中国底层》等关于"国家主题"的诗作为例，反讽、戏拟、后现代的解构以及题材选择与意象使用的出人意料，都使其创作在破除诗歌传统审美标准的过程中，具有十分明显的冒犯性与颠覆意识。而在避开常规的写法、加强"审丑"的表现力度之后，其写作也确然达到了对传统、历史、文化、道德、生活等多方面形成挑战的效果。这类创作的出现，一方面表明诗人对社会现实和传统历史文化的"另类关注"，另一方面则是暗示了诗歌被"边缘化"之后，其"潜在的认同危机"和相对于"主流话语展开批判性的对话"② 会获得相应的表现空间。

三　"日常"、"个体"的美学建构及话语协商

对于 20 世纪 90 年代新诗中历来存有的"日常化"、"个人化"，以及"叙事性"等诗学关键词及其具体所指，如果进行普泛意义上的考察，似乎同样也不难发现其中隐含的"国家主题"。如以王小妮的组诗《重新做一个诗人》之《工作》篇③为例：

> 在一个世纪最短的末尾
> 大地弹跳着
> 人类忙得像树间的猴子。

① 刘复生：《历史的浮桥——世纪之交"主旋律"小说研究》，河南大学出版社 2005 年版，第 15 页。

② 洪子诚、刘登翰：《中国当代新诗史》（修订版），北京大学出版社 2005 年版，第 248 页。

③ 王小妮以《重新做一个诗人》为题分别写作一首诗和一篇随笔，分别发表在 1997 年第 3 期《天涯》和 1996 年 6 月号《作家》。而作为诗《重新做一个诗人》原写于 1995 年 6 月，在收入诗集《我的纸里包着我的火》时，其包含的作品为《工作》、《晴朗》二首，这与后来发表时的文字有一定的出入，本文提到的诗歌均依据诗集上的原稿，具体可见王小妮《我的纸里包着我的火》，春风文艺出版社 1997 年版。

> 而我的两只手
> 闲置在中国的空中。
> 桌面和风
> 都是质地纯白的好纸。
> 我让我的意义
> 只发生在我的家里。

其间隐含的诗人身份的转变就很能说明问题："重新做一个诗人"可能会与诗人本身的特殊经历有关，但让双手"闲置在中国的空中"、让"意义"发生在"家里"，却显然和传统认识上的"诗人"身份有很大出入。既不是指点江山，也不是笔耕不辍，而只是像诗的结尾一样阐明"我在这城里/无声地做着一个诗人"。从这个意义上说，"重新做一个诗人"不仅是种自我意识，还是一种身份意识，它以"日常化场景"、"个人化写作"的叙述方式折射着诗中此刻"国家"、"时代"与"诗人"三者之间的位置关系，从而以另一副面孔呈现 90 年代新诗的"国家主题"。

谈及"日常化"、"个人化"以及"叙事性"这些在 20 世纪 90 年代新诗批评中颇为流行的词语，或许在确认"语境转换"的时刻就可以预言其发生。有感于历史记忆的丧失和意识形态力量的变轻，往日诗歌写作的公共主题被诗人自身的生存体验所替代，也许不过是写作无意识冲动的必然结果。然而，从诗歌史流变的角度上看，"日常化"、"个人化"以及"叙事性"的出场其实是与"精英化"、"集体化"和"抒情性"相对应的。尽管，"日常化"、"个人化"以及"叙事性"可以以"面对现实"和"独特发现"的方式，登临新的诗歌写作起点，但琐碎、世俗的场景、小众化以及与公共主题对话能力的减弱，也必将成为其与生俱来的症结所在。当然，在这里，我们无意于过多评判"日常化"、"个人化"以及"叙事性"本身的优劣，我们只是想通过它们在 20 世纪 90 年代新诗中的呈现，了解时代的特征及写作的意图。以肖开愚在 20 世纪 90 年代产生一定影响的长诗《国庆节》为例：作者选择了乘火车从成都到哈尔滨的见闻为线索，构建"日常化"、"个人化"的场景。无论是候车厅、检票口，还是漫长的路程，诗人眼中的所见，不断与其思想的变化形成"互文"。

　　由于诗人擅长处理复杂的生活场景，并能常常将对话、联想和戏剧化的场景穿插其中，所以，人们在阅读中往往不会为其冗长的叙述所累，而且，在细细品味之余，还能发现肖开愚善于表现"今昔经验的独特省察"，以及"对时间、空间的综合能力"。① 但在"国庆节"的题目之下，以如此大面积的琐碎"叙事"替代过去本应有的昂扬的"抒情"，却不能不引起读者对于这种"陌生化"处理的关注。

　　这样的例子当然还可以无限制地罗列下去，但主题学研究的经验告诉我们，所谓主题研究绝非仅仅停留在表面之上。尽管，新诗在步入 20 世纪 90 年代之后，公众的抒情已为日常和个体的美学所取代，"国家意象"或因分解或因隐匿而在诗歌中所占的比例越来越少，但"国家主题"作为"国家"与"主题"的结合体，依然可以以自然"投影"和意识形态制约等途径影响着诗歌的文本，并不断以"话语协商"的方式实现某种写作意义上的平衡。"在一个没有宗教、没有神话的国家，国家机器就是宗教，就是神话。你可以将它打碎，却不能将它运走；它虽然硕大无朋，却又像语言一样看不见摸不着。……它与自然状态下的国家是两回事。"② 即使忽视那样书写"国家地理"、自然风光的行吟之作，"国家"作为背景也会在诗歌创作中形成一个无形的"文学场域"。因而，"日常化"、"个人化"，甚或"叙事性"，不过是以审美方式的变化完成了一次"国家主题"的转变，它常常无意识地触及"国家"，在一定程度上恰恰是"国家主题"与诗歌合理对话的最佳写照。

　　至此，我们大致可以进行如下的判断：呈现于 20 世纪 90 年代新诗中的"日常化"、"个人化"的美学追求，并非仅是一次简单的"自我撤退"或是"自我封闭"。在更多情况下，它们只是以自我发现的方式对诗歌文本情境和话语叙述进行了重新编码。像孙文波在《祖国之书，或其他》中以一个穿行于历史、现实之间的"梦游者"，叩问"国家"的道德、信仰及"其

　　① 程光炜：《不知所终的旅行》，程光炜编选《岁月的遗照》"导言"，社会科学文献出版社 1998 年版，第 13 页。值得指出的是，在 2004 年人民文学出版社出版的《肖开愚的诗》中，《国庆节》诗后时间署为"1989.11"，见该书第 152 页。但考虑到发表时间以及产生的影响，本文将其按照 20 世纪 90 年代处理。

　　② 西川：《近景和远景》之"9. 国家机器"，西川《深浅》，中国和平出版社 2006 年版，第 68 页。

他"；在《给小蓓的骊歌》中以对话的形式质问自己的写作、讲述身在国家的中心和异乡的独特感受；像王顺健在《国家收藏》中一面描绘"买菜吃盐"的情景，一面讲述着对战争与和平的认识；像翟永明在《周末与几位忙人共饮》中的天南地北、随性而为的书写……"日常化"、"个人化"写作中的"国家主题"也许不过是茶余饭后的一次闲谈、一个偶然场景激发的想象，而可以唤起的阅读经验同样也是"日常化"、"个人化"的。

四 "忧患"意识及其现实指向

作为一个复杂的构成，"忧患"既是百年中国文学忧患主题的一种延伸，又历来是中国文人群体重要的"文化传统"之一。客观地看，时代和社会环境的变化、人生理想和现实之间的矛盾都是"忧患"生成的重要原因并可以涵盖"反思"、"憧憬"等一系列内容。当然，从90年代新诗创作的特点看待"忧患"，"日常化"、"个人化"美学的特征、公共主题空间的相对减少以及诗歌艺术的多样化，都使此时的"忧患"无法像20世纪80年代"朦胧诗"、社会现实类写作以及西部诗等那样集中，而"忧患"常常带有的现实指向性又最终决定了其本身在20世纪90年代新诗中题材、手法的选择以及创作群体的指认。

从李瑛的《我的另一个祖国》，朱增泉的《国都》，李松涛的《拒绝末日》，辛茹的《共和国恋歌》，食指的《我的祖国》（四首）、《世纪末的中国诗人》等创作中，我们可以清楚地看到"忧患意识"除了包括关注现实、生存，醒世、警世等主题之外，还与传统的现实主义创作方法以及诗人的年龄、身份有关。正是由于军旅生活的经历、一贯对于创作责任和立场的强调，李松涛才会在长诗《拒绝末日》中以诗人的良知发出关爱自然的真情呼唤与深刻思考；辛茹才会在"不能忘记遍布各地的陵园"的过程中，礼赞英雄先烈，感受"世纪的情歌"和渐渐璀璨的"光明"；而老诗人李瑛因边远地区人民生活的贫困，在《我的另一个祖国》中感受"没有什么比这更真实"和"我的艰辛中成长的祖国"，更是充分体现了其一贯坚持的写作立场和现实主义情怀。由于以诗的形式表达对祖国的忧患，会因具体题材的选择和情感抒发而产生不同的效果，所以，在"忧患意识"的表达中，所谓"重大题材"、"主旋律"的写作往往是其突出的一面。李瑛的《倾诉——给母亲祖国，庆祝她的 50 华诞》，雷抒雁的《升旗》、《十月，祖国！不只是十月》，王川平的《国香》，高凯的《共和国当铭记》（20 首），胡世宗的《永存的雪雕》，以及刘向东前后持续写作近 12 年的系列组诗《记忆的权利——纪念中国人民抗日战争胜利》（1995—2006），王久辛的《狂雪》、《艳戕》等，都以不凡的气势表现了 20 世纪 90 年代诗人对于重大题材的关注，以及历史、现实给予他们的创作的契机。从李瑛的《倾诉——给母亲祖国，庆祝她的 50 华诞》、雷抒雁的《十月，祖国！不只是十月》写给十月这个特别的节日，王川平的《国香》以香港回归为题材，我们可以看到当年"政治抒情诗"的影子；而作为一种"资源"或曰"传统"，上述创作又显然对世纪初的"红诗"创作产生了一定程度的影响。这种在诗歌"失去轰动效应"、"遭遇危机"的背景下，仍然可以不断出现的写作现象（值得注意的是，我们在说诗歌"危机"的时候，其实是不包括这种重大题材和"主旋律"创作的），构成了自新诗诞生以来从不"消逝的风景"，因而，也就成为新诗"国家主题"的一个最基本、最重要的方面。由于在"忧患意识"直至"重大主题"、"主旋律"书写的过程中，诗人总是在关注祖国命运、社会现实中流露出一种真挚的爱，而"这种政治爱的某些性质可以从语言描述其对象的方式当中去解读出来"，所以，从较为直观呈现的角度将张学梦的《祖国》，胡世宗的《花与祖国》，殷常青的《造句》、《祖国之书》等作品置于这一层面便在 20 世纪 90 年代获得了较为合理的依据：怀着对祖国的无限热爱和对未来的憧憬，诗人们正展开一种"国家的想象"，进而呈现"有一种同时代的，完全凭借语言——特别是以诗和歌的形式——来暗示其存在的特殊类型的共同体"，[①]便成为"忧患意识"的另一表现层面。

如果将"忧患意识"及现实指向进一步扩展，我们不难发现：对于世纪初的新诗而言，除"红诗"之外，"底层写作"、"打工诗歌"在 20 世纪 90 年代中后期的创作中也可以找到源头。自市场经济导致了打工潮、进城

---

① ［美］本尼迪克特·安德森：《想象的共同体：民族主义的起源与散布》，吴叡人译，上海世纪出版集团 2005 年版，第 138、140 页。

潮的兴起，这股浪潮也逐渐为诗人所瞩目。当然，如果从诗人的身份角度看待这一创作趋向，诗人本身就是打工者往往使其更能真实、生动地进行创作。以深圳诗人谢湘南的《零点的搬运工》、《1994 年的抒情练习》为例，无论是前者对于搬运工在城市空间中的劳作，还是后者年少时的向往，"等待/命运的深入。进一步的/祖国降临"，我们都能从"主人公"的打工场景、成长的经历以及适者生存的角度看待其与国家生活主题的关系。此外，就关注现实、关注底层的角度来看，杨键的《啊，国度》、《祖国》，则以细腻、现实而又不失含蓄的笔法，写出了他对国家、人民特别是贫苦人群的关切之情，这种绵延至 21 世纪初的写作方式同样也反映了当代诗人对中国现实主义诗学传统的继承。

五　全球化时代的"中国形象"及其语言书写

作为 20 世纪 90 年代后现代语境下的一种独特的"国家主题"，全球化时代的"中国形象"因其涉及第三世界中国的民族语言使用而成为一个全新的话题，而且，就具体构成来说，"中国形象"显然也包括身处国外的华裔诗人的汉语写作。全球化作为一种涵盖全球推行的文化价值、消费模式等，对于中国这样一个历史悠久、文化传统深厚的大国而言，其后果是凸显了一种区域的同时又是国家的个性。在这一前提下，看待 20 世纪 90 年代中国新诗的创作，"全球化"是以由外至内的方式为其写作带来了后现代的观念、手法及新的价值观；而作为一种"连锁反应"，"文化保守主义"、"中华性"、"本土性"等话题的兴起，恰恰是以由内至外的方式对这种堪称后殖民的策略进行了强有力的回应。至于二者的交锋则使诗歌由一个文学层面的问题拓展至文化的问题。

如果将全球化时代的"中国形象"分成若干个"主题"，那么，"中国心"与"美国梦"俨然可以作为第一个层面。在臧棣的《沉默的防线》、《美国梦》中，诸如"中国的月亮像盘子，/你把切好的月饼放在上面。/美国的月亮像门把手，/而那间屋子布置得/像从未有人住过的客房"的诗句，大致揭示了"美国梦"的后果：因为在汉语诗歌写作中，由于语言限制等因素，我们很难看到类似小说一样曲折的故事，所以，"中国心"与"美国梦"在更多情况下，只能以"片段"和"结果"的方式揭示其内涵，而由此可以拓展的第二层次的内容则是东西方文化的差异。在舒婷的《安的中国心》、孙文波的《母语》、于坚的《上教堂》中，由于东西方文化、语言的差异，主体所处环境的变化、语言的介入，往往最能显示其特点：舒婷在《安的中国心》中描绘出中国的"安"被美国室友叫"昂"、被华盛顿广场的黑人称"采尼斯"，而他在喝凉开水时仍然保持着"用袖口揩揩嘴"的"中国人的老习惯"；孙文波在《母语》中写道："在一个拒绝英语的国家"，用十年记住的那些单词，还不如一句粗鲁的秽语来得直接、痛快；于坚在《上教堂》中传达出中国人和西方人对于教堂的不同态度，都说明了在全球化交流日趋密切、便利的前提下，语言文化的差异常常更容易获得民众的直观感知。最后，是诗人在海外生活时思念之情的表达，王家新的《祖国》、张枣的《祖国丛书》、《祖国》都以知性、克制的诗行，表达了一个异乡"漂泊者"对于祖国的情感以及本质意义的认识。

与上述现象相比，如何于汉语诗歌写作过程中确认"中国形象"其实在很大程度上已触及了全球化时代的语言与文化的"政治问题"：1993 年第 3 期《文学评论》是以头版头条的形式刊发了诗人郑敏长达三万余字的论文《世纪末的回顾：汉语语言变革与中国新诗创作》，进而引发了"文化激进主义"与"文化保守主义"的论争。① 虽然，多年以后回顾这篇文章以及引发的论争，其涉及的内容如评判的角度、方式都业已成为"历史"，但是，值得注意的是，关于这场论争，特别是郑敏论文建立在当代西方理论基础上（如：对索绪尔特别是德里达、拉康理论应用）的事实，都提供了 90 年代初期中国学界对西方后现代理论引进与应用的某些症候，而且，更为关键的是，诸如郑敏先生文章开篇处的"中国新诗创作已将近一世纪。最近国际汉学界在公众媒体中提出这样一个问题：为什么有几千年诗史的汉语文学在今天没有出现得到国际文学界公认的大作品、大诗人？"② 以及在回应文章中

---

① 对于"文化保守主义"与"文化激进主义"的提法，可参见许明《文化激进主义历史维度》，《文学评论》1994 年第 4 期；张志忠《百年中国文学总系·1993 世纪末的喧哗》，山东教育出版社 1998 年版。

② 郑敏：《世纪末的回顾：汉语语言变革与中国新诗创作》，《文学评论》1993 年第 3 期。关于引文中以"国际汉学界"为隐含的"权威立场"，奚密在《现代汉诗的文化政治》中认为至少有两位汉学家可以作为代表，即威廉·兼乐（William J. F. Jenner）和宇文所安。

的"当一个古老民族走进世界文化之林时，他最需要携带的财产就是自己的文化传统，如果他空手前往是无法入股到世界文化的大集团中的"、"当然也有些欧洲或美国文化中心论者希望到第三世界来看到自己的影子，但更多严肃的学者和思想家却希望听到中国人对自己古老文明的现代阐释，这样在比较和交流中，中国可以将她的古老文明贡献给世界"① 的论述，还包含着汉语以及汉语诗歌如何赢得国际身份的认同问题。而这一问题的提出，不但会因涉及"传统与现代"、"东方与西方"等在内的现实性问题而具有深远的历史影响（当然，关于郑敏先生论述的本身又有很多值得商榷之处），而且，还会在极具现实意义的指向中隐含着一种文化政治意识。至于以上述逻辑看待发生于世纪末"知识分子写作"与"民间派"之间的论争（即"盘峰诗会"及其余绪），所谓"翻译体"与"口语体"使用的分歧，虽含有诗坛权利和意气之争，但从全球化时代"中国形象"的角度予以看待，双方的策略其实都为维护、发展当代汉语诗歌写作做出了自己的努力，而作为一次影响深远的争鸣，其意义还需历史加以检验与证明！

总之，通过以上五方面的分析，我们大致可以了解：在诗歌退居边缘、普遍失势的 20 世纪 90 年代，新诗的"国家主题"已不像 20 世纪 80 年代那样可以更多地结合时代、社会，进而呈现出相对明显的态势，但在另一方面，个人化写作的深入与发现又使"国家主题"在具体表达时相对丰富。除了涉及"怀旧"、"日常化"、"个人化"以及语言书写等多个方面之外，这一时期的"国家主题"还在接续种种历史资源的过程中延伸出很多线索，并最终以延续的方式在世纪初诗歌中加以证明。

---

① 郑敏：《关于〈如何评价五四白话文运动〉商榷之商榷》，《文学评论》1994 年第 2 期。